Ullstein

DAS BUCH

James Naismith ist Kapitän des Versorgungstenders *Active* und soll nach einer Kollision zweier Frachter die Unglücksstelle durch eine Wrackboje sichern. Doch wenige Tage später wird der Befehl widerrufen; ein U-Boot und ein englisches Kriegsschiff, das inzwischen seltsame Fässer an Deck festgelascht hat, tauchen auf. Gemeinsam mit Susan, dem weiblichen Zweiten Offizier, entdeckt Naismith die Lösung des Rätsels: Die gesunkene *Wallenstein* hatte als illegale Ladung Fässer mit Nervengas aus Deutschland an Bord, das unter Duldung des Westens gegen Aufständische im faschistischen Costa Mayo eingesetzt werden sollte. Als Naismith und Susan die Öffentlichkeit alarmieren wollen, geraten sie selbst in Lebensgefahr. Doch Naismith kann nicht beseitigt werden, und als der Skandal publik wird, belobigt man ihn scheinheilig für seine Zivilcourage, ehe man ihn endgültig kaltstellt. Für die Rebellen in Costa Maya bringt das den Sieg. Ein spannendes Garn mit aktuellem Thema, wobei Woodman wie immer durch seine Sachkenntnis besticht.

DER AUTOR

Richard Woodman segelte schon 1960 als Deckshand das Tall Ships' Race mit, die Transozeanregatta der großen alten Rahsegler. Danach begann er seine seemännische Ausbildung zunächst als Kadett und fuhr dann als Offizier auf den Schiffen der Alfred Holt's Blue Funnel Line und der Glen Line vor allem nach Fernost, auf der Route der alten Teeklipper. Nach dem Abschied von der Großen Fahrt führte er als Kapitän zwanzig Jahre lang einen Versorgungstender in englischen Küstengewässern. In seiner Freizeit segelt er mit seiner Familie einen 98 Jahre alten Gaffelkutter. Woodman ist Autor mehrerer Sachbücher und schreibt seit 1982 die erfolgreiche marinehistorische Romanserie um den Seehelden Nathaniel Drinkwater, deren bisher dreizehn Bände als Ullstein Taschenbücher erschienen.

Richard Woodman

Die Kollision

Roman

Ullstein

Ullstein Buchverlage GmbH,
Berlin
Taschenbuchnummer: 24172
Titel der Originalausgabe:
The Accident
Aus dem Englischen
von Uwe D. Minge

Deutsche Erstausgabe
April 1997

Umschlaggestaltung:
Hansbernd Lindemann
Illustration:
Silvia Christoph

Printed in Germany 1997
Gesamtherstellung:
Ebner Ulm
ISBN 3 548 24172 7

Gedruckt auf alterungs-
beständigem Papier mit
chlorfrei gebleichtem Zellstoff

Vom selben Autor
in der Reihe
der Ullstein Bücher:

Die Wette (22808)
Gezeiten der Nacht Band I
Schlacht ohne Sieger (23663)
Gezeiten der Nacht Band II
Ein nasses Grab (23664)
Die Augen der Flotte (23528)
Kutterkorsaren (22776)
Kurier zum Kap der Stürme (23247)
Die Mörserflotille (23689)
Die Korvette (23694)
Die Wracks von Trafalgar (23690)
Der Mann unterm Floß (20881)
In fernen Gewässern (22124)
Der falsche Lotse (22375)
Unter falscher Flagge (24060)
Das fliegende Geschwader (23230)
Unter dem Nordlicht (23785)
Die Abenteuer des Nat Drinkwater
(23528)

Die Deutsche Bibliothek –
CIP-Einheitsaufnahme

Woodman, Richard:
Die Kollision: Roman/Richard
Woodman. [Aus dem Engl. von Uwe
D. Minge]. – Dt. Erstausg. – Berlin:
Ullstein, 1997
(Ullstein-Buch; Nr. 24172)
ISBN 3-548-24172-7
NE: GT

Dieser Roman ist frei erfunden. Weder die *Active,* die *Harwich* oder das BNAS existieren wirklich. Die Namen der handelnden Personen, Orte und Handlungen sind entweder der Phantasie des Autors entsprungen oder werden in einem fiktiven Zusammenhang erwähnt. Jede Übereinstimmung mit tatsächlich existierenden Personen, Organisationen oder Ereignissen wäre rein zufällig. Die Idee und die Probleme, die hinter der Geschichte stecken, entstanden während einer Diskussion am Eßtisch der Familie.

1

Naismith erwachte widerwillig, als ob er aus großer Tiefe auftauchen müßte. Irritiert blickte er in das grelle Licht, das von der Decke herabstrahlte. Das Gesicht von Quartermaster Potts beugte sich über ihn. Als Naismith seine Augen mühsam auf das rosa Nachrichtenformular fixierte, wurde ihm klar, daß er nicht länger als eine Stunde geschlafen hatte.

»Ach, was zum Teufel . . .«

»Ein Funkspruch, Sir.«

»Lesen Sie vor.«

Naismith rieb sich die Augen, während Potts stokkend vorlas. Er konnte die endlose Wortkette nicht in seinem müden Gehirn verdauen, allerdings bekam er mit, daß die angegebene Länge gut westlich von ihrem gegenwärtigen Ankerplatz in den Downs lag, irgendwo hinten im Kanal. Sein Bewußtsein konzentrierte sich auf den wesentlichen Inhalt der Nachricht: *Eine Kollision hat sich ereignet . . .*

Er erinnerte sich an den dichten Nebel, der gestern den ganzen Tag geherrscht hatte und der ihm dreizehn ermüdende Stunden auf der Brücke beschert hatte. Diese lange Zeit war gerade erst eine Stunde vorüber gewesen, als er diese unwillkommene Nachricht bekam. Der Gedanke daran riß ihn weiter aus seiner Müdigkeit. Die Glocke auf der Back schwieg und zeigte nicht länger mit ihren Schlägen die Lage eines vor Anker liegenden Fahrzeugs an.

»Wie ist die Sicht?«

»Vor einer halben Stunde hat es aufgeklart, Sir. Man kann jetzt drei oder vier Meilen weit sehen.«

Naismith grunzte. Es mußte ein perverses Naturgesetz geben, das immer dafür sorgte, daß sich die Bedingungen besserten, wenn die Anstrengungen der Menschen es ermöglicht hatten, daß die erwünschte Änderung nicht mehr notwendig war. Wie immer hatte ihn dieses Gesetz getroffen. Die Schläge der Glocke hatten ihn auf der Kippe vor dem Absturz in die befreiende Bewußtlosigkeit gehalten. Er mußte in den Tiefschlaf gefallen sein, sobald sie schwieg. Er richtete sich auf und warf die Beine über das Schlingerbrett der Koje. Wieder versuchte er, sich auf den Inhalt der Nachricht zu konzentrieren. *Wie gemeldet wird, soll ein Schiff sinken. Bitte untersuchen Sie den Fall und erstatten Sie Bericht.*

»In Ordnung. Richten Sie bitte dem Zweiten Offizier aus, daß er alles klar zum Hieven des Ankers machen soll. Informieren Sie auch den Maschinenraum und purren Sie den Zimmermann.«

»Den Zweiten Offizier informieren, aye, aye ...« Potts machte eine Pause, in seiner Stimme klang ein verstecktes Mißvergnügen mit, und Naismith erinnerte sich daran, daß sein neuer Zweiter Offizier eine junge Frau war.

»Kaffee, Sir?«

Naismith nickte. »Ja, bitte. Danke.«

Dann, wieder allein in seiner Kabine, widerstand er mühsam der Versuchung, wieder in die Koje zu springen, bis Potts mit dem Kaffee zurückkam. Fünf Minuten mehr wären ein Geschenk gewesen, aber der Gedanke an die Kollision hatte sich in seinem Gehirn eingenistet und ließ seine Vorstellungskraft nicht mehr in Ruhe. Er dachte an den Nebel, den Augenblick der Entschlußlosigkeit, den plötzlichen Zweifel, dem sofort eine Welle heißer Angst folgte, wenn die Seitenlaterne eines Schiffes die Annäherung der gewaltigen Stahlmasse ankündigte, das Übelkeit erregende Geräusch von berstendem, kreischenden Metall, sprühende Funken im Augenblick des Zusammenstoßes. Es hatte einen heftigen Ruck gegeben, der die schlafenden Männer aus den Kojen jagte, einen Augenblick fassungslosen Unglaubens, dann Schreie voller Panik, als ihre bekannte Umgebung sich auflöste. Die Vorstellung von Wasser, das schwarz über das Deck gurgelte, fand eine Entsprechung im Muster seines Kabinenteppichs. Naismith schüttelte sich, um richtig wach zu werden. Er erhob sich auf seine schmerzenden Beine, als Potts mit dem Kaffee erschien, und schlüpfte in seine Hosen. Dann schlurfte er in das Bad, spritzte sich kaltes Wasser ins Gesicht, starrte in die roten Augen, die ihn aus dem Spiegel aus einem müden, kummervollen Gesicht anblickten. Er war achtunddreißig Jahre alt, fühlte sich aber im Augenblick viel älter. Ohne Eile zog er sich an, mit einem Ohr wartete er auf das Rumpeln der Hauptmaschinen. Die Fotografie seiner Frau beobachtete ihn, ihr strohblondes Haar war in einem längst unmodernen Stil im Nacken zu Locken gekräuselt. Daß sie seinen Heiratsantrag angenommen hatte, überraschte ihn auch noch nach elf Jahren. Um drei Uhr morgens, dachte er bei sich, während er einen Zahnpastawurm auf die Zahnbürste drückte, war die körperliche Leistungsfähigkeit an einem Tiefpunkt angelangt und deshalb eine leichte Beute für Selbstzweifel und Unsicherheiten; das Bekannte nahm den Platz ein, den die verbrauchte Energie als Vakuum hinterlassen hatte.

Auf der Brücke war Susan Paulin, die geschlafen hatte, bevor sie um Mitternacht auf Wache gekommen war. Sie war entsetzlich effektiv. »Guten Morgen, Sir.«

Naismith grunzte einsilbig. Er wollte verdammt sein, wenn er ihr wegen ihres Geschlechts irgendwelche Zugeständnisse machte. »Na, denn mal los, erzählen Sie mir das Schlimmste.«

Der Zweite Offizier Paulin blickte auf die handgeschriebenen Notizen und die ausgebreiteten Karten.

»Nun, Sir, es hat einen Unfall gegeben, eine Kollision zwischen dem liberianischen Frachter *Wallenstein* – keine Ahnung, wie groß der ist –, Besatzungsstärke dreißig Mann, einschließlich zwei Frauen. Das andere Schiff ist in Panama registriert und heißt *Calliope*. Wie es scheint, ist es nicht so schwer beschädigt wie die *Wallenstein*, wahrscheinlich ist es mit dem Bug in die Seite der *Wallenstein* gebrettert. Jedenfalls kann man das dem Funkverkehr entnehmen . . .«, sie deutete mit dem Kopf zum Lautsprecher im Ruderhaus hin, mit dem permanent die internationale Notruffrequenz 2182 kHz abgehören werden konnte. »Die *Wallenstein* scheint hier zu sinken.« Sie deutete auf ein Bleistiftkreuz in der Karte. Naismith beobachtete ihre Hände, schlank, die Nägel kurz und unlackiert.

»So, so.« Er mußte zugeben, daß sie sehr effizient zu arbeiten verstand, man hätte fast ihr Geschlecht vergessen können. Aber das winzige Bleistiftkreuz im Nordosten von Guernsey verriet doch eine weibliche

Handschrift, und er war zu müde, um eine Welle der Irritation zu unterdrücken. »Dort?« fragte er unnötigerweise und blinzelte auf die Seekarte.

»Jawohl, Sir!« antwortete sie.

»Noch etwas?« Er blickte in ihre grauen Augen. Sie waren zurückhaltend; sie war der neue Zweite Offizier auf einem fremden Schiff und fragte sich, wie man einen übermüdeten Kapitän auf der Hundewache* behandelte. Vielleicht war er ein Narr voller Vorurteile, der eine durch und durch professionelle Arbeit nicht erkannte.

»Ja. Die *Calliope* bleibt am Unfallort auf Stand-by, die Fähre *Armorique* eilt zur Unterstützung hinzu. Das Rettungsboot von Guernsey hat St. Peter Port verlassen, und das Letzte, was ich hörte, war, daß die Besatzung der *Wallenstein* in die Boote und Rettungsinseln geht. Und ja, Falmouth Coastguard ist MRCC.«

Wieder grunzte Naismith und griff nach dem Messingzirkel.

Susan Paulin kam ihm zuvor. »Zweihundertundfünf Meilen, Sir.«

»Du lieber Himmel«, knurrte Naismith, neunzehn Stunden Fahrzeit bis zum Unglücksort. Er sah auf die Kurse, die sie schon in der Karte abgesteckt hatte, nickte zustimmend und lächelte sie müde an. »In Ordnung, das ist gut so.«

Er rieb sich die Bartstoppeln, als er an die Ruderhausfenster trat, während Potts gerade das Signal »Maschine klar« von unten quittierte. Ohne Eile durchlief der Quartermaster die Routine. Er schal-

* Hundewache: In der deutschen Seefahrt die Wache von 00–04 Uhr. (Anm. d. Ü.)

tete die Decksbeleuchtung aus, und Naismith spürte, wie seine Augen schmerzten, als sie sich an die Dunkelheit gewöhnen mußten.

Der vertraute Umriß des Schiffs schälte sich aus der Düsternis. Die *Active* ankerte in den Downs zusammen mit einem halben Dutzend anderen Schiffen, überwiegend Kümos. Er blickte auf die schattenhaften Umrisse der vier riesigen Stahlbojen, die auf dem Vordeck mit Ketten festgelascht waren. Bojen, die er am Vormittag hatte auslegen wollen. Sie sollten die verrosteten und bewachsenen Seezeichen ersetzen, die das südliche Ende der Goodwin Sands lange genug markiert hatten.

Na ja, sagte er zu sich selbst, es war im Navaids Service nichts Ungewöhnliches, daß alle Pläne durch plötzliche Neuigkeiten über den Haufen geworfen wurden.

Vorne zeigte das flackernde Licht einer Taschenlampe an, daß der Zimmermann die einlaufende scheppernde Kette über den Nüssen der Ankerwinsch beobachtete und auf die farbig markierten Kettenglieder wartete, die alle fünfzehn Faden erschienen.

Vor Naismiths geistigem Auge strudelte kein Wasser mehr über den Teppich, und die Zweifel über seine Ehe waren wieder in ihre übliche Ecke des Bewußtseins verdrängt worden, wo er mit ihnen rational umgehen konnte. Er war wieder ganz Profi, hatte sich mental »hochgepuscht«, wie die jungen Offiziere es nennen würden. Er war nicht länger ein Privatmann.

Wieder mußte er an die Kollision denken, diesmal mit professioneller Abgeklärtheit. In der Zeit, die verstreichen würde, bis die *Active* den Platz des Geschehens erreichte, würde die Rettung von Leben keine überragende Rolle mehr spielen. Alles, was sein Schiff tun konnte, war, die Wassertiefe über dem Wrack festzustellen und sie für die durchgehende Schiffahrt für sicher zu erklären. Sollte das nicht der Fall sein, mußte er Tonnen ringsherum auslegen. Ein Routinejob: sozusagen schlichter Eintopf.

Außer, daß die Dinge selten so einfach lagen, wie man es sich vorstellte. Vorbeifahrende Schiffe ignorierten für gewöhnlich die Gefahr, eine Gefahr, die bestand, solange Naismith nicht das Gegenteil offiziell verbreitete. Zumindest die halbe Zeit würde die *Active* nicht damit beschäftigt sein, Sonaraufzeichnungen, Tiefenmessungen und Skizzen anzufertigen, sondern andere Schiffe davon abzuhalten, sich den Rumpf an dem Wrack aufzureißen.

Er erinnerte sich an vergleichbare Desaster. Sie erschienen oft so alptraumhaft unwirklich, aber Naismith wußte, daß dem nicht so war. Das Schicksal war ebenso launenhaft wie gefühllos. Hatte es nicht dem Unfall zwischen der *Wallenstein* und der *Calliope* Vorschub geleistet? Derweil er, James Naismith, Kapitän des Navaids-Tenders *Active* mit 1650 BRT sein Schiff sicher durch dreizehn Stunden dichten Nebels gebracht hatte. War das das Ergebnis beruflichen Könnens? Er dachte an die trüben Stunden, als er blind in das wie Perlmutt schimmernde Tageslicht gestarrt hatte, das dann langsam in dunkle Nacht überging, an die monotonen Gespräche der Navigationsoffiziere während der routinemäßigen Wachwechsel am Radargerät, an seine eigenen gelegentlichen Blicke auf den Schirm, die Kursänderungen und das gespannte Warten auf die Auswirkungen derselben, die klagenden Töne des Nebelhorns und die gelben tropfnassen Gestalten der Ausguckmänner auf der Back. Er wußte auch um die kumulative Wirkung einer einzigen Fehlentscheidung. Die Katastrophe war die Summe vieler kleiner Fehler.

Man benötigte kein großes Vorstellungsvermögen, um sich ausrechnen zu können, daß das Glück einen Mann im Stich lassen konnte, daß Müdigkeit sein Urteilsvermögen trüben konnte und daß eine Fehleinschätzung sowohl Ursache als auch Folge der menschlichen Fehlbarkeit war. Daß ein Mensch, der niemals einen Fehler macht, niemals irgend etwas macht, war eine jener Kalenderweisheiten, die den Zipfel der ewigen Wahrheit erhascht hatten.

Naismith pflegte den grundlegenden seemännischen Aberglauben an die Mächte des Schicksals. Eine Geisteshaltung, in die er mehr hineingewachsen war, als daß er sie bewußt übernommen hätte, sie war genauso ein Teil von ihm wie der Jargon seines Berufs, kaum zu erschüttern durch die Umwälzungen des Zwanzigsten Jahrhunderts.

Ein einzelner, durchdringender Glockenschlag auf der Back zeigte an, daß der Zimmermann den fünfzehn Faden Schäkel über das Spill hievte, der Anker würde jeden Augenblick aus dem Grund brechen. Der Ruderlagenanzeiger glühte dunkelgrün, Naismith bewegte die Maschinenkontrollhebel und beobachtete die Umdrehungsanzeiger. Beide Propeller bewegten sich, und er stoppte sie wieder, dann wartete er auf das rasche Läuten der Glocke auf der Back, das anzeigen würde, daß der Anker aus dem Grund war.

»Der erste Kurs ist eins-sechs-fünf, Sir, er führt uns klar von der Reede herunter.« Susan Paulins hohe Stimme schien hier fehl am Platz zu sein. Er dachte, daß er sich mit der Zeit wohl daran gewöhnen würde, blickte auf die Kreiseltochter in der Brückennock und drehte den Peildiopter. Er suchte den Horizont ab, der von der Steuerbordnock aus zu überblicken war. Die Luft war noch immer kalt und feucht. Vorne läutete die Glocke. Er legte beide Kontroller halb nach vorne und wartete ab, bis er das dumpfe Rumpeln des Ankers in der Klüse vernahm. Der Zimmermann rief aus der Ferne: »Alles klar!«

»Steuerbord!«

»Steuerbord, Sir. Steuerbord zehn liegt an.« Potts' Gesicht war im schwachen Schein des Steuerkompasses zu erkennen. Naismith legte die Hebel auf volle Kraft voraus. Die *Active* nahm in der Drehung Fahrt auf. Die Lichter von Deal wanderten hinter dem Heck herum, der Schein des Feuerschiffs East Goodwin, sechs Meilen im Osten liegend, zog vor dem Bug entlang. Er beobachtete, wie die Kompaßanzeige in der Kreiseltochter wanderte.

»Mittschiffs!«

»Mittschiffs, Sir. Ruder liegt mittschiffs.«

»Recht so! Kurs eins-sechs-fünf.«

»Eins-sechs-fünf . . . Eins-sechs-fünf liegt an, Sir.«

Er sah, wie die Lichter eines kleinen holländischen Kümos an der Steuerbordseite nach achtern glitten, als die *Active* ihre Drehung vollendete. Ein dünnes Läuten von der Back des Holländers zeigte an, daß auch er seinen Anker hievte, um die Reise fortzusetzen. Die *Active* hatte jetzt fast ihre volle Geschwindigkeit erreicht und lief von der Reede ab. Die grauen Klippen der St. Margaret's Bay waren gerade noch über dem Steuerbordbug erkennbar, als sie mit dem Gezeitenstrom zuerst mit südlichen und dann mit westlichen Kursen South Foreland umrundete.

Der Kopf von Susan Paulin erschien hinter dem

schwarzen Vorhang, der das große Radargerät und den Kartentisch mit seinem schwachen, gedimmten Licht umhüllte.

»Wir können jetzt eins-acht-null steuern, Sir.«

»Danke. Eins-acht-null.«

Das Schiff schwang auf den neuen Kurs ein, Naismith durchquerte das Ruderhaus, ergriff sein Fernglas und suchte den Horizont voraus ab. Der Blitz des Feuerschiffs South Goodwin zuckte an Backbord auf, an Steuerbord oben auf den Klippen kamen die drei kurzen Lichterscheinungen des Leuchtturms South Foreland aus der Abdeckung der Bäume und Hindernisse klar. Zwei Fähren passierten den Bug der *Active* auf entgegengesetzten Kursen, sie waren hell erleuchtet, was den Eindruck erweckte, daß sie eine Fortsetzung der Lichter von Dover wären, die gerade am Fuß der Klippen sichtbar wurden. Eine schlichte Fortführung der Autobahn M2, dachte er ironisch und bedauerte die Kapitäne der Fähren wegen ihres monotonen Lebens.

Weiter draußen, auf dem nach Südwesten führenden Streifen des Verkehrstrennungsgebiets, bewegte sich ein gleichmäßiger Strom von Schiffen, der Lebensstrom Europas, die alle den Verbindungswegen des weiten Atlantik zustrebten. Eine Konzentration des Wohlstands, der Energie und Entschlossenheit, wie es sie nicht noch einmal auf der ganzen Welt gab, ein beruhigender Beweis für den Willen der Menschheit, Handel zu treiben und friedlich zusammenzuleben. Jedenfalls hoffte das Naismith inbrünstig, denn es war nicht schwierig, im Angesicht der Kette von Positionslichtern lyrisch zu werden. Alle strahlten in diesem Stadium ihrer Reise Zuversicht aus, die sich auf sein Schiff übertrug. Aber es war eine Verallgemeinerung mit allen Schwächen derartiger Verallgemeinerungen. Da draußen war ganz sicher zumindest ein Kriegsschiff, wahrscheinlich ein russisches, das bis obenhin mit apokalyptischer Elektronik vollgestopft war, das die altmodische Dunkelheit wie schon die Freibeuter nutzte, um durch die Meerenge zu schlüpfen, damit seine Herren ihren Machenschaften nachgehen konnten. Es würde sich kaum von den üblichen Frachtern unterscheiden, die ihrem ehrlichen Gewerbe nachgingen. Naismith mißtraute der Marine mit der gefühlsmäßigen Abneigung der meisten Handelsschiffsoffiziere. Was auch immer dies für Schiffe waren, dachte Naismith, wie viele von ihnen hatten die Warnungen abgehört, die jetzt von den Küstenfunkstellen wegen des gefährlichen Wracks bei den Casquets ausgestrahlt wurden? Erfahrung, diese große Lehrerin und Quelle des nagenden Zweifels, erinnerte ihn daran, daß achtzig Prozent von ihnen die drohende Gefahr vor ihrem Bug gleichgültig lassen würde. Er seufzte. Die *Wallenstein* war in verhältnismäßig tiefem Wasser untergegangen. Er hoffte, daß sie auf der Seite lag und so niemanden gefährdete.

Die *Active* rundete South Foreland und die hellen Lichter von Dover, die sich in der Gesteinsfalte zusammendrängten. Die alte Burg über der Stadt wurde mit Flutlicht angestrahlt. Der neue Kurs würde das Schiff in den nach Südwesten führenden Weg des Verkehrstrennungsgebiets einfädeln, natürlich unter dem spitzen Winkel, den die Kollisionsverhütungsordnung verlangte. Eine kleine Eingangspforte in die Hauptschlagader des europäischen Handels. Ein seltsamer Gedanke. Naismith gähnte. Es war längst Zeit zum Schlafengehen.

»Geben Sie Dover Coastguard unsere Absichten

durch. Er konnte Dungeness und das rote Licht des Feuerschiffs Varne sehen. Naismith ging hinaus in die Nock. Der Himmel war von Wolken freigefegt, und die Sterne funkelten kalt. Drüben im Südosten lag Kap Gris Nez. Ein Flugzeug flog blinkend nach Osten. Es war ein seltsamer Gedanke, sich all die Leute vorzustellen, die dort oben vor sich hin dösten.

Eine westliche Brise warf eine kleine Welle auf, die sich gegen den Ebbstrom aufsteilte. Der Bug der *Active* hob und senkte sich leicht, als sie in das offene Wasser einlief.

Susan Paulin hatte das UKW-Gerät und das Radar verlassen und starrte mit dem Fernglas nach vorne.

»Die Sicht ist jetzt ziemlich gut, Sir«, stellte sie fest.

»Ja. Sie können auf volle Fahrt gehen und den Autopiloten auf zwei-null-null einstellen . . .« Er drehte sich um, um ihr die Schiffe in der Umgebung zu übergeben. Ihre Köpfe stießen kurz zusammen, als sie sich über den Radarschirm beugten. Ihr Haar duftete leicht.

»Alles klar, sind Sie im Bilde?«

»Jawohl, Sir.«

»In Ordnung, dann haben Sie die Wache. Zögern Sie nicht, mich zu rufen, sollte Ihnen etwas spanisch vorkommen.«

»Aye, aye, Sir.«

Er zögerte noch einen Moment. Die althergebrachte Floskel aus dem Mund einer jungen Frau zu hören störte ihn, ohne daß es einen Grund gab. Aber sie war qualifiziert und hatte ihre praktischen Fähigkeiten gestern während der Nebelfahrt unter Beweis gestellt. Sie war ein erprobter Aktivposten für das Schiff, und es wurde Zeit, daß er seinen Schlaf bekam.

Naismith verschlief den ganzen Vormittag, während

die *Active* stetig in Richtung West-Süd-West dampfte und sanft in der langen Dünung stampfte, die vom Atlantik heranrollte. Der Wind, der während der Nacht aufgefrischt hatte, legte sich in der Morgendämmerung wieder, und es schien eine warme Septembersonne über ihren Köpfen. Nach dem Lunch ging Naismith wieder auf die Brücke. Es waren noch immer zwei oder drei Schiffe in ihrer Nähe, aber der dichte Verkehr der Straße von Dover hatte sich verteilt oder war ihnen vorausgeeilt, je nach Größe, Geschwindigkeit und Zielhafen.

Er kontrollierte den Kurs am Autopiloten und dann die letzte Position, die um 1300 Uhr von der eindeutig weiblichen Handschrift des Zweiten Offiziers in die Karte eingetragen worden war, denn sie war wieder auf Wache. Sie lehnte auf dem Teakholz der Brückenverschanzung, ihr schulterlanges Haar flatterte in der Brise. Im Ruderhaus polierte Quartermaster Potts schweigend Messing.

Als sie den Kapitän am Kartentisch sah, kam Susan Paulin von der Brückennock herein. »Wir werden gegen 2000 Uhr am Abend da sein, Sir.«

Naismith nickte und ging in den großen Vermessungskartenraum im hinteren Teil der Brücke. Die große Fläche des Tischs war mit Karten, Notizen und Büchern bedeckt. Die Gezeitentafeln und der Stromatlas lagen aufgeschlagen obenauf.

»Ich habe die Gezeiten ausgerechnet.« Sie zog ein Blatt hervor, das mit eng beschriebenen Zahlenkolonnen bedeckt war, daraus ergab sich die Wassertiefe über dem Wrack in halbstündigen Intervallen ab 2000 Uhr. Es mußte eine ermüdende Arbeit gewesen sein, von deren Genauigkeit aber die bevorstehende Operation abhing.

Naismith beugte sich über die Zahlen, drehte die Gezeitentafeln um und ließ den Finger über die Seiten laufen. Er nahm einen Bleistift und einen Notizblock und kritzelte eine Zahlenkolonne auf das Papier. Dann zog er den Stromatlas zu Rate. Als er nach ein paar Minuten feststellte, daß seine Ergebnisse mit Susans übereinstimmten, hörte er mit seiner Überprüfung auf.

»Das sieht gut aus, Susan.«

Niemand antwortete. »Sie«, schnaubte Quartermaster Potts – er unterbrach seine Arbeit kurz und deutete mit dem Zipfel einer alten Nationale hinaus –, »sie ist in der Nock, Sir.«

Naismith ging zu dem Zweiten Offizier hinaus, der entspannt an der lackierten Reling lehnte. »Ihre Berechnungen scheinen okay zu sein. Ich habe dem Ersten befohlen, die Suchketten am Nachmittag durchzuchecken.«

»Wie werden Sie nach unserer Ankunft vorgehen, Sir?«

»Nun, zuerst werden wir das Wrack mit dem Sonargerät suchen und erstmal eine vorläufige Position festlegen, dann werden wir uns bis Tagesanbruch danebenlegen und die wilden Cowboys vertreiben.« Er nickte mit dem Kopf in Richtung Vorschiff, wo ein kleines Containerschiff in der Kanaldünung stampfte. Das Sonnenlicht brach sich in den weißen Gischtwolken, die an seinem Vorsteven hochstiegen.

»Ich hoffe, Sie haben genug Sonarpapier vorrätig?«

»Ja, ich glaube schon.«

»Gut. Gibt es etwas Neues von unserem Freund?«

»Nur, daß er definitiv gesunken ist, Sir, aber Sie werden die Nachricht gelesen haben. Bob hat sie am Morgen bekommen.«

»Ja.« Während er auf seiner Couch döste, hatte ihm der Dritte Offizier Sobey das rosafarbene Formular hinuntergeschickt. Er erinnerte sich an den Inhalt. *Es wird ein gefährliches Wrack auf der Position . . . gemeldet. Alle Schiffe sollten mit äußerster Vorsicht in seiner Nähe navigieren . . .*

»Es war ein Whisky Zulu Telegramm.«

»Jawohl, Sir. WZ 214, denke ich.«

»Ja, ja . . . Hallo Chas, sind die Suchketten in Ordnung?«

Naismith und das Mädchen drehten sich zu dem Neuankömmling um. Es war ein kräftiger, bärtiger Mann mit einer hohen Stirn, da sich dort sein Haar zu lichten begann. Charles Hobden war der Erste Offizier der *Active*, auch Chiefmate genannt. Aber gewöhnlich sprach man nur vom Ersten, ein durchaus passender Titel für diesen großen Bären von einem Mann.

»Ja. Der Bootsmann legt sie gerade auf dem Bootsdeck aus, und der junge Bob legt einen Wandertag ein, um sie nachzumessen.«

Naismith grinste. »Ihr herzlosen Bastarde«, meinte er freundlich, er spürte genau Hobdens schnellen, fast beschützenden Blick in Richtung des Mädchens. Er entschuldigte sich nicht für seine deftige Sprache, sie war durch ein paar saftige Ausdrücke immer etwas farbig gewesen. Als Zweiter Offizier der *Active* mußte Susan Paulin damit leben. Außerdem, dachte Naismith bei sich, bedurfte die altmodische beschützende Haltung des Junggesellen Hobden gegenüber Frauen dringend einer modernen Kurskorrektur.

Hobden grunzte rauh, was sich auf die unfreiwilligen Überstunden des Dritten Offiziers bezog. »Es ist nicht mein Job, beliebt zu sein . . . Übrigens, ich habe gerade die Nachrichten in *The World at One* gehört. Sie erwähnten eine Kollision, die sich westlich des Feuerschiffs Casquets ereignet hätte.« Die letzte Bezeichnung stieß er mit deutlichem Widerwillen hervor.

»Na ja, die BBC bringt immer ein paar Details durcheinander. Noch etwas?«

»Yeah. Die *Wallenstein* ist gesunken, achtundzwanzig Besatzungsmitglieder wurden aufgefischt, drei sind ertrunken, zwei werden vermißt, einschließlich einer Frau.« Wieder konstatierte Naismith einen schnellen Seitenblick auf das Mädchen. Er spürte, daß seine Schwierigkeiten, seine Vorurteile zu überwinden, nichts gegen Hobdens innere Kämpfe waren, Susan als Teil der Schiffsbesatzung zu akzeptieren. Es schien ihm, daß außer dem erheblichen Widerstand, die Anwesenheit einer Frau auf der Brücke zu dulden, die aktuelle Präsenz von Susan Hobden auch in anderer Weise beunruhigte. Da war etwas Seltsames, ja sogar Anrührendes, Unreifes in Hobdens Verhalten, so als ob dieser große, starke Mann in der Gegenwart Susans schüchtern wurde.

»Arme Teufel«, meinte Naismith, »haben sie gesagt, um wen es sich handelt?«

»Anscheinend um die Frau des Kapitäns.«

»Und er wurde gerettet?«

»Nun, jedenfalls haben sie nicht betont, daß er mit seinem Schiff untergegangen ist.«

»Jesus . . .« Alle drei schwiegen einen Moment lang, als sie versuchten, sich vorzustellen, was ein Mann empfand, der seine Frau und sein Schiff verloren hatte. Schließlich sagte Naismith: »Ein verdammt schweres Los . . .«

»Ja. Die *Calliope* ist auf dem Weg nach Cherbourg.

Ein französischer Schlepper begleitet sie. Wahrscheinlich werden in den Abendnachrichten ein paar Bilder kommen.«

»Ja. Okay, Chas, danke. Aber das wird davon abhängen, ob der verdammte Fernsehempfang einigermaßen gut ist. Es würde uns helfen, wenn wir einen ungefähren Eindruck davon bekommen würden, wonach wir eigentlich suchen.«

»Okay«, Hobden nickte, »ich gehe jetzt und mache Bobby Beine.« Er verließ sie, aber nicht ohne vorher Susan noch einen Blick zugeworfen zu haben. Naismith bemerkte es mit einem unterdrückten Lächeln. Er und Susan drehten sich wieder nach vorne um, legten ihre Arme auf die Reling und hingen ihren Gedanken nach.

Naismith löste seinen Blick vom fernen Horizont und blickte hinunter auf die zischenden Wellen, die sich am Bug der *Active* teilten. Ein weißer Plastiksack schwamm an der Bordwand entlang.

»Sehen Sie sich das an!« fauchte Susan scharf. Sie pflügten durch ein Feld, das aus treibenden Abfällen, Plastikflaschen, weggeworfenen Kanistern und einem Sack für Kunststoffdünger bestand.

Naismith spürte den Zorn des Mädchens. »Das sind keine Schiffsabfälle.«

Wieder lächelte Naismith in sich hinein. Susan Paulin war sehr streitbar; er erinnerte sich gut an einige ihrer Unterhaltungen bei Tisch. Er vermutete, daß das unvermeidlich war, eine angeborene Gabe ihrer Generation, ihres Geschlechts und ihres erwählten Berufs. Man dringt in kein männliches Reservat wie die Seefahrt ein, ohne ein paar feste Überzeugungen und einen starken Charakter zu haben. Er musterte sie verstohlen von der Seite. Im Profil sieht sie ganz hübsch aus, dachte er, und fragte sich, ob es ihre Attraktivität war, die in dem steinernen, unbeugsamen Herzen des armen alten Chas Hobden diesen Aufruhr entfachte. Er fragte sich weiter, welche Ambitionen sie zur Seefahrt geführt hatten. Es war ihm unmöglich, eine Entscheidung zu fällen, denn ihre Geisteshaltung schien sich zu stark von seinem einfachen Wunsch, ein Schiff zu kommandieren, zu unterscheiden.

»Wie soll ich Sie anreden?« hatte er sich erkundigt, als sie auf der *Active* angemustert hatte. »Mrs., Miss oder Ms?« hatte er gebrummt.

Sie hatte die Schultern gehoben, zwei ärgerliche rote Punkte erschienen auf ihren Wangen. »Nun, ich bin nicht verheiratet, Sir.«

Sie hatte ihm den Ball wieder zugespielt, und er hatte sich sogar unter diesen Umständen eine mentale Notiz über ihre Intelligenz und Empfindlichkeit gemacht.

»*Sind* Sie eine Ms?« bohrte er nach, obwohl ihm klar war, daß es unfair und provokativ war, sie vorsätzlich auf die Probe zu stellen. Sie ignorierte die Einladung, das Banner der weiblichen Emanzipation zu schwingen.

»Das ist ein ziemlich häßliches Wort«, hatte sie verhältnismäßig kühl erwidert, und Naismith wurde klar, daß er in eine alte Falle gegangen war, die sie nur zu gut kannte. »Wie gefällt Ihnen Susan?«

Er hatte sie angelächelt, bestürzt über seine eigene Taktlosigkeit und angetan davon, wie sie mit ihrem reizbaren, neuen Kapitän umging. Sie hatte vorsichtig zurückgelächelt, das professionelle Eis war geschmolzen, und ihm wurde klar, daß sie viel mehr über ihn wußte, als er über sie.

»Na gut«, hatte er abschließend gemeint, »bleiben wir bei Susan.«

Jetzt sagte sie mit plötzlichem Ärger, als die *Active* durch ein zweites Feld voller Abfälle fuhr: »Wissen Sie, Sir, ich glaube, daß ich nicht ein einziges Mal über die Seite blicken konnte, seit ich mittags auf Wache gekommen bin, ohne irgendeine Form von Umweltverschmutzung zu sehen.«

»Schiffsabfälle und Treibgut . . .«

»Nein, das wäre ökologisch fast zu tolerieren. Es waren Abfälle vom Land, Kohlenwasserstoffprodukte und diese verdammten Kunststoffschäume.«

»Ja«, nickte er zustimmend, erfreut darüber, daß sie in der Lage war, ihre Gefühle zu zeigen; außerdem sah er in ihrer Wortwahl eine stillschweigende Bestätigung seines eigenen Kraftausdrucks. »Ich weiß. Der Stoff ist so leicht und fängt das Sonnenlicht ein. Dabei sehen wir auf unserem Weg nur einen kleinen Teil davon.«

Susan erhitzte sich sofort, als sie spürte, daß Naismith den Wunsch hatte, sich zu unterhalten. »Gott allein weiß, wie das alles enden wird. Niemand, mit dem ich an Land darüber rede, scheint den Umfang des Problems zu erkennen.«

»Was ich nicht weiß, macht mich nicht heiß«, zitierte Naismith.

Er hatte es zynisch gemeint, aber sie stürzte sich gierig darauf.

»Genau! Als Peter einen Artikel darüber schrieb, kam als einzige Reaktion ein Brief von einem Leser aus Fife, der ihm schrieb, daß er die Pferde unnötig scheu machen würde.«

»Peter . . .?« Er blickte sie fragend an.

»Ein Freund von mir.« Sie wandte ihm ihr Gesicht

zu, und um ihre Mundwinkel zuckte es ein ganz klein wenig. Die fragende Unsicherheit in ihren Augen machte ihm klar, daß der unbekannte Peter mehr als ein flüchtiger Bekannter war. »Er ist freier Journalist, der sich auf maritime Themen spezialisiert hat. Er war Zweiter Offizier bei der Trans-Ocean, bis er überflüssig wurde«, erklärte sie ein wenig bitter, »und er ist scharf darauf, den Reedern, die ihre Schiffe ausgeflaggt haben, ihre Sünden nachzuweisen.« Naismith fühlte sich durch die Kenntnis dieser privaten Details seltsam angerührt, so als ob sie ihre Fähigkeiten schmälern würde, die allgemeine Passivität auf seinem Schiff zu unterbrechen.

»Nun«, begann er wieder und knüpfte an seine vorhergehende Bemerkung und die Antwort auf Freund Peters Artikel an, »die Reaktion aus Fife überrascht mich nicht, fürchte ich. Die meisten Menschen können nicht weiter sehen, wie eine fette Sau springen kann, und selbst wenn sie es könnten, würden sie sich lieber mit den Problemen des Nachbarn beschäftigen und ihm schlaue Lösungen vorschlagen, als erst mal vor ihrer eigenen Tür zu kehren. Außerdem«, fügte er hinzu, plötzlich ganz ernsthaft, »kollektive Probleme sind immer sehr schwer zu beseitigen, besonders in so einer komplizierten Gesellschaftsform, in der jeder Hund erst mit dem Schwanz wedeln muß, bevor eine Entscheidung gefällt wird. Das führt zu einer Vernebelung der Probleme, einfache Lösungen bleiben dabei auf der Strecke . . .« Er hatte die Metaphern satt. Sie schien es nicht bemerkt zu haben.

»Das gehört zu den Dingen, die ich so an der Seefahrt liebe«, erwiderte sie, warf plötzlich den Kopf in den Nacken, sog den Wind ein, der über sie hinwegwehte. Naismith bemerkte unvermittelt, wie zart ihre

Halspartie war und wie sie unter dem geschlechtsneutralen Uniformpullover gebaut war. »Weil neue Perspektiven aufgezeigt werden.«

Der Charme und die Offenheit der Geste und der Bemerkung trafen ihn stark. Es war weniger die Anziehungskraft ihres Geschlechts, als die Freiheiten, die sie sich auf Grund ihres Geschlechts herausnehmen durfte. Ein gewöhnlicher Zweiter Offizier, also ein unerschütterlicher junger Mann, der immer an die Aufstiegschancen dachte, würde das nie gewagt haben. Fast unwillig, so als ob er wie Charles Hobden in einem persönlichen Zwiespalt stecken würde, bedauerte er den Spielraum, den er ihr eingeräumt hatte.

»Es scheint uns so sonnenklar«, fuhr sie fort und lehnte sich wieder gegen die Verschanzung, »daß man die Verschmutzung der Meere beenden sollte, aber den Menschen an Land erscheint die See so unendlich groß, daß ihnen das Problem künstlich von Schwarzsehern wie Peter herbeigeredet vorkommt.«

Naismith zuckte die Achseln und kehrte wieder zu seinem zynischen Ausgangspunkt zurück. »Sie haben völlig recht, aber es gibt Menschen an Land, die gegen den Atomkrieg protestieren, den sie als die größte Bedrohung empfinden, und sollte ihnen das noch nicht reichen, können sie immer noch mit den Alpträumen der chemischen Kriegsführung, dem Mord an den Walen, Seehunden und Nashörnern oder der falschen Nutzung von Pestiziden aufwarten. Schließlich, wenn sie wirklich ans Eingemachte gehen wollen, bleibt noch die Rodung des tropischen Regenwalds Amazoniens, die die Erneuerung des Sauerstoffs der Erde vermindert. Und alles das ignoriert die Probleme, die die Freisetzung der Stickoxyde der

Verbrennungsmotoren der Ozonschicht in der Hemisphäre verursacht, was wiederum zur Folge hat, daß das Eis an den Polkappen abschmilzt . . .«

Da waren wieder die beiden roten Flecken auf ihren Wangen, ihre Lippen waren vor Ärger zusammengepreßt, den sie aus Respekt von seiner Dienststellung unterdrücken mußte. Naismith konstatierte mit plötzlicher Erleichterung, daß sie dadurch das Aussehen einer viel älteren und ziemlich ernüchterten Frau bekam.

»Das sind keine Spinnereien aus dem Wolkenkuckucksheim, Sir! Diese Umweltverschmutzung wäre am einfachsten zu beenden, außerdem würden viele unersetzliche Rohstoffe geschont, zudem könnte man damit neue Wege zu Wohlstand und Arbeit beschreiten . . .«

»Sie hören sich an wie die *Sunday Times*«, warf Naismith trocken ein und vergaß dabei Peter, den Journalisten. Dieses Mal biß sie sich wütend auf die Lippe.

»Sehen Sie«, sagte er begütigend, »ich weiß, daß ich ein Zyniker bin und vielleicht schon genauso resigniert wie diese Wischi-Waschi-Typen an Land, über die ich mich eben beschwert habe, aber wir sind alle Umweltverschmutzer, und was die anderen verlorenen Kriege angeht . . .«

»Es gibt keinen Grund, sie als verloren anzusehen«, unterbrach sie ihn.

»Doch, ich weiß es!« entgegnete er scharf. »Nach meiner Überzeugung werden uns die verdammten Politiker in die Ewigkeit befördern, ohne sich auch nur eine Sekunde über das Abfallproblem Gedanken zu machen.«

Sie öffnete den Mund, um dagegen zu protestieren, aber er fuhr fort. »Die menschliche Rasse ist zum Untergang verdammt, Susan, ein Leben auf See hat mich das gelehrt. Es ist nur eine Frage der Zeit, bis es soweit ist. Die Methode ist ziemlich klar einschätzbar.«

»Ich verstehe nicht, wie Sie so etwas sagen können, Sie haben doch selbst Kinder.«

Naismith seufzte. »Genau das ist der Grund, warum ich es so genau voraussagen kann«, erwiderte er und blickte sie voll an, »man gibt keinem Kind eine Schachtel Streichhölzer in die Hand und sagt ihm, daß es sie nicht benutzen darf, nur um dann überrascht zuzuschauen, wie es sich selbst verbrennt.«

Ihre braunen Augen sahen von den unterdrückten Tränen fast grün aus.

Bei Gott, dachte er plötzlich voller Schrecken, sie würde doch wohl nicht auf dieser verdammten Brücke anfangen zu heulen! Er drehte sich wieder nach vorne um und starrte auf die klare blaue Kimm und versuchte abzuwiegeln.

»Als ich ein Junge war, gleich nach dem Krieg, war ich auf der Isle of Wight. Mein Vater fuhr eines Tages mit mir mit einem der alten Radfähren auf die See. Sie führten Rundfahrten um die Insel durch. Es war ein ziemlich windiger Tag, erinnere ich mich, wahrscheinlich wehte nicht mehr als eine kräftige Brise, doch in meiner Erinnerung bleibt er ganz schön stürmisch.

Die See war sehr grün und der Himmel eine Mischung aus Sonne und schwarzen Wolken. Es war aufregend, wie der alte Dampfer in den Wellen stampfte und die Decks naß vom Spritzwasser waren. Das alles steht mir bildhaft vor Augen. Aber was dem Tag wirklich etwas Märchenhaftes verlieh, war die Anwesenheit von Tümmlern und Delphinen, die um das Schiff herumsprangen.«

»Dann waren Sie also nicht immer zynisch und resigniert?«

Er sah, daß ihre Augen wieder dunkelbraun waren.

»Touché«, erwiderte er lächelnd, »aber ich kann mich nicht mehr erinnern, wann ich das letzte Mal innerhalb der vergangenen zehn Jahre Delphine vor der britischen Küste gesehen habe.«

Sie seufzte. »Das Röhricht ist am See verdorrt und kein Vogel singt.«

»Von wem stammt das?«

»Keats, Sir.«

»Oh.«

2

In der Messe der *Active* lümmelte sich Charles Hobden in einem mit Chintz bezogenen Sessel. Er war ein großer Mann, der aber viel von seiner imposanten Erscheinung einbüßte, falls er nicht gerade stand. Unwillkürlich mußte man an einen gestrandeten Wal denken, ein Vergleich, der noch verstärkt wurde durch das unpassende Blumenmuster des Bezugsstoffs.

Er blickte so konzentriert auf den Fernseher, daß er nichts anderes im Raum wahrnahm, denn er versuchte, zwischen den Empfangsstörungen neue Informationen über die Kollision herauszuspüren. Seine völlige Aufmerksamkeit zeigte eine Seite seines Charakters auf, die ihn zu dem gemacht hatte, was er war: ein professioneller Fachidiot. Er war der Sohn eines Treibnetzfischers und war mit seinem Vater zur See gefahren, als der Hering noch ungekrönter König war. Aber schnell hatte er erkannt, daß seiner Zukunft bei der Küstenfischerei enge Grenzen gesetzt sein würden. Das Beispiel seines Vaters, eines Kapitäns, dessen Glück eines Tages zu Ende gewesen war, ständig vor Augen hatte ihn von der Fischerei zum beständigeren Leben bei der Küstenfahrt getrieben. Aber von der Fischerei brachte er eine unbezahlbare Eigenschaft mit: sich mit seiner ganzen Person für den erfolgreichen Abschluß einer Aufgabe einzusetzen. Das brachte ihn relativ schnell aus dem Mannschaftslogis in die Offiziersmesse. Er saugte alle Kenntnisse, die seinen Beruf betrafen, gierig in sich auf und vergaß sie niemals wieder. Diese Fähigkeit formte ihn zu einem perfektem Seemann. Er war unermüdlich, erfahren und ein Experte: in allen Arbeiten kompetent und absolut zuverlässig. Ein wortkarger Mann. Seine Äußerungen, wenn er sich denn zu welchen hinreißen ließ, waren trocken und ohne Humor, zu scharf und ohne Weisheit. Seine Unduldsamkeit in allen Angelegenheiten, die die Seefahrt betraf, war bekannt.

Als Leiter aller Arbeiten der Crew auf der *Active* wurde er respektiert und nicht gefürchtet, am meisten wurden seine Fähigkeiten aber von Naismith geschätzt, der ihn immer mit einer gewissen Scheu behandelte, so als ob Hobdens reiche Erfahrung die Selbstzweifel von Naismith bestärkten, die er im Geheimen pflegte.

Der Niedergang des Küstenhandels hatte Hobden zu den Tendern des British Navigational Aids Service geführt, jener Behörde, die für die Tonnen, Feuerschiffe und Leuchttürme rund um Großbritannien verantwortlich war. Der Öffentlichkeit war nur die Abkürzung BNAS bekannt, die volkstümlich »Bie-nas« ausgesprochen wurde. Hobden hatte sich sofort zu den geheimnisvollen Fakten hingezogen gefühlt, den versteckten Landeplätzen, den Untiefen, Felsen, Richtfeuerlinien und den Gezeitenstrudeln. Er entwikkelte sich zu einer wandelnden Enzyklopädie, dabei war er eine einschüchternde Erscheinung, ein Bär von einem Mann mit einem buschigen Bart und einem regen Hirn, auch wenn das manchmal auf dunklen Umwegen arbeitete.

Jetzt flegelte er sich verachtungsvoll vor einem TV-Bild, über das Schneeschauer niederzugehen schienen. Ein fader Nachrichtensprecher der BBC beging den in Hobdens Augen nahezu kriminellen Fehler, schon zum zweiten Mal vom Casquets Leuchtturm als vom Feuerschiff Casquets zu sprechen.

»Wäre es ein Fußballspiel, würden sie dir erklären, wie viele Warzen der Mittelstürmer auf dem Arsch hat«, murmelte er vor sich hin. Aber er fuhr fort, die eingeblendete Fotografie der *Wallenstein* zu betrachten.

Matrose Davis klopfte an die Tür des Kapitäns und wartete nervös. Es war nicht Naismith, der ihn nervös machte, sondern die Bürde des Problems, das ihn dazu bewogen hatte, um eine Unterredung beim Kapitän zu bitten.

»Herein!«

Davis hob den Vorhang, trat ein und ließ ihn hinter sich wieder fallen.

»Kann ich Sie für einen Augenblick sprechen, Käpt'n?«

Naismith blickte von seinem Schreibtisch auf. Er hatte Hobden erwartet, und das Gesicht des Matrosen war ihm unbekannt. Er warf einen kurzen Blick auf die Mannschaftsliste. Ein neuer Name fiel ihm ins Auge.

»Davis, nicht wahr?«

»Yeah, Käpt'n.« Davis sprach unverfälschten Liverpooler Dialekt.

»Was kann ich für Sie tun?«

Davis schluckte nervös. »Nun, ja, ich ... ich frage mich, ähh, ich frage mich, wie lange es wohl dauern könnte, bevor ich hier fest angemustert werde?«

Naismith schob seinen Sessel zurück. Davis war eingestellt worden, um einen Mann der Stammbesatzung zeitweilig zu vertreten, der in Urlaub gegangen war. Seine weitere Zukunft war so unbestimmt wie das Wetter.

»Sie wurden als Ersatzmann angeheuert, Mr. Davis. Zwar sind ständig innerhalb unserer Flotte Seeleute zu ersetzen, die wegen Urlaubs oder Krankheit ausfallen, aber es wäre dumm, ja unverantwortlich von mir, würde ich Ihnen auf lange Sicht etwas versprechen.«

Naismith sah eine Wolke von Enttäuschung über das Gesicht des jungen Mannes huschen. Da war auch eine Spur von Unmut. Naismith studierte den jungen Mann. Davis war ein schlanker Typ, der von der tropischen Sonne dunkel gebrannt worden war. Er mochte ein- oder zweiundzwanzig Jahre alt sein, schätzte Naismith, strahlte aber nicht die überhebliche Selbstsicherheit aus, die viele Angehörige seiner Generation zur Schau stellten. Der Kapitän vermutete, daß dahinter eine Reife steckte, die auf eine schwere Kindheit in den Liverpooler Armenquartieren zurückzuführen war. Naismith spürte eine Welle von Mitgefühl, dann hielt er sich zurück, um nicht gönnerhaft zu erscheinen.

»Sie sind aus einem bestimmten Grund besonders scharf darauf, fest angestellt zu werden?«

»Jawohl, Käpt'n, es geht um meine Frau.«

»Ihre Ehefrau?« wiederholte Naismith, ein bitterer Unterton klang in seiner Stimme mit. Seeleute sollten niemals heiraten, dachte er zum 'zigtausendsten Mal – er schloß sich selbst mit ein.

»Yeah. Ich will sie so schnell wie möglich in das UK holen, und dafür benötige ich den Nachweis einer festen Anstellung, wie Sie wissen.«

»Wo ist sie jetzt?«

»Sie lebt in Santa Maria de los Mayas.« Der plötzliche spanische Akzent verriet eine Kenntnis der Sprache, die Naismith überraschte.

»Wo?«

»Santa Maria de los Mayas, der Hauptstadt von Costa Maya.«

Naismith mußte sich seine Unwissenheit eingestehen, bis er sich an eine Dokumentation im Fernsehen erinnerte, die er kürzlich über die kleine mittelamerikanische Republik gesehen hatte. Die rechtmäßig demokratisch gewählte Regierung war von einem Staatsstreich der Ultrarechten unter Führung militärischer Kreise gestürzt worden. Die betrogenen Bauern hatten sich erhoben und waren in einen verzweifelten Guerillakrieg mit der Militärjunta verwickelt. Der BBC-Reporter hatte ein paar unangenehme Fakten über die Ursachen ausgegraben. Man vermutete amerikanische Einmischung zugunsten multinationaler Gesellschaften und der zwei oder drei reichen Familien, denen alles Land gehörte. Der kleine, im Abseits stattfindende Krieg zeigte alle nur zu gut bekannten Konsequenzen menschlicher Habgier im zwanzigsten Jahrhundert.

Davis zog eine abgewetzte lederne Brieftasche aus der Gesäßtasche seiner Jeans. Das Foto, das er Naismith reichte, war besser als die üblichen Erinnerungsbilder, die Seeleute für gewöhnlich herumschleppten. Sie war sehr dunkel und hatte die hohen Wangenknochen und Schlehenaugen ihrer indianischen Vorfahren. Der große Mund lächelte betörend, und die Nase war spanisch genug, um sie als Schönheit zu kennzeichnen.

»Sehr hübsch«, meinte er und nahm widerstrebend

das zweite Bild. Es zeigte diesselbe junge Frau, ohne Zweifel war sie attraktiv, diesmal drückte sie ein kleines Bündel an die Brust.

»Junge oder Mädchen?«

»Junge.«

Naismith gab ihm die Fotos zurück. »Sehen Sie, Davis, ich kann Ihnen keine Versprechungen machen, aber ich werde sehen, was ich tun kann. In der Zwischenzeit erwarte ich, daß Sie mir zeigen, was für ein guter Seemann Sie sind. Sie müssen sechs Monate auf Probe arbeiten, aber es *könnte* sein, daß wir Sie dann in ein Dauerarbeitsverhältnis übernehmen. Haben Sie die Einwanderungsmodalitäten abgeklärt?«

Davis nickte. »Yeah, Käpt'n. Ich brauche nur das Geld für das Flugticket und ein festes Arbeitsverhältnis, damit ich eine Wohnung bekomme.«

»Ich verstehe . . . Sie haben Ihre Frau kennengelernt, als Sie noch in der Großen Fahrt waren, nicht wahr?« Es lag auf der Hand, aber Naismith spürte ein Gefühl der Neugierde bezüglich des Mädchens, die lüsterne Erwartung, daß sie ein Barmädchen war, die üblichen Hostessen und Huren, die man an allen Küsten der Welt fand. Es war schwer vorstellbar, daß Davis auf etwas anderes gestoßen war.

Aber Davis grinste. »Yeah, Käpt'n. Wir haben einen Monat lang eine volle Ladung Zucker für New York geladen.«

»Und Ihre Frau?« faßte Naismith nach, sich wohl bewußt, daß heute sein Interesse am anderen Geschlecht bis an die Grenzen des Schicklichen ging.

»Juanita ist Lehrerin. Wir trafen uns, als ich während meiner Freiwache an Land ging. Die kleinen Kinder hingen dauernd an mir, als sie hörten, daß ich aus Liverpool kam. Sie wollten Fußball mit mir spielen, verstehen Sie, wahrscheinlich dachten Sie, ich hätte für Everton gekickt oder so . . .«

»In Ordnung, Davis.« Naismith schnitt dem Seemann das Wort ab. Er fühlte sich während der ganzen Unterredung unbehaglich. Die Lage von Santa Maria war ihm unbekannt gewesen, die Schönheit des Mädchens hatte ihn seltsam beunruhigt, und ihr Beruf hatte ihn überrascht. Seine Beschränktheit wurde ihm schlagartig bewußt. Und diese Kinder unter den Palmen kannten den Fußballclub Everton! Er quittierte Davis' Dank mit einem kurzen Nicken.

»Okay, Käpt'n.«

Hobden stand dräuend in der Tür. »Sie werden den Kommandanten dieses Schiffes mit ›Sir‹ anreden, Davis.« Naismith stöhnte leise. Er sah, wie sich wieder dieser Ausdruck abwehrender Enttäuschung auf dem Gesicht von Davis breit machte. Die Vorstellung eines grinsenden Engländers, der von indianisch-spanischen Kindern umringt war und auf den eine hübsche Lehrerin erwartungsvoll zulief, zerrann in seiner Vorstellung durch Hobdens nüchterne Anwesenheit. Davis machte sich dünn.

»Das war ein wenig barsch, Chas.«

»Er ist neu, Sir«, erwiderte Hobden, als ob das etwas erklären würde.

»Nun, worum geht es?«

»Die *Wallenstein* hat 4.000 BRT, drei oder vier Luken mit Ladebäumen, die Unterkünfte liegen alle achtern. Ein hübsches Schiff, ich vermute, daß es in Deutschland gebaut wurde, wahrscheinlich Mitte der sechziger Jahre, bevor sie vergessen haben, wie man so etwas macht.«

»Was sagen sie über die Ladung?«

»Nichts.«

»Auch nicht über den Bestimmungshafen?«

»Äh – auf der Reise von Hamburg nach Santa soundso, irgendwo in Mittelamerika . . .«

»Santa Maria de los Mayas?«

»Ja, das war es wohl.«

»Das ist die Hauptstadt von Costa Maya«, entgegnete Naismith ein wenig herablassend, erfreut darüber, daß es auch in Hobdens Wissen Lücken gab und er so den Anpfiff für Davis ein wenig rächen konnte.

»Oh.« Der Vorhang fiel hinter dem Ersten zu. Naismith kicherte.

***

Naismith lehnte an der Brückenreling der Nock. Der Wind wurde wieder stärker und heulte unterdrückt in den Stagen. Die *Active* stampfte leicht durch die Dünung, beide Maschinen liefen ganz langsam voraus. Eine Möwe oder zwei stürzten sich von Zeit zu Zeit auf Futtersuche in das Kielwasser. Die Sonne war kurz vor dem Untergehen; ein Wolkenvorhang schob sich vom Westen her in den Kanal und brachte bei Einbruch der Nacht Regen. Naismith lief im Ruderhaus hin und her. Hinter dem Quartermaster beugte sich Hobden über das Sonargerät. Im Ruderhaus pulsierten die Töne der suchenden Impulse, die sich in der unendlichen Weite des Ozeans verloren.

»Nichts?«

»Scheiße.« Dieser Ausdruck war hier völlig fehl am Platz, ein halber Fluch, ein halber Gefühlsausbruch.

»Vergiß es!« Naismith nahm den Hörer des UKW-Geräts in die Hand. »Falmouth Coastguard, Falmouth Coastguard, hier ist die *Active*, *Active*, *Active*, hören Sie mich? Over.«

Ein paar Sekunden lang knackte und rauschte es, dann antwortete eine Stimme mit West Country Akzent.

»*Active*, hier ist Falmouth Coastguard. Kanal sechssieben.«

Naismith bestätigte und wechselte die Frequenz. Die Verbindung wurde hergestellt, und Naismith lud seine Sorgen ab.

»Falmouth, bitte bestätigen Sie die angegebene Position der gesunkenen *Wallenstein* nochmals. Wir konnten während der letzten Stunde nichts finden.«

Seine Meldung wurde bestätigt, dann folgte eine Pause. »Chas, bitte überprüfen Sie unsere Position nochmals, vergewissern Sie sich, daß sich kein verdammter Fehler eingeschlichen hat.«

In der zunehmenden Dunkelheit im Ruderhaus ignorierte Naismith den verletzten Blick Hobdens. Manchmal war zu große Selbstsicherheit ein auslösendes Moment für Nachlässigkeit. Das Verhängnis hatte den Kapitän der *Wallenstein* ereilt und seine erbarmungslose Macht auf das Schicksal der unglücklichen Menschen bewiesen. Naismiths' ständige Vorsicht ließ ihn ständig mit dem Schlimmsten rechnen.

Die Coastguardstation meldete sich mit einer Bestätigung der Position wieder, die schon vorher angegeben worden war. Hobden blickte von der Seekarte auf und nickte bestätigend.

»Paßt alles«, brummte er.

»Scheiße!« knurrte Naismith, nahm dann wieder den Hörer in die Hand und drückte die Sprechtaste. »Eine letzte Bitte, Falmouth, würden Sie bitte mit Joburg Control Kontakt aufnehmen, um die Position zu verifizieren. Es könnte eine Veränderung gegeben haben.«

Falmouth bestätigte, und Naismith wandte sich an Hobden. »Vielleicht haben die Franzosen etwas Neues. Wir werden die Suche die ganze Nacht fortsetzen. Sollte das Wrack eine Gefahr für die Navigation darstellen, und irgendein Narr brummt da rauf, ist der Teufel los. Das mindeste, was wir tun können, ist, daß wir nach dem verdammten Eimer suchen.«

»Yeah.«

»Hauen Sie sich jetzt hin. Bob Sobey und ich werden die Kiste hier bis Mitternacht schaukeln. Sie und Susan übernehmen dann bis vier Uhr. Wir starten eine Kastensuche ...« Er brach ab, als sich Falmouth wieder meldete. Diesmal meldete sich eine weibliche Stimme, die dieselbe Position von Joburg Control bestätigte. Naismith hing den Hörer ein.

»Für die verdammte Coastguard ist alles in bester Ordnung, die sitzen auch in einem schönen warmen Kontrollraum und beschäftigen sich mit irgendwelchen merkwürdigen Formularen ...«

»Alles Blaustrümpfe und ...«

»*Active*, *Active*, *Active* hier ist das Fischereifahrzeug *Three Brothers*. Sind Sie noch auf Kanal sechs-sieben, Käpt'n?« Das UKW-Gerät unterbrach Hobdens Stänkereien. Naismith packte den Hörer.

»*Three Brothers* hier ist die *Active*, over.«

»Yeah, Käpt'n. Wir hörten, was Sie mit Falmouth Charlie George besprochen haben. Suchen Sie nach dem Wrack?«

»Völlig richtig. Over.«

»Wir haben Dieselgestank in Luv geschnuppert, Käpt'n. Könnte von dem Wrack stammen. Over.«

»Wo sind Sie, *Three Brothers*? Over.« Hobden beugte sich über den Radarschirm, während Naismith ungeduldig wartete. Der Skipper des Fischerbootes hatte noch immer die Sendetaste gedrückt, und man hörte das dumpfe Dröhnen der Maschine und gedämpfte Stimmen wie in einer Theaterkulisse: »Wo zum Teufel sind wir, Jim?«

»Im Zwölf-Meilen-Bereich habe ich drei Echos im Südwesten«, meldete Hobden vom Radar.

»*Active*, hier sind die *Three Brothers*. Decca Rot H 10.5, Grün B 38 exakt.«

Naismith wiederholte die Hyperbelnummern der Decca-Ortung und bat den Fischer auf Stand-by zu bleiben, während Hobden sich wieder über die Karte beugte.

»Peilung eins-vier-null, Abstand circa acht Meilen von unserer jetzigen Position.«

Naismith blickte schon auf den Radarschirm. Er drehte den elektronischen Peilstrahl auf das Echo, das ihnen am nächsten war. »Das ist ein Fischkopp!« Er nahm den Hörer wieder zur Hand. »*Three Brothers*, hier ist die *Active*. Befinden sich zwei weitere Boote bei Ihnen? Over.«

»Yeah, Käpt'n, das sind wir. Over.«

»Okay. Danke, old man. Fischen Sie noch? Over.«

»Nee. Wir sind auf dem Rückweg nach Peter Port. Ein Mann der Besatzung ist krank.«

»Okay, Skipper. Vielen Dank für die Hilfe. *Active*, over and out.«

»Es war mir ein Vergnügen, out.«

»Immer die Höflichkeitsfloskeln der Alten Welt, immer das Gerede von der Bruderschaft der Seeleute, und diese dämlichen Kommunikationsexperten an Land sitzen auf einer verdammt falschen Ortsangabe«, witzelte Naismith nicht ohne innere Bewegung. »Nichts geht über eine feine Nase. Hart Steuerbord, Quartermaster!« Naismith ging zum Maschinensteuerstand hinüber und legte die Hebel energisch auf Voraus Voll. »Kommen Sie auf eins-drei-acht!«

»Eins-drei-acht. Aye, aye, Sir.«

Die *Active* drehte ihr Heck in den Wind, das Kielwasser brodelte und schäumte unter dem rasenden Lauf der Propeller.

Auf seiner Koje lag Francis Davis, starrte an die Decke und kämpfte gegen die Enttäuschung an. Das silberne Medaillon des Heiligen Christopherus hob und senkte sich auf seiner nackten Brust. Er konnte wieder auf die Fotografien schauen, die am Schott seiner Koje befestigt waren. Das waren seine privaten Ikonen, sie waren viel größer als das Foto, welches er Naismith gezeigt hatte, aber im Mittelpunkt stand immer Juanita – Juanita und ihr gemeinsamer Sohn Carlos Miguel.

Diese paar unglaublichen Wochen in Santa Maria erschienen ihm so randvoll mit Glück erfüllt, daß es ihm fast unglaublich erschien. Die Bitterkeit der Erinnerung übermannte ihn, daß er fast Schuldgefühle bekam, so als ob er an Freuden teilgehabt hätte, die eigentlich anderen vorbehalten waren. Wieder flakkerte Ärger in ihm auf, frustriert dachte er an die kürzlich erst erlittene Demütigung. Dieser große, bärtige Bastard von einem Steuermann mit seinem »Sirbusiness« und der blasierte, mittelmäßige Kapitän mit seinem »es wäre unverantwortlich von mir . . .«

Mit Anstrengung beruhigte sich Davis. »Löcke nicht gegen den Stachel«, erinnerte er sich dunkel, hatte der Priester gesagt, »so lautete Gottes Weisung an Paulus.« In der augenblicklichen Situation war dieses Bibelzitat von mehr als religiöser Bedeutung. Aber es war jetzt, nachdem er Juanita getroffen und geheiratet hatte, schwerer geworden, sich zu unterwerfen, jetzt, nachdem er die Wonnen der Liebe genossen hatte. Die vagen Versprechungen des Jenseits verloren viel von ihrem Reiz. Er dachte an die Hochzeit seiner Eltern, und der Vergleich steigerte nur sein Verlangen nach seiner Frau.

Sein trunksüchtiger, unzuverlässiger walisischer Vater war von den Angehörigen seiner Mutter, die mißbilligend die Schwangerschaft des Mädchens erkannt hatten, in die Ehe gezwungen worden. Er hatte das Joch fünf Jahre lang ertragen, dann hatte er Frau und Sohn sitzen lassen. Mit seinem walisischen Namen und dem Makel seiner ungewollten Zeugung wurde er zwischen seinen Liverpool-irischen Cousins ein Außenseiter und ein Einzelgänger unter seinen Schulkameraden. Er hatte nur ein enges Verhältnis zu seiner Mutter, einer Frau, die vorzeitig gealtert war, der das Leben wenige Glücksmomente geschenkt hatte und deren einzige Freude das Verschwinden des ungeliebten Mannes gewesen war. Seine ständige Isolation und die Anhänglichkeit an seine Mutter waren zwei Umstände, die Frank Davis in seine jetzige Krise getrieben hatten. Der Abstand zu seinen Angehörigen ersparte ihm ihr Leben, das sich in der Arbeit im Hafen, den Werften oder einem Leben von der Arbeitslosenunterstützung erschöpfte. Für Frank Davis bedeutete der Hafen den Geruch nach der weiten See, denn über den rußigen Kaminen Birkenheads schienen die blauen Schornsteine von Holt's »China Boats« das Blau des tropischen Himmels widerzuspiegeln, unter dem sie ihre kostbare Ladung zu transportieren pflegten. Der Duft der exotischen Güter wehte aus den geöffneten Ladeluken über die Dächer der kleinen Häuser, die das Victoria Dock umrahmten. Er war voller versteckter Versprechen, es war der Duft der Freiheit.

Er verließ sein Zuhause so schnell, wie er das schicklicherweise tun konnte, und ging als Küchenjunge zur See. Nicht auf einem Blue Funnel Liner, sondern auf einem Trampdampfer aus Glasgow. Von seinem Vater hatte er die typische walisische Wortgewandtheit geerbt, und die Schiffsbibliothek öffnete ihm schon während der ersten Reise die Augen. Er schickte regelmäßig einen Ziehschein nach Hause zu seiner Mutter. Nach ein paar Monaten wurde er von einem wohlmeinenden Steuermann in den Decksdienst übernommen. Dann folgte ein kurzer turbulenter Aufenthalt in Glasgow, wo er seine Unschuld verlor und den Matrosenbrief erwarb. Anschließend war er ständig zur See gefahren.

Sein Kopf war voll mit dem, was er las, sein Körper ausgelastet von der physischen Anstrengung der Arbeit, und sein schlechtes Gewissen wurde von den überschwenglichen Briefen seiner Mutter beschwichtigt, die ihm für seinen regelmäßigen Ziehschein dankte. So verbrachte er sieben Jahre in einem Zustand, in dem ihm das Glück so nahe erschien, wie er es sich bis dahin nur vorstellen konnte.

Sein Zusammentreffen mit Juanita war eine Romanze, und da sein Schiff im Zucker- und Kaffeehandel zwischen Santa Marie de los Mayas und New York in Zeitcharter lief, wurde sein Leben von einem wunderbar gleichmäßigen, vorhersehbaren Ablauf bestimmt. Sie heirateten bei seinem dritten Aufenthalt in Santa Maria. Das unvermeidliche Ende der Charter und die Fahrt des Schiffes in heimatliche Gewässer hatten sich die Liebenden nur als kurze Trennung vorstellen können. Davis wollte nach Santa Maria zurückkehren und sich dort niederlassen. Die sozialistischen Ambitionen seiner Frau weckten in ihm das ererbte alte walisische rebellische Feuer. Und während die ruhigen Ufer des Mersey eine tragische Unveränderlichkeit ausstrahlten, so als ob die enorme Armut der aneinandergedrängten Häuser auf ein geologisches Phänomen zurückzuführen wäre und nicht auf die ausufernde Bevölkerungszahl, schien Santa Maria nur sehnsüchtig auf eine Veränderung zu warten. Juanita sah ihre Lebensaufgabe darin, jungen Menschen beizubringen, das Elend nicht als unveränderliche Größe zu akzeptieren. Bald war Davis genauso enthusiastisch wie seine Frau. Aber er mußte ins Vereinigte Königreich zurückkehren, um seinen Heuervertrag zu erfüllen und dann abzumustern. Und auch, um seine Mutter von seiner Heirat zu unterrichten.

Er fand seine Mutter sterbend vor. Sie kämpfte den langen qualvollen Kampf gegen den Krebstod. Die grausamen Umstände versagten der armen Frau sogar einen würdevollen Tod. Davis saß in der Falle. Er überbrückte die Wartezeit, indem er einen Einreiseantrag nach Costa Maya stellte. Die Behörden verzögerten und verschleppten die Angelegenheit. Juanita schrieb ihm, daß sie schwanger wäre und ihre Arbeit aufgeben müsse. Davis' Ersparnisse wurden weniger. Die Krankheit seiner Mutter zog sich hin.

Dann folgten Nachrichten einer neuen Qualität. Ein Hoffnungsstrahl fiel in Davis' Herz. Juanita schrieb, daß alles ins Lot kommen würde, sobald die alte Ordnung beseitigt wäre. Es sollten Wahlen abgehalten werden, aber dann überschwemmte eine Welle von Terror und Einschüchterung das Land. Juanitas Briefe klangen immer verzweifelter. Die Wahlen, die unter großen Anstrengungen durchgeführt worden waren, hatten zu einem Erdrutschsieg der Volksparteien geführt, einer Koalition, die von der Kommunistischen Partei angeführt wurde. Im euphorischen Übermut wurde eine Regierung gebildet, Reden voller blumiger Versprechen wurden gehalten, und die Peones in den Dörfern wurden vor Freude fast verrückt. Zwei Wochen später schlugen die Rechten zurück. Es gab einen Militärputsch, und in den USA gebaute Panzer rasselten erbarmungslos durch die Dörfer und über die Wege entlang der wogenden Zuckerrohrplantagen. Die betrogenen Bauern zogen sich in die Berge und in den Dschungel zurück. Davis erhielt die Fotos von Carlos Miguel und seiner Mutter gerade noch, bevor die Junta die ausgehende Post stoppte.

Wieder blickte Davis auf die Bilder. Im Hintergrund war undeutlich ein neugieriger Gaffer zu sehen. Aber man konnte den amerikanischen Stahlhelm und seine automatische Waffe erkennen.

Zerrissen von Sorge und Unentschlossenheit blieb Davis in Birkenhead, besserte sein Einkommen mit allen möglichen Jobs auf, unter anderem als Kellner in den Pubs, in denen seine Mutter sauber gemacht hatte und in denen sich die Leute ihrer erinnerten und ihrem Sohn einen Gefallen tun wollten. Er arbeitete als Bauarbeiter, Anstreicher, nahm jeden Job an, um Geld zusammenzukratzen und die wachsende Wut in seinem Herzen zu zügeln.

Am Ende wußte er, daß er geschlagen war. Juanita fürchtete um die Sicherheit des Babys, und ein Dokumentarbericht im Fernsehen lüftete den Schleier und berichtete, was in Costa Maya passierte.

Davis setzte seine Bemühungen in der Botschaft von Costa Maya fort, aber erfolglos. Als seine Mutter in ein Siechenheim eingeliefert wurde, um dort zu sterben, nahm Davis einen Aushilfsjob bei der BNAS an. Er hatte sich entschlossen. Juanita und ihr Sohn mußten nach England kommen. Hier würden sie ihren Kampf gegen den Faschismus fortsetzen, und eines Tages, das hatte er sich geschworen, würden sie zurückkehren.

Als wolle ihn das Schicksal in seinem Entschluß bestärken, erhielt er einen aus dem Land geschmuggelten Brief, der in Belize aufgegeben worden war. Er war lang, leidenschaftlich und verzweifelt. Davis nahm ihn von seinem Kojenbrett, um ihn zum tausendsten Mal zu lesen. Juanita fürchtete, daß sie verlassen worden sei. Aber es gab illegale Kommunikationsmöglichkeiten, Menschen konnten außer Landes geschmuggelt werden. Er *müsse* helfen. Es folgten Anweisungen, wie er den Brief zu beantworten babe, ohne die Zensur fürchten zu müssen.

Aber das alles kostete Geld.

3

Susan Paulin ließ das Fernglas sinken und griff nach der Aldislampe. Ihr Herz pochte schmerzhaft, während ihre Besorgnis zunahm. Sie gab zwei Kurz und ein Lang, das Morsezeichen »U«, das internationale Warnsignal für ein Schiff, das sich in Gefahr begab. Die aufkommenden Positionslichter änderten ihre Stellung nicht. Sie morste wieder, dann ließ sie die Lampe sinken, rannte in das Ruderhaus und machte einen Ruf an alle auf Kanal 16 UKW.

»Hier ist das British Navigation Service Ship *Active*. Ich markiere ein gefährliches Wrack, alle Schiffe sind angewiesen, sich freizuhalten!« Zum ersten Mal in ihrer Karriere hatte sie das Gefühl, daß ihre weibliche Stimme hier fehl am Platz war. Als die Lichter weiterhin keine Kursänderung des anderen Schiffes anzeigten, packte sie wieder die Aldislampe. Sie war kurz davor, Potts zu befehlen, den Kapitän zu wekken.

Aber da knackte es im UKW, und eine Stimme mit schwerem, nicht auszumachenden ausländischen Akzent fragte: »Wat für eine Schiff is das? Wat is los? Warum werde ich gerufen?«

»Hier ist das British Navigation Service Ship *Active*. Sie begeben sich in Gefahr . . .«

Sie wußte, daß auf einem Dutzend Brücken innerhalb eines Radius von zwanzig Seemeilen der Frieden der Mittelwächter gestört worden war, aber zum Teufel damit! Ihr Herz pochte noch immer heftig und pumpte Adrenalin in ihren Kreislauf, dann kam das Backbordlicht außer Sicht, und die Dampferlaternen öffneten sich. Das passierende Schiff erhob sich drohend über die kleine *Active*, als es seinen Kurs änderte und der Bug herumschwang. Deutlich hörte sie das Gurgeln des Wassers an der Bordwand und das gleichmäßige Stampfen der Dieselmaschine.

Susan Paulin schluckte erleichtert, dann bemerkte sie, daß sie heftig zitterte.

»Möchten Sie eine Mugg Kaffee, Miss?« fragte Potts gleichmütig, doch seine Augen drückten eine Art widerwillige Hochachtung für sie aus.

»Ja, danke.«

Sie blickte zu den Lichtern der Unterkünfte und dem Hecklicht des fremden Schiffes hinüber, das am Heck vorbeiglitt. Der Tender *Active* lag vor Anker und hatte seine Lichter als Wrackmarkierungsschiff gesetzt. Es war der vierte Beinahezusammenstoß in den zweieinviertel Stunden, die Susan Paulin auf Wache war.

Sie ging zum Sonargerät hinüber und drehte die Lautstärke auf. Der Impuls ergab ein klares Echo an Backbord achteraus. Das Echo war hart und metallisch: Der Frachter *Wallenstein*.

»Danke.« Sie nahm den Kaffee von Potts entgegen.

»Eine Bande verrückter Cowboys, äh?« meinte Potts leichthin, dabei starrte er auf die Sonaranzeige und legte damit den Zwischenfall angewidert zu den Akten. »Was war ihr Bestimmungshafen?« Er deutete mit dem Kopf die sepiablaue Spur des Sonars.

»Mittelamerika. Ein Hafen namens Santa Maria de los Mayas«, sagte sie stolz auf ihr Wissen, das ihr Hobden weitergegeben hatte.

»Oh, yeah, bin ich gewesen. Mit der alten Harrison Line, auf der, äh, der *Academician*, ja, die muß es gewesen sein.« Er kicherte. »Die Olle mit den zwei Dikken und dem Dünnen in der Mitte.«

»Wie bitte?« Susan drehte die Lautstärke wieder runter, während sie weiter plauderten.

»«Zwei dicke weiße Streifen und dazwischen ein dünner roter am Schornstein.«

»Ach so, ich verstehe.« Sie nippten am Kaffee. »Der Alte erzählte, daß der neue Matrose dort drüben eine Frau mit Kind hat.«

»Was, in Santa Maria?«

»Ja.«

»Oh.« Potts zuckte mit den Achseln. Urlaubsvertretungen kamen und gingen, während alte Quartermaster in der »Inventarliste« geführt wurden. Potts gab sich mit Neulingen in der Messe der *Active* kaum ab. Es gab mehrere hundert Häfen in der Welt, und es war wahrscheinlich, daß bei einer so bunt zusammengewürfelten Crew einer immer irgendeine Beziehung zu einem der Zielpunkte hatte. Der Gedanke, daß es sich um mehr als einen bloßen Zufall handeln könnte, kam Potts nicht im Traum. Selbst Susan betrachtete die Angelegenheit als nicht eigentlich wichtig. Sie hatte Peter während eines Landgangs in Kobe getroffen, wo ihre beiden Schiffe festgemacht hatten, und aus den Gesprächen im Salon wußte sie, daß während des Falklandkrieges auch eine persönliche Beziehung zum Konfliktgebiet bestanden hatte, denn der Koch der *Active* war auf den letzten britischen Walfängern gefahren, die die alte Basis in Grytviken auf South Georgia nutzten.

Sie trat mit ihrem Kaffee an die Fenster des Ruderhauses. Der Radarschirm war sechs Seemeilen leer, wenn man von dem ablaufenden Chaoten absah. Sie fragte sich, warum die Erwähnung des Namens Santa Maria irgend etwas in ihrer Erinnerung anrührte, dann erinnerte sie sich an die Fernsehdokumentation über den Guerillakrieg, der in dem Land tobte. Sie fragte sich, wie sich der neue Matrose Davis fühlte, dessen Frau und Kind in der Kriegszone lebte. Vielleicht war Davis ausgestiegen und hatte sie verlassen. Sie spürte ein Gefühl des Ärgers über die menschliche Gleichgültigkeit in sich aufsteigen. Sie war darüber heute nachmittag in Rage geraten, als es um die Verschmutzung im Ärmelkanal ging. Sie hatte die spitzen Bemerkungen des Kapitäns über ihren Idealismus nicht vergessen. Die Erinnerung verstärkte nur ihren schwelenden Ärger. Sie war reif genug, um zu erkennen, daß ihr Enthusiasmus auf Männer naiv wirken mochte, insbesonders dann, wenn er als Anzeichen der Schwäche ihres Geschlechts ausgelegt wurde. Aber sie war zutiefst von der Richtigkeit ihres Standpunktes überzeugt, mit dieser bestimmten weiblichen Sturheit, die aus der Überzeugung erwuchs, daß es für die Welt keine Hoffnung mehr geben würde, wenn sich nicht mehr Menschen ihrem Standpunkt anschließen würden.

»Äh, wofür halten Sie das hier, Miss?« Potts holte sie abrupt in die Wirklichkeit zurück.

»Was?« Sie ging zum Sonargerät hinüber, in das Potts angestrengt starrte. Zwischen dem Sonarschwinger und dem verwischten Echo der *Wallen-*

stein war ein weiteres Echo aufgetaucht. Es war von großer Dichte und verdeckte das Echo der *Wallenstein.* Susan drehte die Lautstärke auf. Die hörbaren Echos waren hart und hallten nach.

»Das sind keine Fische, aber es bewegt sich«, grübelte sie laut. Sie begann mit dem Impulsgeber zu spielen. Das fremde Echo hatte klar definierte Abmessungen und bewegte sich sehr langsam nach rechts. Die Leuchtspur wurde unscharf, als sich eine Wolke von punktförmigen Scheinechos ausbreitete, die von ohrenbetäubendem Lärm im Empfänger begleitet wurde.

»Was, um alles in der Welt, ist das?« Susan versuchte das Echo zu verfolgen, das schnell aus dem Empfangsbereich der Sonaranlage der *Active* verschwand.

»Ein U-Boot, Miss, wenn Sie mich fragen.«

Susan bedachte den Vorschlag. »Nein . . . Delphine, vermute ich, die den Makrelen in den Kanal folgen.«

Potts schnaubte mißvergnügt. Alles, woran die dusseligen Weiber denken konnten, waren die blöden Delphine. Er drehte sich um und nahm den Hörer des Maschinenraumtelefons ab.

»Der Dritte möchte Sie sprechen, Miss.« Er hielt ihr den Hörer hin.

»Hallo, Colin, was kann ich für Sie tun?« Sie machte eine Pause und lächelte über die leicht anzügliche Bemerkung des Ingenieurs. »Soll ich den Satz vielleicht anders formulieren . . .?«

»Keine Panik meine Liebe, aber sind Sie vielleicht auf das Wrack gebrummt?« Susan konnte im Hintergrund den Motor des Stromgenerators knattern hören.

»Was?«

»Ob Sie das Wrack gerammt haben? Wir hörten eben ein paar Schläge am Rumpf, es klang sehr seltsam.«

»Es ist wundervoll, daß Sie da unten alles hören können.«

»Ich habe gerade die Seewassertemperatur am Einlaßventil abgelesen, dazu mußte ich mein Ohr gegen die Bordwand pressen.«

»Auf welcher Seite?« erkundigte sich Susan, ein Gefühl der Unsicherheit beschlich sie.

»Backbord. Das ist doch die Seite, wo das Wrack liegt, nicht wahr?«

»Korrekt . . ., aber es ist alles in Ordnung. Wir liegen vier Kabellängen vom Wrack entfernt.« Sie hing den Hörer in die Gabel. »Mr. Mulliner behauptet, daß er gerade eben Geräusche an der Bordwand gehört habe.«

Potts schniefte wieder. »Das war das Sonar des Sub's, Miss, dann ist es abgehauen. Gegen die Tide.« Es war eine Feststellung und keine Frage.

»Warum, um aller guten Geister willen, treibt es sich hier herum?«

»Es wollte sich das Wrack angucken, vermute ich. Einfach aus Neugier. Wahrscheinlich haben sie unser Sonar schon in der Ferne gehört und wollten nachschauen. Seine Geräte sind ein paar Stufen besser entwickelt als unsere.« Potts deutete mit dem Kopf auf das alte Simrad-Gerät, dessen Kaffeemühlenmechanismus knarrend seine Kreise drehte.

»Ich vermute, daß Sie recht haben«, meinte Susan vorsichtig. Sie machte sich Gedanken, ob sie Naismith hätte wecken lassen sollen. »Jedenfalls eine seltsame Angelegenheit, nicht wahr?«

Nachdem er seine Meinung kundgetan hatte, war

Potts nicht mehr gewillt, den Zweiten Offizier weiter an seinem Erfahrungsschatz Honig saugen zu lassen.

»Diese U-Bootleute sind verdammt komische Käuze«, erwiderte er philosophisch.

Susan ordnete das U-Boot, wenn es denn ein U-Boot gewesen war, als unerfreuliche Belästigung ein. Vor dem Zusammentreffen mit dieser Art von Schiffen war sie schon gewarnt worden, sie traten hier ziemlich massiert auf. Sie waren nicht weit entfernt von der Basis Portland der Royal Navy oder auch dem französischen Kriegshafen Brest. Kriegsschiffe aller möglichen Nationen konnten hier Übungen abhalten. Und was die U-Boote einer bestimmten anderen Nation anging . . ., sie zog es vor, darüber nicht nachzudenken, aber sie vermutete, daß auch die hier herumschnüffelten.

Gleichgültig, ob das U-Boot gekommen war, um das Wrack zu inspizieren oder um nachzuschauen, wer an einer so ungewöhnlichen Stelle ankerte, es ging sie nichts an. Außerdem mochte sich Potts irren, vielleicht war es kein U-Boot gewesen.

Sie drehte und wendete das Problem hin und her, schließlich kam sie zu dem Entschluß, Peter in Kürze davon zu berichten. Er hatte ein paar nützliche Kontakte zur Royal Navy und sammelte »Schnipsel«, wie er es auszudrücken pflegte. Sie lächelte in sich hinein. Der liebe Peter . . .

»Der Stinker ist wieder da, Miss.«

Sie wurde roh in die Wirklichkeit zurückkatapultiert. Potts starrte in das Sonargerät. Die Lautstärke war wieder runtergeregelt, aber sie sah sofort, auf was Potts dicker Finger zeigte. Schnell drehte sie den Regler auf. Der Strahl wanderte über das Papier, dabei sandte er ein hartes, unbestreitbar metallisches Echo zu ihnen zurück, dann verschwand es hinter dem starken Echo der *Wallenstein.* Sie warteten darauf, daß es auf der anderen Seite des Wracks wieder aus der Abdeckung auftauchen würde. Es tauchte nicht wieder auf.

Susan drückte den Knopf, mit dem sie den Winkel zur Horizontalen des Senders verändern konnte, gleichzeitig drehte sie suchend die Seitenrichtung. Aber das U-Boot hatte seine Tiefe nicht geändert, wenn es denn ein U-Boot war. Wie es schien, hatte es sich hinter dem Wrack auf den Grund gelegt.

»Sitzt hinter dem Wrack auf Grund«, bestätigte Potts, so als ob er ihre Gedanken gelesen hätte.

»Glauben Sie?«

»Ja«, erwiderte Potts ernsthaft. »Ja, das tue ich, Miss. Ich war fünf Jahre lang Sonarbediener bei der ›grauen Reederei‹. Sogar mit diesem Klapperkasten«, er tippte mit dem Finger auf den alten Simrad, als sei er Besseres gewöhnt, »kann ich ein U-Boot von einem Schwarm Makrelen unterscheiden.«

»Und ist es Ihrer Meinung nach seltsam, daß es hier herumlungert und sich hinter dem Wrack versteckt hat?«

»Yeah. Diese Burschen da unten haben unsere Impulse mit ihrem Passivsonar empfangen. Ich bezweifele, daß ihre Sonaraussendungen von unserem Gerät klar aufgenommen wurden, weil die auf anderen Frequenzen arbeiten. Außerdem wußten sie genau, wo wir stehen. Mit ihren Präzisionsgeräten hätten sie uns mit Leichtigkeit aus dem Weg gehen können.«

»Na ja, wir haben von unserer Anwesenheit hier auch kein Geheimnis gemacht, nicht wahr? Wären die

Schiffe an der Oberfläche doch nur so schlau wie die unter Wasser . . .«

»Ah«, meinte Potts plötzlich, »Vielleicht sind bei denen oben Frauen am Rohr, Miss . . .«

Susan blickte den lachenden Quartermaster scharf an.

»Erzählen Sie keinen Quatsch, Mr. Potts, Sie wissen genau, daß auf dem letzten ein Mann war.«

»Könnte der Skipper gewesen sein, der von seinem Zweiten auf die Brücke geholt worden ist.« Potts sprach den Dienstgrad so aus, daß er wie eine niedere Stufe in der Hierarchie eines türkischen Serails klang.

»Sollte«, Susan wandte sich wieder dem Sonar zu, »sollte das ein U-Boot sein, meinen Sie, daß es sich vor uns versteckt? Ich meine, falls es ein britisches Sub ist . . .«

»Sehen Sie, Miss, U-Bootleute benehmen sich immer geheimnisvoll, es gehört zu ihrem Training. Sie lieben es, die Piratenflagge zu setzen, jedenfalls stehen die Briten darauf. Sie sind ausgebildet, sich wie verdammte Piraten zu benehmen.«

»Bescheuert würde besser passen«, erwiderte Susan ärgerlich. »Ich werde lieber den Kapitän informieren.«

Acht Stunden später, als gerade der dritte Regenschauer dieses Morgens den Kanal hinaufpeitschte, hatte Naismith die Sache mit dem U-Boot längst vergessen. Da er es nicht zu Gesicht bekommen hatte, hinterließ die Geschichte vom Hörensagen einen weniger starken Eindruck, als die Tatsache, daß er morgens um halb vier Uhr unnötig geweckt worden war. Er beobachtete jetzt die Motorboote, die über die

Wellen hüpften, während sie über dem Wrack kreuzten, um nach »Spitzen« mit ihren kleinen Echoloten zu suchen. Am Radar, das auf den 0,25 sm Bereich geschaltet war, stand der nimmermüde Hobden und jagte die Boote hin und zurück über die Position der *Wallenstein.* Von Zeit zu Zeit wurden sie von Wind und Strom von ihrem Ziel abgetrieben, und Hobden, der Radarpeilung und Abstand mit den Informationen des Sonar verglich, leitete sie wieder über das Wrack.

»Unter den Booten werden viele störende Luftblasen sein«, murmelte Naismith. Wenn die großen hölzernen Beiboote so rollten, würden die Messungen ihrer Echolote nicht sonderlich genau sein, aber es war das Beste, was sie unter diesen Umständen machen konnten.

»*Active, Active,* Boot Nummer Eins. Over.«

»Was ist los? Over.«

»Wir haben ein paar gute Echos über dem Rumpf und den Aufbauten, Sir. Aber ich bin mir über die Lage der Masten noch nicht sicher. Etwas anderes haben wir gefunden. Mehrere dicke Festmachertrossen schwimmen zur Oberfläche auf. Da die Tide abläuft, werden sie jetzt unter Wasser gezogen, aber man sieht sie drei Fuß unter dem Wasserspiegel. Over.«

»Okay.« Naismith schwieg. Sobey war jetzt seit drei Stunden da draußen, und der Fund der Leinen rechtfertigte den Einsatz der *Active* als Wrackmakierungsschiff seit ihrem Eintreffen am Unfallort. Es würde das Beste sein, den Dritten zurückzurufen, die Resultate zu bewerten und den Crews eine Pause zu gönnen.

»Okay«, wiederholte er, »kommen Sie zum Schiff zurück, wir picken Sie auf.« Er wartete die Bestätigung ab, dann hing er den Hörer in die Gabel und wandte sich an Hobden.

»Nehmen Sie die Boote aus dem Wasser, Chas. Wir holen Bob Sobey auf die Brücke und prüfen, was er herausgefunden hat. Mir gefällt die Sache mit den Festmacherleinen gar nicht . . .«

»Nein, irgendein Idiot wird sie sich mit dem Propeller einfangen . . .«

Naismith nickte. »Ja, Murphys Gesetz.«

Hobden ließ die Davitcrew auf ihre Station rufen, um die Boote aus dem Wasser zu hieven. Naismith beugte sich über ein Stück Papier, auf dem die groben Umrisse eines Schiffes gezeichnet worden waren. Sie hatten ein paar Informationen über die *Wallenstein* bekommen. Sie waren als Beruhigung gedacht, konnten aber die Befürchtungen von Naismith nicht zerstreuen. Wenn das Schiff auf ebenen Kiel gesunken war, dann war bei der Höhe des Großmastes, den ihnen Lloyd's Register mitgeteilt hatte, bei der hier vorhandenen Wassertiefe kaum eine Gefahr für die Schiffahrt zu erwarten. Sollte das Schiff noch nicht festliegen, mochte es seine Position noch verändern, ein Schiffsende konnte mit im Rumpf eingeschlossener Luft über dem Grund schweben und so eine echte Gefahr darstellen. Allerdings hatte die laufende Überwachung seit ihrem Eintreffen mittels Sonar diese Möglichkeit ziemlich unwahrscheinlich gemacht. Naismith war sich ziemlich sicher, daß das Schiff fest auf dem Grund lag.

Allerdings stellten die Festmacherleinen ein Problem dar. Sie würden aus dickem Polypropylen bestehen und sehr stark sein. Bei Stillwasser würden sie an der Oberfläche treiben, bei vollem Gezeitenstrom würden sie unter der Oberfläche lauern, so wie es Sobey beschrieben hatte. Es war möglich, daß sie schwere Schäden an einem Propeller hervorriefen, vielleicht sogar an der Welle. Zu dieser hypothetischen Gefahr kam das Risiko, daß das Wrack ein Hindernis für die Fischerei wurde, gleichgültig, ob mit dem Grundschleppnetz oder pelagischem Geschirr gearbeitet wurde. Die Makrelen zogen, und ehe der aufgerissene Rumpf der *Wallenstein* nicht kartographiert und die Position in den »Nachrichten für Seefahrer« veröffentlicht worden waren, schien es ratsam, das Wrack als mögliche Gefahrenstelle anzusehen.

Ein nasser Sobey erschien auf der Brücke, sein gelbes Ölzeug tropfte vom Spritzwasser und vom Regen.

»Hallo, Seemann«, witzelte Hobden und griff nach den triefenden Rollen der Echolote. Er breitete sie auf dem Kartentisch aus wie die Schriftrollen des Toten Meeres.

Ein halbes Dutzend Echos des Rumpfes waren zu erkennen, sie ragten bis dreißig Meter unter die Wasseroberfläche auf, ein paar andere harte Echos zeigten noch höher. Sobey deutete auf sie.

»Das könnten die Leinen sein, Sir. Aber es ist nicht eindeutig. Wir sind ein bißchen heftig herumgetanzt.«

Naismith nickte, dann blickte er aus dem Fenster des Brückenhauses. »Das Wetter wird sich nicht verbessern. Wenn wir eine Boje bei dem Wrack setzen wollen, dann haben wir heute den richtigen Zeitpunkt verpaßt, würde ich sagen.«

»Yeah.« Hobden stimmte ihm zu.

»Arbeiten Sie die Tiefenangaben auf MSpNW* um,

* MSpNW: Mittleres Springniedrigwasser, Bezugsebene für die Tiefenangaben in den meisten Seekarten. (Anm. d. Ü.)

Mr. Sobey«, befahl Naismith plötzlich ganz dienstlich. Er drehte sich zum Ersten Offizier um. »Chas, ich kann die *Active* nicht über das Wrack bringen, solange die Leinen da nicht beseitigt worden sind. Wir brauchen einen Taucher, der sie losschneidet. Bis dahin können wir keine garantierte Minimumtiefe bekanntgeben, und bei diesem Seegang ist es riskant, eine Boje aus dem Laderaum zu hieven. Ich werde ein Telegramm absetzen, daß wir eine Osttonne nach dem Kardinalsystem aussetzen wollen. Sobald wir die Bestätigung dafür haben, können die Jungs damit beginnen, die Reserveboje im Raum anzupönen.«

»Aye, aye, Sir. Wollen wir hoffen, daß sie uns nicht zu lange auf Antwort warten lassen. In der Zwischenzeit bleiben wir als Warnschiff liegen?«

»Ja.« Naismith langte nach dem grünen Telegrammblock und begann zu schreiben.

In der Karte nicht verzeichnetes Wrack – wahrscheinlich der Frachter Wallenstein *– wurde auf der Position 49° 39,80' Nord / 003° 08,60' West geortet. An der Oberfläche treibende Festmacherleinen verhindern ein Absuchen des Wracks mit Ketten durch das Schiff. Messungen mit Hilfe der Motorboote ergaben eine vermutliche geringste Wassertiefe von dreißig Meter zur LAT*, in der Umgebung betrug die Wassertiefe dreiundsechzig Meter zur LAT. Solange die Leinen nicht entfernt sind, besteht unmittelbare Gefahr. Es wird ein Taucher angefordert, der die Leinen kappt. Erbitte die Erlaubnis, eine Ostkardinaltonne hundert Meter östlich des*

* LAT: Local Apparent Time = Zonenzeit, im Gegensatz zur WOZ (wahren Ortszeit) wird die genaue geographische Länge des Standortes nicht berücksichtigt. (Anm. d. Ü.)

Wracks auszulegen. Bleiben als Wrackmarkierungsschiff vor Anker liegen. Gezeichnet Naismith.

Sobey tauchte aus dem Kartenraum auf. »Ich schätze, daß die geringste garantierte Wassertiefe dreiunddreißig Meter beträgt, Sir.«

»Gut, das reicht erst mal.« Naismith gab ihm die Nachricht. »Schicken Sie das über Telex ab. Je schneller wir eine Antwort bekommen, desto besser.«

4

Mit dem Einbruch der Nacht frischte der Wind auf. Die *Active* stampfte, als ihr Bug gegen die Welle nach Westen zeigte, später, als die Tide dann kenterte, rollte sie äußerst unangenehm, da sie jetzt quer zur Welle lag, weil sich Strom- und Windkräfte aus entgegengesetzten Richtungen die Waage hielten. Die Freiwächter hatten alle Mühe, nicht aus den Kojen zu rollen, und die Wachgänger zogen sich von Handlauf zu Handlauf. Regenböen peitschten über das schwarze Wasser, das gegen den Rumpf klatschte, an der Leeseite gurgelte der Strom an der Bordwand an die Wasseroberfläche. Es war eine Nacht voll mit den gewöhnlichen Unbilden der Seefahrt; typisches Wetter im Warmluftsektor des Tiefs nannten es die Meteorologen, Schietwetter sagten die Seeleute.

Nur zweimal näherten sich Schiffe bedrohlich dicht, eins davon änderte auf der ersten Wache ohne Aufforderung seinen Kurs, das zweite reagierte auch auf mehrere Anrufe über UKW nicht und ignorierte das vom Regen verwischte Stakkato der Aldislampe. Sobey drückte sein Unbehagen in einem endlosen Strom schmutziger Flüche aus. Schließlich schoß er ein Blitzknallsignal quer vor den Bug. Mit kindlicher Freude verfolgte er den dumpfen Knall des Abschusses, die Bahn des Geschosses, bis es mit einem grellen Krachen explodierte.

Das Schiff drehte wie ein reiterloses Pferd ab, das seinen Instinkten gehorchte, und verschwand in der pechschwarzen Nacht. Sobey zog sich in den Schutz der Brücke zurück, der aufregende Moment war vorbei.

Während Hobdens Wache brach die Morgendämmerung herein. Alles blieb ruhig, und zwischen dem Wachoffizier und dem Quartermaster wurde wenig gesprochen. Es wurde nur zögernd hell, denn das Tageslicht versteckte sich hinter dräuenden, dickbäuchigen Bänken aus Cumuluswolken, die den Kanal hinaufzogen und fast die Mastspitzen streiften. Hobden blickte gleichgültig aus den Fenstern des Ruderhauses. in genau abgezirkelten Intervallen, die das Fortschreiten der Wache anzeigten, wanderte er zum Radargerät hinüber. Der Quartermaster pusselte herum, spülte die Kaffeemuggen aus, reinigte die Aschenbecher von den nächtlichen Resten und riß schließlich eine alte Nationale in Streifen, um damit das Messing des Ruderhauses auf Hochglanz zu polieren. Es würde nicht so gemütlich auf Hobdens Wache bleiben. Er war ein großer schweigsamer Bastard, aber ein Anschiß von ihm war eine Sache, auf die nur sehr Wenige scharf waren.

Genau zwanzig Minuten nach sechs Uhr blickte Hobden den Quartermaster an.

»Shuter.«

»Sir?«

»Purren Sie die Leute, und bitten Sie den Bootsmann, daß er vor dem Frühstück zu mir kommt.«

»Aye, aye, Sir.«

Hobden wandte sich dem Telefon am hinteren Schott zu und wählte die Nummer des Kapitäns.

»Guten Morgen, Sir.« Er machte eine Pause, damit der Kapitän richtig aufwachen konnte. »Es ist nicht sonderlich angenehm draußen, es regnet, aber das Schlimmste ist vorbei. Das Schiff dreht langsam wieder in den Flutstrom, aber es steht noch immer eine ziemlich hohe Welle als Dünung aus Westen herein . . .« Er wartete ab, bis Naismith die Informationen verarbeitet hatte, im Stillen pflichtete er Naismiths unterdrücktem Fluch bei.

»Nein, Sir bis jetzt nicht, aber ich nehme an, daß wir einen Chopper* landen lassen können, sobald der Bug wieder im Wind liegt. Das Stampfen dürfte nicht zu heftig sein . . . Jawohl, Sir, das wird klar gemacht . . . Ich bezweifle, daß wir vor halb zehn ein Telex bekommen werden, Sie kennen doch diese Lahmärsche an Land . . . Okay . . . Yeah.«

Hobden hing den Hörer ein. Naismith wurde dafür bezahlt, daß er sich Sorgen machte, überlegte er sardonisch. Der Schiffsalltag hatte begonnen, allerlei Düfte zogen von der Kombüse herauf. Sein Morgenkaffee wurde vom Steward gebracht, der sein Arbeitsprogramm für den Tag in Erfahrung bringen wollte.

»Wahrscheinlich haben wir vier Gäste zum Dinner, Oswald«, erläuterte er dem bleichen Mann, dessen faltiger Truthahnhals aus einem schlecht zugeknöpften, weißen Jackett ragte. Niemand wußte, woher Oswald seinen Spitznamen hatte. Man wußte nur, daß es immer so gewesen war, wie sein bleiches Gesicht, mit dem er Offizieren auf den unterschiedlichsten Schiffen seit dreißig Jahren gedient hatte. Dabei hatte er immer den Eindruck erweckt, daß seine Abdankung unmittelbar drohte.

* Chopper: Hubschrauber (Anm. d. Ü.)

»Die Hubschrauberbesatzung und die Taucher«, fügte Hobden erklärend hinzu, als ein Ausdruck leichter Verwunderung über Oswalds Gesicht flog. Der Steward drehte sich um und verschwand, nur um vom Bootsmann ersetzt zu werden, der das Ruderhaus von der Brückennock aus betrat.

»Morgen, Schmarting*.«

»Morgen, Sir.« Die Silhouetten der beiden Männer schienen zu verschmelzen, Ellbogen an Ellbogen an der Brückenverschanzung, ihre Augen musterten nicht den heller werdenden Horizont, sondern das nasse Vordeck und das Vorschiff, dessen Berührungspunkt unter ihrer besonderen Verantwortung stand.

Theo Jones war ein untersetzter Waliser mit dem blonden Haar und den kugelförmigen Wangen eines Jungen. Aber die siebenundvierzig Jahre, die er auf dem Buckel hatte, hatten sein Gesicht tief gebräunt und ihm das Aussehen eines rostbraunen verschrumpelten Apfels verliehen. Die eng nebeneinander stehenden Männer hatten etwas Verschwörerisches an sich, ihre sich ergänzenden Naturen waren ideal für das Gespann Erster Offizier und Bootsmann: der eine groß wie ein Bär und von ungeheurer Ausschließlichkeit in der Arbeit, der andere lebhaft, energiegeladen und wortgewaltig. Diese Kombination bewies ihren Wert, betrachtete man den Zustand der Oberdecks, der Lagerräume, der Zwischendecks und der Gänge der *Active*. Naismith schätzte sich doppelt glücklich, diese beiden Männer an Bord zu haben.

»Eine Osttonne, sagten Sie? Ah, das ist gut. Der Körper der Boje ist schon grundiert, nur das Oberteil muß noch ein bißchen aufgefixt werden.«

* Bootsmann (Anm. d. Ü.)

»Gut. Sobey soll die Laterne um acht Uhr testen. Können Sie sie ihm bis dahin auf die Werkbank bringen?«

Jones nickte. »Wir warten wieder mal auf die Bestätigung vom Büro, nicht wahr?«

»Yeah. Es ist immer derselbe Mist.«

»Und Sie wollen auch das Hubschrauberlandedeck aufgeriggt haben?«

»Yeah. Erledigen Sie das sofort, dann können wir das vergessen, bis wir ein ETA* vom Chopper bekommen.«

Jones wollte schon abschieben, als Hobden noch etwas einfiel und er ihn zurückrief.

»Was halten Sie von Davis, Schmarting? Wie fügt er sich ein?«

Jones zuckte die Achseln. Die Erfahrung hatte ihn gelehrt, vorsichtig mit schnellen Beurteilungen zu sein. Ein Mann, der scharf darauf war, akzeptiert zu werden, würde sich einen oder zwei Monate diensteifrig zeigen und dann seine richtige Flagge hissen.

»Er scheint in Ordnung zu sein. Guter Seemann, aber wir haben bis jetzt nicht viel zu tun gehabt, nicht wahr? Soll ich ein Auge auf ihn richten?«

»Yeah.«

Jones nickte und verschwand. Hobden schniefte, streckte sich und blickte wieder ins Radar. Im Westen erschien ein schmaler Streifen blauer Himmel, verschwand dann aber wieder. Aber die Wolken waren jetzt weniger dicht, und auf dem Vorschiff sah man schon Flächen, an denen die innere Wärme des Schiffes den Trocknungsprozeß unterstützte. Hobden be-

* Estimated Time of Arrival, voraussichtliche Ankunftszeit. (Anm. d. Ü.)

gann, von Eiern mit Speck nach acht Glasen zu träumen.

Etwas Urtümliches lag in der Atmosphäre von *Actives* Laderaum. Der Geruch entstammte dem vergangenen Jahrhundert. Riesige Kokosfender erfüllten die schlechte Luft mit ihrem spezifischen Geruch nach Fasern und Kork. Der Lagerraum für geteertes Gut steuerte seinen aromatischen Duft bei. Weiter unten, in der kühleren Luft über den Tankdecken, erstreckten sich die schweren Ketten der Bojen, alle waren sorgfältig mit Längenmarkierungen versehen. Sie sonderten den unverwechselbaren scharfen Geruch von rostigem Metall ab.

Aber der Laderaum war kein Museum. Jede Menge Ausrüstung war auf eine Fläche zusammengedrängt, die vor zwanzig Jahren für erheblich weniger Dinge geplant worden war. Ketten, Bojensteine, Tauschlingen, Spannschrauben, Fender, alte Spieren, Abweiser aus Holz, Fässer mit Zement, Leitern, Drahtrollen, eine nicht genutzte Gangway, Reserveanker, Treibstofftanks für die Boote waren im Unterraum und im unteren Zwischendeck dicht gestaut. Ferner waren da Vorratsräume für Farben, Besen, Schaufeln, Maschinenersatzteile, Petroleumlampen, Bojenlaternen und ein Kabelgatt voller Leinen, die einem Windjammer alle Ehre gemacht hätten. Aber es gab auch Teile, die von einer neuen Technologie zeugten: Holzkästen voller elektronischer Bauteile, seltsame Antennenkonstruktionen, die auf den ausgewählten Bakentonnen und anderen Seezeichen befestigt werden sollten, eine komische, klappbare Notboje, eine Sammlung von Bruceankern und Rollen über Rollen mit glänzendem orangeroten Polypropylentauwerk. Direkt unter der Luke auf der Wegerung lag die stählerne Reserveboje, die dunkelgrau grundiert worden war. Drei Matrosen krochen an ihr herum, dabei nutzten sie jede Stütze, die ihnen der Rumpf der *Active* bot. Der Geruch nach trocknender Farbe konnte die strengeren Düfte nicht verdrängen. Das Brabbeln des Hilfsdiesels erfüllte die Luft, dazu kam das gleichmäßige Klikken von Kettengliedern, die in den Bewegungen des Schiffs in der langen Dünung aneinanderstießen. Der Rumpf ächzte leise und überdeckte das Gesabbel der Matrosen im widerhallenden Raum.

»Un' dann, wat haste dann gemacht?« fragte Leichtmatrose John Ellice, dessen Neugierde durch die überaus bildhafte Schilderung des letzten amourösen Abenteuers des Matrosen Harris angeregt worden war.

Harris ließ seinen Pinsel sinken und blickte den jungen Mann mit gespielten Erstaunen an. »Na, ich hab ihr einen gezeigt, du blöder Hund«, sagte er, seine Augen glänzten und waren weit aufgerissen. Harris blickte auf den dritten Mann, als ob er von diesem kameradschaftlichen Beistand erhoffte, der aus ähnlichen Erfahrungen resultierte.

Frank Davis malte ungerührt weiter. Es hatte Zeiten gegeben, während deren er Frauen mit der abgeklärten Geringschätzung betrachtet hatte, die man für eine notwendige Annehmlichkeit empfindet. Aber das war, bevor er Juanita kennengelernt hatte. Und gerade jetzt wollte er nicht an sie erinnert werden, er zog die Eintönigkeit des Jobs vor, mit dem er beschäftigt war. Er vermied Harris' Blick.

»Äh, was ist los mit dir, Frank?« Harris' scheinbare Besorgtheit blieb ohne Echo. Enttäuscht von seinem Versuch, ein Gespräch unter gestandenen Männern zu führen, wandte er sich wieder dem Jungen zu. »Johnny, mein Junge, wie es aussieht, träumt unser Frank gerade wieder mal, er denkt an sein Täubchen in Amerika . . .«

Ellice kicherte. Sie hatten alle die Fotos gesehen.

»Sie ist meine Frau«, entgegnete Davis ruhig, aber Harris ignorierte die Unterbrechung, sondern spann den Faden seiner Gedanken weiter.

»Was machst du denn dagegen, Frank? Ich meine, wenn sie da drüben ist und es die wahre Liebe ist«, er rollte mit den Augen, und Ellice kicherte wieder, »was machst du mit deinem besten Freund?«

»Yeah, Frank, was machst du?« hieb Ellice eifrig in die Kerbe. Er fragte sich, ob die Beantwortung der Frage seine eigene Ratlosigkeit auf diesem bestimmten Gebiet lösen würde.

Davis blickte seine beiden Plagegeister mit Widerwillen an. »Ich verzichte darauf.«

»Nein!« Harris glaubte ihm nicht und machte eine übertrieben heftige, eindeutige Geste, die Ellice verstand. Davis ignorierte ihn.

»Du wirst dicke Augen bekommen, alter Junge«, meinte Harris wissend.

»Das ist immer noch besser, als sich beim Doktor zum Millionär spritzen zu lassen«, schnappte Davis zurück, während Ellice, der begierig Harris' theoretischen Ausführungen über Frauen gelauscht hatte, bei Davis' Antwort bleich wurde.

»Ach, Scheiße, es geht nichts über einen guten F . . .«

»Wenn ihr Bastarde weniger über das Bumsen quatschen würdet und mehr bei eurer Arbeit ranhauen würdet, wären wir alle ein ganzes Stück glücklicher.« Die Stimme des Bootsmanns unterbrach ihr

Wortgeplänkel wie eine kalte Dusche. »Pönen sollt ihr und nicht sabbeln wie eine Horde Marktweiber, verstanden?«

Harris blickte der verschwindenden Gestalt im oberen Zwischendeck nach. »Verpiß dich«, maulte er leise, und Ellice kicherte wieder.

Mr. Jones ging weiter nach achtern und stieg den Niedergang zum Oberdeck hinauf. Er bückte sich und hob ein Stück Abfall auf, das der Wind in eine Ecke des Quergangs oben am Ende der Treppe geweht hatte; dann trat er auf das Deck hinaus. Er wandte sich nach achtern, ging unter den Bootsdavits an Backbord hindurch und stieg dann die Leiter zum Helikopterflugdeck hinauf.

Eine der vielen zusätzlichen Einrichtungen, die die *Active* während ihres Lebens bekommen hatte, war diese flache, vom Wind umtoste Plattform, die das Erscheinungsbild des Schiffes entscheidend verändert hatte. Vier Männer brachten die Sicherheitsnetze aus, die auf See vertikal verstaut waren, und bereiteten alles für die Ankunft des Hubschraubers vor.

»Wann wird er kommen, Bootsen*?«

»Weiß ich noch nicht.«

»Der Alte ist wieder verdammt übervorsichtig, äh?«

»Wenn du deinen Job hier nicht machen würdest, dann würdest du nur in der Messe hocken, Tee saufen und deine stinkenden Zigaretten qualmen.«

»Und an Weiber denken«, fügte der zurecht gewiesene Seemann grinsend hinzu. Er wußte, daß der Bootsmann in seinen privaten Ansichten sehr religiös war – wenn er nicht gerade Seeleute zusammenschiß.

* Bootsmann, verballhornt von Bosun (engl.).(Anm: d. Ü.)

»Schmutziges Pack«, knurrte Theo Jones während er ein weiteres Stück Papier aus einem Speigatt fischte und es in den Wind hielt, der es nach Lee forttrieb.

Naismith blickte nach achtern, wo Hobden in einem weißen Kesselpäckchen und einer reflektierenden gelben Schwimmweste stand. Über den Kopf hatte er große Ohrenschützer gestülpt, die über seinen Sicherheitshelm hinausragten.

Ein paar Seeleute warteten gespannt an der Leiter, während ein anderer in seinem Feuerschutzanzug mit dem Strahlrohr der Schaumlöschanlage unter dem Arm wie ein gelber Samurai am Kopfende der anderen Leiter stand.

Hobden drehte sich um und deutete mit dem Daumen nach oben. Wind und Seegang hatten es der *Active* nicht erlaubt, vor Anker liegenzubleiben, so dampfte sie langsam in Richtung Nordnordwest. Das Wrack lag eine halbe Meile entfernt. Naismith schaltete die Anzeige des Flugdecks auf Grün und ging ins Ruderhaus zurück. Bob Sobey, *Actives* jüngster Deckoffizier, saß am Park-Air-Radio, das auf 129,7 Mhz eingestellt war.

»Wie ist sein ETA jetzt?«

»Sieben Minuten, Sir.«

Naismith nickte und ging zum Radar hinüber. Kein Schiff war näher als acht Seemeilen, daher konnte er es vertreten, sich zeitweise von seiner Station beim Wrack zu entfernen. Das Telegramm lag direkt in seinem Blickwinkel, und er las es nochmals.

Vom Captain-Superintendent BNAS
To Master, Active.

Hubschrauber verläßt Plymouth um 1000 Z mit Taucher. Anweisungen bezüglich Boje erfolgen später.

Er kehrte wieder in die Nock zurück, hob das Fernglas und suchte den Horizont ab. Nichts. Als er wieder ins Radar blickte, sah er das Ziel beim dritten Umlauf. Der Punkt war klein und bewegte sich schnell auf sie zu. Naismith stellte den Peilstrahl ein, schlenderte in die Backbordnock zur Kreiseltochter, justierte den Peildiopter auf dieselbe Gradzahl und hob wieder das Fernglas an die Augen.

Der Himmel klarte auf, die Kaltfront war durchgegangen, der Wind war nach Nordwesten umgesprungen, und die graue Wolkendecke wurde durch weiße, wollige Cumuli und einen blauen Himmel abgelöst. Die Farbe des Seewassers hatte sich ebenfalls verändert, es schimmerte jetzt kobaltblau, weiße Katzenpfoten glitzerten in der leuchtenden Sonne. Er sah den Chopper fast auf Anhieb und griff zu seinem Walkie-Talkie. »Brücke an Flugdeck.«

»Flugdeck an Brücke?«

»Er ist in Sicht, Chas, und Sie haben grünes Licht.«

»Roger, Sir.«

Er beobachtete, wie Hobden scharf nach Luv Ausschau hielt, sich dann umdrehte und etwas zu den Männern sagte. Ein gespannter Ruck ging durch die Gruppe. Naismith blickte zu der blauen Nationalen empor, die an der Gaffel über seinem Kopf wehte. Sie konnten ein oder zwei Strich anluven, ohne den Piloten zu verwirren. »Steuern Sie drei-zwei-fünf.«

»Drei-zwei-fünf, Sir.«

Während er noch immer den anfliegenden Helikopter beobachtete, spürte Naismith wie sich die Rollbewegungen des Schiffes leicht verringerten. Es war eine Frage, wie man den besten Kompromiß fand. Kam der Wind zu weit von der Seite, würde das Schiff stark rollen, andererseits war diese Lage für den Piloten am günstigsten. Fiel der Wind dagegen von recht voraus ein, wäre zwar das Stampfen auf ein Minimum reduziert, aber der Pilot hätte mit Luftturbulenzen zu kämpfen, und seine Sicht würde durch die Abgase aus dem Schornstein beeinträchtigt, die nach achtern wegzogen und den Anflug schwieriger machten.

Die blausilberne Maschine mit ihrer grauen, rotierenden Scheibe näherte sich schnell. Die Sonne spiegelte sich in der Perspexscheibe, als der Pilot eine enge Kurve flog, um genau gegen den Wind einzuschweben, dabei entstand ein kleiner Winkel zum Kurs der *Active*.

»Drei-zwei-fünf liegt an, Sir.«

»Danke.« Das war der Unterschied, dachte Naismith amüsiert. Der Pilot hatte zwei Meilen über See zurückgelegt und befand sich bereits im Landeanflug, während der Quartermaster der *Active* das Schiff noch auf dem neuen Kurs einsteuerte. Es war immer fast so etwas wie eine Hochzeit, überlegte Naismith ironisch, eine dringend notwendige Vereinigung zweier Teile, die eigentlich nicht zusammenpaßten – mit gefährlichen Konsequenzen belastet, falls etwas schief lief. Er verbannte den Gedanken mit bitteren Selbstvorwürfen ins Unterbewußtsein.

Naismith konnte jetzt den Piloten erkennen, der die Nase der Boelkow 105D hochzog, dann die Vorwärtsgeschwindigkeit rausnahm und sich auf die letzten fünfzig Fuß Sinkflug vorbereitete. Hobden signalisierte auf dem Flugdeck die Landebereitschaft wie ein Semaphor, in dem er mit in die Höhe gereckten Armen den Buchstaben »U« formte, ironischerweise den Buchstaben, der zwischen Schiffen benutzt wurde, um auf eine drohende Gefahr hinzuweisen. Die Füße des Piloten waren deutlich auf den Pedalen zu erkennen, das Schwanzteil des Helikopters reagierte auf die Steuerkommandos wie das zitternde Hinterteil eines Insekts. Mit faszinierter Bewunderung sah Naismith zu; seine Freude, die er als Zuschauer bei fast allen gut ausgeführten Tätigkeiten empfand, wurde durch das Können des Mannes reichlich genährt. Durch das Perspex konnte er die rechte Hand des Piloten am Joystick sehen, sein linker Arm verschwand in Richtung des Hebels für die Höhensteuerung. Die Boelkow nahm eine scheinbar feste Position über dem sich bewegenden Flugdeck der *Active* ein, das Fluggerät hob und senkte sich in nahezu perfekter Synchronisation mit dem Schiff. Das Heulen der zwei Gasturbinen erfüllte die Luft, das Wasser an der Steuerbordseite der *Active* war weiß von Schaum. Dann kam der Chopper plötzlich herunter, setzte in der Mittschiffslinie auf, gerade als sich das Schiff unten in einem Wellental befand. Lässig winkte der Pilot Naismith zu, aus der Tür des Hubschraubers sprang der Flugingenieur mit einem Pakken Zeitungen in der Hand, das er Hobden reichte, bevor er die Tür für die Passagiere öffnete. Zwei Fremde, die enorme orangerote Überlebensanzüge trugen, kletterten heraus und duckten sich instinktiv vor den lautstark rotierenden Blättern über ihren Köpfen. Am Heck der Maschine winkte der Ingenieur zwei Besatzungsmitgliedern zu, Hobden schickte sie zu ihm nach achtern. Die Tür des Laderaums wurde geöffnet, und

Naismith sah zu, wie Preßluftflaschen, Leinen und Rohre herausgezogen wurden, alles, was zur Tauchausrüstung gehörte. Der Bordingenieur kam nach vorn und legte seinen Mund an Hobdens Ohr. Es gab eine Pause, während eine zweite Gang nach achtern eilte und einen kleinen Kompressor aus der Ladeluke des Helikopters hob und in einer seltsamen Schlangenlinie über das Deck trug, wo sie ihn klar vom Hubschrauber absetzten. Der Ingenieur verschloß die Luken, machte einen rituellen Rundgang um die Maschine, er grüßte Hobden mit erhobenen Daumen und kletterte auf seinen Platz. Naismith sah, wie er sich anschnallte und sein Bordsprechgerät anschloß. Dann hörte er das Park-Air-Radio knattern, und Sobey antwortete. In der nächsten Sekunde hob das Fluggerät ab, stieg schnell in die Höhe und traversierte seitwärts. Für ein paar Sekunden schwebte es auf der Stelle, dann wurde seine Nase nach unten gedrückt, und es nahm Vorwärtsfahrt auf. Tief passierte es an der Seite der *Active* auf der Höhe der Brücke. Die Flieger winkten und schnitten Grimassen.

Naismith grüßte sie mit einem freundlichen »V«-Zeichen und grinste, als der Chopper abdrehte und in Richtung Nordwest an Höhe gewann.

»Hart Steuerbord!«

»Hart Steuerbord, Sir . . .« Die *Active* kehrte zu ihrer monotonen Arbeit als Wrackmarkierungsschiff zurück. Achtern holten die Matrosen die Sicherheitsnetze ein, klarierten und sicherten das Deck. Aus dem Samurai war wieder der Vollmatrose Harris geworden. Zwischen Naismiths lauten Ruderkommandos war kein Wort gesprochen worden, denn der Helikopter hatte die Luft mit seinem Motorlärm vollständig erfüllt.

Sobey erschien. »Tango Oscar meldet, daß er mit Roborough in Kontakt steht und den Funkverkehr mit uns beendet, Sir.«

»Sehr gut.«

Jetzt erschien Hobden, er verdunkelte den Türrahmen und hatte einen Fremden im Schlepptau.

»Mr. Scranton, Sir, Cheftaucher.« Er trat zur Seite und ließ den anderen Mann ins Ruderhaus eintreten. Naismith streckte die Hand aus. »Guten Morgen, Mr. Scranton.«

»Guten Morgen, Kapitän Naismith.«

»Haben Sie Ihre Ausrüstung vollständig mit?«

Scranton nickte. »Alles, was ich brauche. Ist denn Ihre Dekompressionskammer okay?«

»Sie wurde nicht benutzt, seit wir Sie das letzte Mal hineingesteckt haben. Kaffee?«

»Ich bestelle welchen«, mischte sich Hobden ein und trat ans Telefon.

Scranton war ein Mann in den mittleren Jahren, er war der Älteste im vierköpfigen Taucherteam der BNAS. Naismith ließ ihn aus dem Überlebensanzug steigen, während er die *Active* zurück zu ihrem Ankerplatz lotste, in unmittelbarer Nähe der *Wallenstein*, die nur noch ein Wrack war.

Bei Niedrigwasser ließ der Wind nach, und Naismith blickte nach unten in das Boot, das ausgeschwungen in den Davits hing. Die Crew war bereit, und andere Seeleute luden die Ausrüstung der Taucher ein. Neben ihm zappelte Susan Paulin herum, die Wachoffizier war.

»Was zum Teufel ist los mit Ihnen?« fauchte Naismith, der plötzlich irritiert war.

»N . . . nichts, Sir.«

Scranton krabbelte in das Boot, die Flossen hielt er in der Hand, die Gummihaube hatte er ins Genick geschoben. Er winkte Naismith munter zu. Sie kannten sich seit Jahren. Als er sah, daß sein Chef zur Brücke hinaufblickte, schaute auch der zweite Taucher hinauf. Er war jung und trug keinen Lungenautomaten, also sollte er offensichtlich nur assistieren, aber seine gesamte Ausrüstung lag im Boot bereit. Er hatte einen Schnurrbart wie Burt Reynolds, als er Susan Paulin sah, winkte er übertrieben.

Naismith hob eine Augenbraue und schaute seinen Zweiten Offizier fragend an.

»Ein Freund von Ihnen?« erkundigte er sich trokken.

»Kann man nicht sagen«, entgegnete sie und errötete leicht.

»Er ist ziemlich jung für einen Taucher der BNAS«, stellte Naismith fest. »Ich würde denken, daß ein so junger Mann mit seinen Machoattitüden in der Nordsee auf der Jagd nach dem großen Geld wäre.«

»Ich vermute«, sagte Susan eisig, »daß Sie herausfinden würden, daß man ihn dort gefeuert hat.«

Naismith sah dem Mädchen nach, das im Ruderhaus verschwand. »Ich will verdammt sein, wenn das nicht eine typisch weibliche Nummer war«, murmelte er vor sich hin. Er vermutete, daß Walker, der junge Taucher, das Mädchen angemacht hatte. Dieser Gedanke beunruhigte ihn aus zwei Gründen. Erstens mochte er keine Besucher, die an Bord kamen und sich benahmen, als wäre das Schiff ihre Privatjacht. Zweitens mochte er keine Verhaltensweisen, die in direktem Bezug zu Susans Geschlecht standen. Sie belebten Vorurteile, von denen er hoffte, daß er sie erfolgreich ausgeräumt hatte.

Der Dritte Offizier, Robert Sobey, stand in der Mitte des Motorboots und sah den Tauchern bei den Vorbereitungen zu. Als Scranton zufrieden war, zog er die Maske herunter und saß mit dem Rücken zum Meer auf dem Schanddeckel. Er hielt den Daumen in Richtung von Walker in die Höhe, dann rollte er über Bord und verschwand mit einem Aufklatscher im Wasser. Geistesabwesend führte Walker die Sicherheitsleine von Scranton, dabei plauderte er mit der Crew des Bootes. Achtern stand der Bootssteuerer an der Pinne und der Schaltung. Er paffte eine Zigarette, während es sich der Mittelmann und der Bugmann gemütlich gemacht hatten und der Dinge harrten, die kommen würden.

Sie hatten die *Active* kurz vor Stillwasser verlassen und dann die Enden von drei Festmacherleinen der *Wallenstein* aufgepickt. Walker fühlte die Sicherheitsleine rucken. »Okay«, sagte er im affektierten Mittelatlantikslang, »ihr könnt die Leinen einholen, der Chef hat sie abgeschnitten.«

Die Bootsbesatzung zerrte die schweren Leinen binnenbords. Das dauerte seine Zeit, danach warteten sie ab, daß Scranton wieder an der Oberfläche auftauchen sollte.

»Er wird sich etwas umsehen«, erklärte Walker, »dann kommt er langsam hoch.«

Sie wußten alle über die Caissonkrankheit Bescheid und daß auf der *Active* für den Notfall eine Dekompressionskammer eingerichtet worden war, obwohl Taucher nur selten auf dem Schiff arbeiteten. Sobey nickte. Walker war offensichtlich ein Riesenarschloch, aber Sobey spürte kein Verlangen, sich mit ihm auf eine Diskussion einzulassen.

»Eine Stickstoffübersättigung ist eine ziemlich

unangenehme Sache, wissen Sie, und der Chef wird langsam zu alt für diesen Job . . .«

Sobey hörte ihm nicht zu, sondern schaute prüfend auf seine Uhr. Auch er hatte derartige Jobs schon öfter gemacht und wußte, daß Scranton nur noch für ein paar Minuten Luft hatte.

Scrantons Luftblasenspur erschien nahe am Boot, und eine Minute später durchbrach das Gesicht die Wasseroberfläche. Er trug einen Rettungsring des Wracks wie eine Schärpe über dem Körper. Er tauchte aus ihm heraus und übergab ihn den Seeleuten, die sich ihm hilfreich entgegenstreckten. Die Aufschrift lautete: *Wallenstein, Monrovia*. An seiner durch einen Schnitt ausgefransten Griffleine konnte man erkennen, daß er unklar gekommen war und beim Sinken des Schiffes nicht hatte aufschwimmen können.

Sie zogen die glänzende schwarze Gestalt mit einigen Schwierigkeiten in das Boot. Unter seiner Maske war Scranton aschfahl. Mehrere Minuten lang lag er zitternd auf dem Boden des Bootes. Dann wischte er sich mit der Hand über den Mund und murmelte: »Die Gezeiten wechseln, wir sollten zum Schiff zurückfahren.«

Naismith nahm den roten Telefonhörer des Satellite Communication Saturn Terminal. »*Active*, Kapitän am Apparat . . .« Er lauschte seiner eigenen Stimme im Hörer nach, die einen langen Weg in den Weltraum und wieder zur Erde zurücklegte. Dabei empfand er immer wieder das Gefühl, einem Wunder beizuwohnen, es war ein Gefühl von fast kindlicher Intensität.

»Hallo, James?« Er erkannte die Stimme von Douglas Campbell, dem Captain-Superintendent der BNAS.

»Hallo, Sir, ich bin ganz Ohr.«

»Ich will Sie nicht weiter mit dieser Taucharie belasten, James. Legen Sie einfach eine Ostkardinaltonne eine halbe Kabellänge östlich des Wracks aus und verschwinden Sie von dem verdammten Ding.«

»Der Taucher ist unterwegs, Sir«, schnarrte Naismith, den es irritierte, daß man sich vom Büro aus in seinen Job einmischte. »Es treiben noch Festmacherleinen vom Wrack auf, außerdem bin ich sehr zuversichtlich, daß von dem Wrack keine Gefahr mehr ausgeht, sobald sie beseitigt sind. Bis jetzt war es mir nicht möglich, das Wrack mit Ketten abzusuchen.«

»Okay, James.«

Naismith spürte in dem verbindlichen Ton des Superintendenten den leicht gereizten Unterton eines Vorgesetzten, der es mit einem aufmüpfigen Untergebenen zu tun hat.

»Das macht nichts. Ich möchte nur, daß Sie die Boje auslegen und dann verschwinden . . .«

»Warum zum Teufel?«

»Hören Sie, James, fangen Sie nicht an, mit mir zu streiten.« Campbell war jetzt ärgerlich, aber das war Naismith auch. Er hatte eine Aufgabe. Um sie zu erledigen, hatte er einen heißen Ritt den Kanal hinunter machen müssen, seine Besatzung war genug herumgejagt worden.

Campbell mußte es gespürt haben, denn er wiegelte ab. »Ich verstehe Ihre Beweggründe, James, aber die Angelegenheit ist . . . delikat. Hauen Sie ab, sobald Sie eine Boje gesetzt haben. Versuchen Sie, daß Sie es vor Einbruch der Nacht schaffen. Schicken Sie mir ein Telex, sobald Sie fertig sind. Verstanden?« Naismith seufzte. »Schon gut. Ich habe verstanden.«

»Gut. Bevor Sie wieder nach Osten laufen, möchte ich, daß Sie sich mit dem Chopper treffen und den Buccabu-Leuchtturm versorgen. Ich gebe Ihnen die genauen Daten des Treffens durch, sobald mir Ihre Meldung vorliegt, daß die Ostkardinaltonne ausliegt. Alles klar?«

»Roger.«

»Dann viel Glück.«

»Danke.«

»Out.«

Naismith legte den Hörer auf, da steckte Hobden seinen Kopf in die Tür des Funkraums. »Das Boot ist auf dem Weg zurück, Sir.«

»Gut, das erspart mir wenigstens einen beschissenen Job«, brummte Naismith mißmutig. »Lassen Sie die Jungs Smoketime machen, dann wollen wir die verdammte Boje bei dem Wrack aussetzen.«

Naismith beobachtete die Nadeln der Decometer, die zitterten und sich langsam bewegten. Das weckte in ihm eine weitere Erinnerung an seine Kindheit: Er hatte die Uhrzeiger angestarrt, um die Zeit vergehen zu sehen. Sie rührten sich nicht – bis man wegblickte, dann rannten sie plötzlich los, nutzten die Sekunden der Unaufmerksamkeit aus.

Auf der Seite des Ruderhauses sang Paulin die Entfernung zum Wrack in Metern aus.

»Fünfundachtzig, weiter zunehmend . . .«

Wieder blickte Naismith auf die Decometer. Wie in seiner Kindheit erfolgte die Veränderung abrupt. Er ging forsch durch über die Brücke und lehnte sich über die Nock. »Stand by!« Die Matrosen blickten bei seinem Gebölk auf.

Die große gelb-schwarze Boje, deren Farbe noch feucht war, leuchtete mit drei weißen Blitzen innerhalb von fünf Sekunden. Sie hing im Ladegeschirr, ihr Fuß ruhte gerade noch eben an Deck. Aus der Klüse auf dem Vordeck kam die Bojenkette hoch, sie war dann an der Backbordseite auf dem Vordeck in Längen nebeneinander aufgeschossen, von dort lief sie auf das Mittelspill, um dann, geführt über den runden Schergang, über Bord und ins Wasser zu laufen. Dort unten, dreißig Meter in der Tiefe, schwebte das drei Tonnen schwere Ankergewicht aus Gußeisen gerade über dem Meeresgrund.

Sie steuerten genau gegen Flutstrom und Seegang nach Westen. Bei ganz langsamer Fahrt voraus hob und senkte sich der Bug des Schiffes um sechs Fuß. Der ausladende Bug dämpfte die Wucht der anrollenden Wellen.

Vom Sonargerät erklang Susan Paulins Stimme: »Einhundertzehn Meter, langsam nach Steuerbord auswandernd . . .«

»Zwei-acht-fünf!« befahl Naismith kurz und stoppte die Steuerbordmaschine. Er hörte, daß der Quartermaster das Ruderkommando wiederholte, und vernahm das harte, metallische Ping-Ping des Sonars.

»Einhundertfünf Meter!«

»Ausstecken!« Der Bootsmann betätigte einen Hebel am Spill, Naismith zog beide Maschinenkontroller auf Rückwärts halbe. So wie Hobden beobachtete er, wie die Kette unter Last rasselnd über Deck lief und im Wasser verschwand. Sie warteten auf den Augenblick, in dem die Kette etwas Lose bekommen und so anzeigen würde, daß das Ankergewicht den Boden erreicht hatte.

Er sah es im gleichen Moment, als Hobden ausrief: »Auf dem Gruuund!« Er drehte sich um und befahl kurz über die Schulter nach hinten: »Fix!«* Susan rief

* Fix: Bezeichnung für einen beobachteten Ort. (Anm. d. Ü.)

ihm den Sonarabstand zu, bevor zum Kartentisch hinübereilte, um am Deccagerät die Hyperbelnummern abzulesen.

»Einhundert, auf dem Punkt, Sir!«

Naismith sah zu, wie Jones die Lose weiter aushievte. Aus der Kettenlast erklang eine Alarmglocke. Das Kettenende verließ den Boden. Eine dieser langen Ketten weniger, die mit farbigen Sperrholzplättchen markiert klar im Raum der *Active* gelegen hatten.

Er wartete ab, daß das Schiff die Lose herauszog. Er durfte weder mit Vorwärtsfahrt über den Bojenstein laufen, noch ihn näher an das Wrack verschleppen. Im Idealfall sollte er keine Fahrt über Grund machen, also gerade so viel Fahrt Voraus durchs Wasser machen, daß er den Strom ausglich. Er stoppte die Maschinen und wartete mit beiden Händen an den Kontrollhebeln ab.

Hobden, noch immer in seinem weißen Kesselpäckchen, das jetzt aber mit Rostflecken und gelben Farbspritzern übersät war, beugte sich über die Seite. »Kette zeigt voraus!«

Naismith gab einen kurzen Schlag voraus langsam mit beiden Maschinen.

»Kooommt auf!« Er stoppte die Maschinen und ging zum Kartentisch hinüber.

Susan hatte einen gepunkteten Kreis für das Wrack mit Tinte eingezeichnet und fast daneben im Osten das übliche Zeichen für eine Tonne des Kardinalsystems.

»Das Wrack selber habe ich nicht beschriftet, Sir«, erklärte sie, »ich hielt es nicht für sinnvoll, ein gefährliches Wrack einzuzeichnen, um alles ändern zu müssen, sobald wir es mit unseren Ketten abgesucht und eine garantierte Mindesttiefe festgestellt haben.«

»Sehr vorausschauend von Ihnen, Susan«, bemerkte Naismith zustimmend. Er hatte die früheren Irritationen vergessen, die ihm sein Zweiter Offizier beschert hatte. Sie hörten beide Hobdens Ruf vom Vordeck.

»Liegen am Bojenstein, Sir!«

Die *Active* war jetzt am Bojenstein verankert. Sie konnte ihn jetzt zwar theoretisch verschleppen, aber Naismith hörte schon das Hämmern und Klappern auf dem Vordeck, die Männer waren dabei, das hintere Ende der Kette abzustoppen, und der Zimmermann schäkelte sie am Hahnepot der Tonne ein. Die beiden Offiziere schauten auf die Sonaranzeige.

»Wann werden wir das Wrack absuchen, Sir?«

Naismith zuckte mit den Achseln. »Das weiß ich nicht.«

»Ist das nicht, äh, ein wenig ungewöhnlich, ich meine . . . Ich meine, alles so, wie es ist, zu verlassen?« In Susans Ton klang Interesse mit, er war aber auch durchaus entschuldigend.

»Verdammt ungewöhnlich. Aber der Superintendent meinte, die Sache sei ›delikat‹.«

Wieder zuckte Naismith die Schultern. In der Verwirrung, die über Campbelles seltsamen Befehl, die Tonne auf jeden Fall vor Einbruch der Dunkelheit zu legen, geherrscht hatte, und bei dem auffrischenden Wind, der sich bereits angekündigt hatte, war er nicht dazu gekommen, weiter über die Angelegenheit nachzudenken. Ein Befehl war ein Befehl. »An uns ist es, zu gehorchen oder zu sterben«, knurrte er und wandte seine Aufmerksamkeit wieder der Boje zu, die plötzlich am Ladebaum hochstieg und über Bord ausgeschwungen wurde.

»Hart Steuerbord!«

Das Ruder wurde gelegt, und die *Active* drehte aus dem Strom langsam ab. Ein Zischen erklang, als das Wasser die Luft aus der Schürze drückte und die Boje plötzlich auf einem Wellenberg schwamm. Die Männer an den straff gespannten Hakenleinen pickten die Haken aus, Hobden machte eine bestätigende Armbewegung, die Tonne tanzte gefährlich nahe an der Bordwand entlang, denn ihre runde Form störte den Gezeitenstrom, der entlang der Bordwand lief, mehr als der Rumpf der *Active*. Die Bucht des Hahnepots kam an Deck zum Kettenende und dem Stopper zurückgelaufen. Die Boje legte sich etwas über und stieß gegen die Seite. Sie wurde durch eine Kettenschlinge mit Tauvorlauf, an deren Ende ein Seemann gespannt wartete, daran gehindert, nach achtern wegzutreiben. Naismith blickte auf die Bojenkette. Sie zeigte nach vorne und vom Bug weg, langsam vergrößerte sich der Winkel. »Slip die Sicherungsleine!«

Der Matrose löste den Tampen und holte die tropfende Lose ein. Die Tonne glitt gurgelnd nach achtern weg, und der Hahnepot nahm das Gewicht auf. Sie legte sich wie betrunken über, da brüllt Naismith: »Slip!«

Hobden schwang den Hammer und traf mit perfekter Genauigkeit den Sliphaken des Stoppers. Die große Metallzunge klappte gefährlich auf und entließ die Kette klatschend ins Wasser. Die Boje richtete sich in die Vertikale auf und kam gurgelnd von der Bordwand frei, denn Naismith ließ das Ruder aufkommen und gab voraus voll mit beiden Maschinen.

»Alles klar!« sang Hobden lautstark aus, während die Seeleute das Vordeck aufklarten. Susan stand neben Naismith und kontrollierte die Kennung und Wiederkehr der Bojenlaterne mit der Stoppuhr. »Okay?«

»Perfekt, Sir.«

»Das war's dann wohl.«

Naismith brachte das Schiff auf den Kurs zum Baccabu-Leuchtturm und stellte mit dem Maschinentelegrafen auf dem Kontrolltableau volle Fahrt ein. Nachdem der Bestätigungssummer aus dem Maschinenraum verstummt war, nahm er den Gedanken von Susans unbeantworteter Frage wieder auf.

»Ich nehme an«, er wog jedes Wort sorgfältig ab, »daß es darum geht, daß sich das Wrack genaugenommen nicht im Kanal befindet. Ich vermute, daß sich ein paar hochgestellte Herren über die Zuständigkeit in den Haaren liegen.«

Susan Paulin runzelte die Stirn. »Aber wir haben doch eine Boje ausgelegt. Ich meine, falls es eine Frage der Verantwortlichkeit ist, wäre es dann nicht besser gewesen abzuwarten, bis wir die Wuling mit den Festmachern klariert hätten? Sie hätten ihnen dann guten Gewissens sagen können, daß keine Gefahr mehr besteht. Dann wäre niemand dafür verantwortlich gewesen.«

Susans Antwort führte Naismith augenblicklich die Dürftigkeit seiner schnellen und schlecht durchdachten Antwort vor Augen. Es war irritierend, so auf das Nächstliegende hingewiesen zu werden. Er öffnete schon den Mund, um sie zurechtzuweisen, aber sie fuhr fort. »Glauben Sie, daß es etwas mit dem U-Boot zu tun hat, Sir?«

U-Boot? Naismith hatte das U-Boot total vergessen. Er hatte mit vom Schlaf verklebten Augen in den frühen Morgenstunden auf die Sonaranzeige gestarrt. Meistens wird der Kapitän eines Schiffes seiner praktischen Erfahrung wegen geholt, obwohl seine Untergebenen in solchen Augenblicken immer fürchten, die Situation könnte sich als nicht gefährlich genug erweisen, um ein Wecken des Kapitäns zu rechtfertigen. Susans U-Boot hatte bei ihm nicht sehr weit oben auf der Liste möglicher Gefahren gestanden. Da er erst achtunddreißig Jahre alt war, waren U-Boote etwas, über das er sehr wenig wußte. Naismith verfügte auch nicht über die Erfahrungen aus Quartermaster Potts Seekriegsspielen. Er glaubte nicht, daß Campbells Befehl irgend etwas mit dem U-Boot zu tun hatte. Falls es denn ein verdammtes U-Boot gewesen sein sollte.

»Nein, das glaube ich nicht!« erwiderte er scharf. Er warf einen Rundumblick auf den Horizont und stampfte von der Brücke.

Ein unerwartetes Klopfen an seiner Kabinentür schürte nur das Mißvergnügen, das Naismith beim Ausgang dieser ganzen *Wallenstein*-Geschichte empfand. Er war ein vorsichtiger, aber gründlicher Mann, also wollte er seine Arbeit gut machen und sie auch zu Ende bringen. Das war sein Stempel, den er seiner Art Kunstfertigkeit aufzudrücken pflegte. Er wehrte sich dabei gegen jede Einmischung, auch von Seiten seiner Vorgesetzten.

»Ja, was gibt es?«

»Ich bin's, Käpt'n, kann ich Sie mal sprechen?« Scranton, in der Freizeitkleidung der Taucher mit T-Shirt, Jeans und einer schweren Taucheruhr am Handgelenk, schob sich in die Kabine. Er streckte eine halbvolle Whiskyflasche aus. »Lust auf einen Drink?«

Diese Unverfrorenheit verschlug Naismith lange

genug die Sprache, um es Scranton zu erlauben, sich auf dem Kabinensofa hinzusetzen. Naismith wurde klar, daß er keine Zeit gefunden hatte, mit dem Taucher nach dem Einsatz zu sprechen, und spürte, daß er unhöflich gewesen war. Obwohl er Scrantons offensichtliche Trunkenheit auf das stärkste mißbilligte, spürte er ein gewisses Verlangen, auch ein Glas zu trinken. Er griff nach zwei Gläsern und stellte sie auf den Teetisch, der in der Mitte seiner Kabine stand, eine Konzession an seinen Rang als Kapitän.

»Danke.« Er versuchte abzuschätzen, wie betrunken Scranton war, und kam zu dem Schluß, daß es noch im grünen Bereich war, aber vielleicht lag es an seinen Trinkgewohnheiten. Er machte ein paar Zugeständnisse wegen der langen Bekanntschaft und erinnerte sich daran, daß niemals Zweifel an Scrantons professionellem Können aufgetaucht waren.

»Entschuldigen Sie, daß ich keine Zeit gefunden habe, mit Ihnen zu sprechen, bevor wir die Boje gesetzt haben. Es brannte mir unter den Nägeln, das zu erledigen.«

Scranton nickte und schenkte den Whisky ein, ohne zu zittern. »Cheers.«

»Cheers.« Scranton schüttelte sich. »Wir haben den Job nicht beendet, Kapitän. Gibt es dafür einen Grund?«

»Kaum. Nur daß man mich angewiesen hat, es dabei zu belassen.« Naismiths Laune verbesserte sich, als der Whisky seinen Magen erreichte.

»Hat das was mit mir zu tun?« erkundigte sich Scranton, seine Augen wurden schmal.

»Nicht daß ich wüßte . . . warum fragen Sie?«

Scranton zuckte mit den Achseln und starrte Naismith an, dann blickte er auf den Teppich. Sobald er zu sprechen begann, wußte Naismith, daß er schwer betrunken war.

»Ich setze für diese Art Job langsam etwas Moos an, Kapitän.« Er nahm einen großen Schluck und kippte sich einen weiteren Doppelten in das Glas. »Ich habe die letzte Gesundheitsprüfung nur mit Mühe geschafft, müssen Sie wissen . . .«

»Dann sollten Sie vielleicht etwas sparsamer mit dem da sein . . .« Naismith deutete auf den Whisky.

»Es ist eine beschissene Vorschrift . . . Die ganze beschissene Welt ist voller beschissener Vorschriften. Bald werden Sie nicht mehr furzen können, ohne dabei ein beschissenes Gesetz gebrochen zu haben. Bei Gott, ich bin ein Mensch und keine verdammte Maschine . . .«

Die schreckliche Vorstellung tauchte vor Naismiths innerem Auge auf, er müßte vor dem Seeamt erscheinen. Was würde passieren, wenn Scranton etwas zustieß? Er nippte an seinem Whisky und verfluchte seine Einbildungskraft. Bleib auf der professionellen Schiene, sagte er sich selbst.

»Was haben Sie unten gefunden?«

»Wie?« Scrantons Kopf kam hoch. Seine Augen waren glasig, und er runzelte die Stirn. Ganz offensichtlich hatte er den Whisky sehr rasch getrunken. Oder er war stark abhängig und reagierte schnell auf den Alkohol. Aber er versuchte, sich zusammenzureißen. »Haben Sie den Rettungsring gesehen?«

Naismith nickte.

»Also, es ist ganz klar die *Wallenstein*. Sie hat drei Luken, die Aufbauten sind alle achtern, sie wurde 1968 bei den Howaldtswerken in Hamburg gebaut. Das habe ich auf dem Schild am Frontschott der

Brücke abgelesen. Sie wurde nach Liberia verkauft, vermute ich . . .« Er schien erfreut über diese Informationen zu sein, denn damit dokumentierte er seine Kompetenz. Er hatte die erste Aufgabe, die ihm Naismith mit auf den Weg gegeben hatte, nämlich die Identifikation des Wracks, absolut erfüllt. »Alle Festmacher haben sich am Heck gelöst. Wir konnten drei losschneiden, bevor die Tide kenterte, aber es sind noch zwei weitere da.«

»Zwei?«

»Ja, ja«, Scranton nickte, »schöne dicke Leinen.«

Enttäuscht biß sich Naismith auf die Lippe. Sie waren so kurz davor gewesen, den Job anständig zu beenden. Aber das Niedrigwasser hatte nur eine halbe Stunde gedauert. »Was haben Sie noch entdeckt?«

Ein seltsam schmerzlicher Gesichtsausdruck huschte über Scrantons Gesicht. »Sie ist über Backbord gesunken und hat etwa zwanzig Grad Schlagseite. Hat ein verdammt großes Loch in der Bordwand. Sowohl die Luke Zwei als auch Nummer Drei sind offen. Die Verschanzung ist völlig demoliert, und ein Teil der Decksladung, bestehend aus Fässern, ist durch die Öffnung auf den Meeresboden gefallen. Weiter achtern ist ein zweites Loch, viel kleiner und über der Wasserlinie. Wie es scheint, hat der Kollisionsgegner zwei Anläufe genommen, und als sie anfing zu krängen, strömte Wasser in den Maschinenraum. Das größte Leck scheint auf das Konto des Ankers zu gehen, der Anker des anderen Schiffes könnte noch drinnen stecken. Ich weiß, daß so etwas schon vorgekommen ist.«

»Ja, ja, erzählen Sie weiter. Noch etwas?«

»Zwei Müllwagen an der Steuerbordseite. Sie trugen die spanische Aufschrift an den Seiten: ›City of Santa Maria de los Mayas‹.«

»Dann war die Sicht also gut?«

Scranton schien zu denken, daß die Informationen, die er Naismith gegeben hatte, angezweifelt wurden. »Sehen Sie, Kapitän, ich bin ein verdammt guter Taucher. Ich bemerke Dinge, Details. Das waren doch die Informationen, die Sie haben wollten, nicht wahr?« Wieder hatte er diesen schmerzlichen, verletzten Gesichtsausdruck.

»Ja, natürlich. Ich war nur überrascht, wie gut Sie da unten sehen können.«

»Nun, ich sehe gut genug. Ich benutze eine Taschenlampe und schwimme dicht an die Dinge heran, sehr nahe, und ich merke mir diese Details ... Ich merke Sie mir verdammt genau.«

»Keine, äh ...«

»Leichen?«

Naismith nickte.

»Keine, die ich bergen konnte.« Scranton setzte sein Glas hart auf den Teetisch und verbarg sein Gesicht hinter den Händen. »Man sieht sie hinter den Bullaugen«, murmelte er durch die Finger. »Ein Mann in einer Kabine auf dem Oberdeck, es könnte der Funkraum gewesen sein ...« Das würde den vermißten Mann erklären, dachte Naismith und versuchte, das schreckliche Bild aus seiner Einbildung zu verdrängen. »Als ich auf dem Weg war, das Bauschild der Werft abzulesen, fand ich noch jemanden. In der Kabine unter der Brücke, wahrscheinlich gehörte sie dem Alten ... Ich sah das Gesicht einer Frau, vielleicht fünfunddreißig Jahre alt, mit blonden Haaren, die herumtrieben wie verdammtes Seegras ...«

Naismith stand auf und klopfte ihm auf die Schulter. Tränen strömten Scrantons Wangen hinunter, rannten durch die kräftigen Finger, mit denen er seine Schwäche zu verbergen suchte.

»Ich gehe auf die Brücke, Scranton«, meinte er ruhig, »dann sollte ich mich wohl in die Koje hauen.«

Als er fünf Minuten später wieder zurückkehrte, waren Scranton und der Whisky verschwunden.

5

Naismith drehte sich nach vorne um, befahl eine Kurskorrektur und gab mit beiden Maschinen einen Schlag voll voraus, um auf Position zu bleiben. Die Boelkow entfernte sich röhrend über die See, der dicke Neoprensack voll mit Dieseltreibstoff hing unter dem Rumpf wie der Kadaver eines glänzenden schwarzen Schweines. Es war der fünfte Lufttransport zum Baccabu-Leuchtturm. Naismith konzentrierte seine Aufmerksamkeit auf den schlanken Granitturm, der eine halbe Meile entfernt im Südwesten aufragte.

Es war ein frischer, klarer Morgen. Der Wind setzte mit seinen sechs Beaufort dem blauen Wasser schaumige weiße Kronen auf, zwischen denen Eissturmvögel mit ihren säbelförmigen Schwingen auf ständiger Futtersuche herumglitten. Beim Einhaken der letzten Last hatte es eine kleine Verzögerung gegeben, und die *Active* war durch den Wind und den Gezeitenstrom zu weit nach Osten vom Leuchtturm weg versetzt worden.

Durch sein Fernglas konnte Naismith die Leuchtturmwärter auf einer flachen Plattform erkennen, die man nachträglich über dem Laternenhaus errichtet hatte. Es war eine so völlig unpassende Ergänzung, die das Zwanzigste Jahrhundert dem massiven Granitturm angetan hatte, dessen Eleganz die enormen Massen verleugnete, die in seinen Mauern verbaut waren. Am Fuße des Seezeichens brachen sich die Wogen, spülten über die hinausragende Platte der alten Landungsbrücke hinweg und explodierten förmlich in einer weißen Wolke am Turm. Er dachte an die Tage, manchmal Wochen, die voller Geduld abgewartet werden mußten, bevor die Leuchtturmwärter per Boot abgelöst werden konnten, an den eisglatten Weg über die schlüpfrigen Stufen voller heimtückischen Seetangs, von denen so mancher Mann in die See gewaschen worden war. Und er dachte an die Wärter, die am Ladebaum hingen und binnenbords ins Boot geschwungen wurden, das wie wild an seinen Vor- und Achterleinen zerrte, umspült vom schäumenden Strom, der sogar an »ruhigen Tagen« gurgelte und riß. Die Männer waren käsebleich und schwach, von den zurückliegenden zwei Monaten Haft auf diesem verlassenen Einödfelsen gezeichnet. Ihre Ablösung, Männer, die die Annehmlichkeiten des Landlebens genossen hatten, war ebenso käsebleich und schwach – vom Katzenjammer, den die letzte Nacht an Land hinterlassen hatte.

Aber das war jetzt alles Geschichte. Damals war Naismith Dritter Offizier gewesen und hatte die meisten seiner Wachen in den Booten verbracht, seine Hände waren so hornig gewesen wie die der Matrosen und sein Gesicht braungebrannt von Wind und Wetter. Das war alles vor der Einführung des Helikopters gewesen, grübelte er, dabei beobachtete er die Boelkow, die ihre Last aus dem magnetischen Verschluß löste und wieder Kurs auf die *Active* nahm. Er richtete den Bug des Schiffes wieder aus und verlangsamte die Geschwindigkeit. Dann hob er sein Fernglas, um einen Tölpel zu beobachten, der von einer großen Raubmöwe verfolgt wurde. Der schöne Vogel versuchte, seinem großen dunklen Bedränger zu entkommen, aber schließlich gewann die Raubmöwe. Der Tölpel würgte sein Fressen wieder heraus, und die Raubmöwe stürzte sich darauf, um es zu vertilgen.

»Tango Oscar erbittet die Erlaubnis, nach dem nächsten Versorgungsflug landen zu dürfen, um aufzutanken, und der Leuchtturm meldet, daß die Landeplattform nach der nächsten Ladung überfüllt ist, Sir.«

Naismith nickte Sobey zu, der zum Radio zurückkehrte. Nach sechs Dieselcontainern waren vier Säcke mit Wasser geliefert worden. Es würde einige Zeit dauern, bis das alles durch die Leitungen in die Lagertanks unten im Turm gelaufen war. Er griff nach dem Walkie-talkie.

»Brücke an Flugdeck.«

»Flugdeck – Brücke?« erklang Hobdens Stimme.

»Tango Oscar wird nach dem nächsten Versorgungsflug landen. Ich werde ihn anweisen, die Motoren abzustellen, und Sie können die Maschine laschen lassen. Die Leuchtturmwärter benötigen einige Zeit, um die Plattform zu klarieren, Sie können also die Leute dann für eine Weile wegtreten lassen . . .«

»Aye, aye, Sir. Auftanken und laschen, over.«

»Out.«

Die blausilberne Boelkow zog schon eine Kurve und begann den Anflug. Hobden gab mit den Armen das Signal zum Einpicken, während in der Mitte des Landedecks ein Matrose mit Schutzhelm, Ohrenschützern und einer leuchtenden Sicherheitsweste darauf wartete, die Schlinge bei dem Hubschrauber einzupicken.

Die Tür der Boelkow öffnete sich, und der Kopf des Bordingenieurs kam zum Vorschein. Er kauerte auf Händen und Knien und sprach den Piloten hinunter. Die Boelkow kam herunter, eine gerichtete Größe, die perfekt mit den Bewegungen der *Active* abgestimmt war. Naismith spürte, wie sich seine Nackenhaare vor Bewunderung und Erregung sträubten, dazu kam die Furcht, daß etwas völlig schieflaufen könnte und diese kreischende gefährliche Masse auf sein wehrloses Schiff fallen würde. Seine lebhafte Vorstellungskraft machte ihm klar, daß der Samurai Harris mit seinem Schaumrohr nicht viel gegen den Feuerball ausrichten konnte, den man ihm in Schulungsfilmen gezeigt hatte, damit er wußte, womit er im Notfall zu rechnen hatte.

Unter dem silbernen Bauch des Choppers hingen die vier Arme der Schlinge. Der Matrose packte den Bolzenauslöser mit einer Hand, automatisch krümmte er sich zusammen, als die Boelkow über ihm schwebte. Der Pilot paßte seine Höhe ständig dem stampfenden Deck an. Der Seemann legte das Auge des Stropps in den magnetischen Sliphaken und und schloß den Bolzen, dann rannte er, beide Daumen in die Höhe reckend, aus der Reichweite der Rotoren. Die Boelkow begann senkrecht aufzusteigen. Naismith sah sie rucken, als sie das Gewicht übernahm. Die *Active* ließ ihr Heck in ein Wellental rutschen und entledigte sich im Augenblick des Gewichts des schweren Dieselsacks. Dann war der Chopper weggeschwungen, die Nase war nach unten gedrückt, er strebte schnell dem Leuchtturm zu.

Naismith gab dem Piloten seine Anordnungen über

Sobey und hörte die Bestätigung. Anschließend ging er durch das Ruderhaus und bestellte Kaffee.

Zehn Minuten später war im Ruderhaus ein veritabler Kaffeeklatsch im Gange. Der Quartermaster stand noch immer am Ruder, und Naismith hatte noch das Kommando. Er blickte durch die Fensterscheiben der Brücke, während die *Active* mit ganz langsamer Fahrt voraus gegen die Tide anlief. Aber es war kein anderes Schiff in unmittelbarer Nähe, nur ein paar Kümos rundeten das Kap im Nordwesten, und ein paar große Dampfer waren drei Meilen im Süden. Hobden war da. Er entspannte sich beim Kaffee und unterhielt sich mit dem Flugingenieur in seinem feschen blauen Fliegeroverall. Sobey war aus dem Funkraum aufgetaucht, und auch Susan war erschienen, ihre Augenlider waren noch schwer vom Schlaf. Neben Naismith blickte der Pilot auf die Tonnen, die auf dem Vordeck lagen. Er betrachtete das Arbeitsgerät mit aufmerksamem Interesse.

»Wie geht's denn so, James?«

»Es geht so, Greg . . .« Er nahm das Telex, das ihm der Pilot reichte und las es. Es enthielt die Anweisungen von Campbell für den Piloten. Beim letzten Satz blickte Naismith mit gerunzelter Stirn auf. »Sie sollen die Taucher mitnehmen?«

»So steht's da.«

»Aber sie sind noch nicht mit ihrer Arbeit am Wrack fertig . . .«

Er beendete den Satz nicht, weil ihm klar wurde, daß das den Piloten nicht interessierte. Er versuchte, sich daran zu erinnern, was er Campbell gesagt hatte. Er hatte ihm mitgeteilt, daß die Taucher bereits bei der Arbeit wären. Hatte Campbell daraus geschlossen, daß die Unterwasserarbeiten beendet waren? Wollte er die Taucher aus diesem Grund abziehen, oder nahm er an, daß Campbell mit dem Setzen der Boje die Arbeit, die man von ihm erwartete, als beendet ansah?

»Entschuldigen Sie mich . . .«

Er ging in die Funkbude und checkte im Ordner die Bestätigung auf seine letzte Nachricht, die er nach seiner heftigen Unterredung mit Campbell abgeschickt hatte. Er hatte die dunklen Mächte, die im Hintergrund die Fäden zogen, wissen lassen, daß er eine Ostkardinaltonne beim Wrack ausgesetzt hatte, die 100 Meter östlich der *Wallenstein* lag, und daß die *Active* auf dem Weg zum Buccabu-Leuchtturm war und dort am nächsten Morgen eintreffen würde.

Er blätterte zum nächsten grünen Formular weiter.

Ihre 21/1930 Z wird bestätigt. Helikopterrendezvous ist bei Buccabu um 22/0930 Z arrangiert.*

Die Taucher wurden nicht erwähnt.

Naismith packte den roten Hörer des Satellitentelefons, tippte die Kennzahl für die Goonhilly-Antenne ein, dann die Ländervorwahl für das UK., schließlich die PSTN-Nummer. Zwanzig Sekunden später hörte er Campbells Stimme.

»Superintendent?«

»Guten Morgen, Sir, hier ist Naismith.«

»Hallo, James, wie läuft es?«

»Wir sind jetzt vor dem Buccabu-Leuchtturm und sind zur Hälfte durch. Ich denke, daß wir um fünfzehnhundert fertig sind. Soll ich die Taucher mit dem Chopper von Bord schicken oder zum Wrack zurückkehren, um den Job abzuschließen?«

* Z: UT1 früher MGZ. (Anm. d. Ü.)

»Nein, James, lassen Sie das Wrack erst mal in Ruhe. Schicken Sie die Taucher aus und ankern Sie dann vor Falmouth. Ich möchte nicht, daß Sie nach Osten zurückkommen, bevor ich nicht ein oder zwei Dinge geklärt habe. Verstanden?«

Naismith stand noch immer ziemlich im dunklen, trotzdem war sein augenblickliches Dilemma aufgelöst.

»Mehr oder weniger, Sir.«

»Gut. Ich schicke Ihnen Ihre Befehle später mit einem Telex.«

Campbell machte eine Pause, dann fügte er fast erklärend hinzu. »Die Sache ist noch immer etwas delikat, James. Sie warten so lange in Falmouth, bis Sie von mir hören.«

»Aye, aye, Sir.« Naismith legte den Hörer auf, ihm war nicht aufgefallen, wie unpassend seine altertümliche Bestätigung des Befehls war – im Vergleich zu dem Weg des Gesprächs durch den Weltraum zu Campbells Schreibtisch.

Er kehrte in das Ruderhaus zurück, um seinen Kaffee auszutrinken. Im Kartenraum sortierte Sobey die Post, die ihm der Flugingenieur übergeben hatte.

Der Helikopter röhrte querab mit dem letzten Sack voller Frischwasser davon. Es waren 360 Liter. Wenn er in den Tank des Leuchtturms geflossen war, dann war die Station voll aufgefüllt. Da der Winter vor der Tür stand, fühlte Naismith eine tiefe Befriedigung in sich aufsteigen. Er rief Sobey im Kartenraum zu: »Lassen Sie die Taucher wissen, daß der Chopper sie in ungefähr einer halben Stunde aufnehmen wird.«

»Aye, aye, Sir.«

Naismith drehte sich wieder um, damit er den Hubschrauber beobachten konnte, der eine Kurve flog, um die Plattform des Turmes anzusteuern.

»Verdammter Mist!« Er sah, wie der abgeworfene Sack durch die Luft wirbelte und aufspritzend ins Wasser stürzte. Er hob das Walkie-talkie.

»Brücke – Flugdeck!«

»Flugdeck – Brücke, ich habe es gesehen, Sir. Over.«

»Lassen Sie das Bereitschaftsboot aussetzen, Chas, und den Sack bergen!«

Er sah, wie Hobden bestätigend winkte und wandte sich zum Quartermaster.

»Hart Backbord!« Die *Active* drehte, um dem Boot Schutz in Lee zu geben. Sobey kam aus dem Funkraum.

»Tango Oscar meldet Maschinenprobleme, Sir.«

»Will er bei uns landen?«

»Nein, Sir, er sagte, daß er direkt nach Penzance fliegt. Er geht auf Höhe und bittet uns, ihn im Radar zu verfolgen, bis er landet.«

»In Ordnung.« Naismith blickte dem Helikopter nach, der in die Höhe gestiegen war, bis er nur noch ein kleiner Fleck am Himmel war und schon in Richtung der Küste von Cornwall unterwegs war. Er vermutete, daß ein Motor ausgefallen war, und fuhr den Dritten Offizier an: »Springen Sie ins Boot, Mr. Sobey, und versuchen Sie, diesen verdammten Tank wieder aufzufischen. Schleppen Sie ihn längsseits, versuchen Sie nicht, ihn beim Leuchtturm zu leeren, wir wollen kein Salzwasser in den Behälter bekommen . . .«

»Aye, aye, Sir.«

Naismith brachte die *Active* auf Kurs und wartete ab, bis Sobey das Bootsdeck erreicht hatte.

»Fier weg!« Er sah das Boot hinuntergleiten und mit

einem lauten Aufklatschen ins Wasser tauchen. Ein paar Sekunden später schob es von der Bordwand weg und machte sich auf die Verfolgung des Neoprentanks. Erst in diesem Augenblick wurde Naismith klar, daß der überstürzte Abflug des Helikopters bedeutete, daß die Taucher an Bord bleiben würden.

Matrose Davis war müde. Er wußte, daß er während der Helikopteroperation hart gearbeitet hatte, und hoffte, dafür eine Anerkennung durch den zurückhaltenden Mr. Hobden zu bekommen. Er mochte Hobden nicht, aber während des ohrenbetäubenden Lärms und der ganzen Aufregung des Tages hatte er Respekt vor ihm gefühlt. Es war ein Respekt, der auch seine neuen Schiffskameraden einschloß. Seine körperliche Erschöpfung war eine gute Erfahrung, so wie der kumpelhafte Ton in der Mannschaftsmesse. Auch Bootsmann Jones schien zufrieden gewesen zu sein, er hatte gesagt: »Gut gemacht!«

Er spürte eine feine Änderung der Atmosphäre, drehte sich um und sah, daß der Zweite Offizier Paulin in die Messe gekommen war. Sie hatte eine Handvoll Briefe bei sich, die sie verteilte. Einer war für Frank Davis bestimmt und trug eine Briefmarke aus Mittelamerika. Er griff an das Medaillon, das an seiner Brust glitzerte, und spürte, daß sein Herz schneller zu schlagen begann. Es schien, als ob eine höhere Macht, sogar über Kapitän Naismith stehend, ihn für sein Verhalten heute belohnen wollte. Er schlüpfte in seine Kabine, um den Brief zu lesen.

Drei Stunden später ließ die *Active* ihren Anker auf der Reede von Carrick fallen, und Mr. Hobden verkündete, daß die Freiwachen auf Landgang in Falmouth gehen konnten. Als die Kneipen schlossen, und die

Freiwächter der *Active* glücklich in Richtung der Hafentreppe schwankten, wo das Verkehrsboot wartete, war Davis sturzbetrunken.

6

Naismith wachte in Erwartung eines schönen Tages auf. Er hatte gut geschlafen, und auf dem Weg zur Dusche blickte er nach Osten, wo die Sonne gerade über den Bäumen der Halbinsel Roseland aufging, wobei sie den dunklen Wällen von St. Mawes Castle einen düsteren Glanz verlieh. Er erinnerte sich daran, daß er in Kürze den Befehl bekommen würde, nach Osten zurückzukehren und das Wrack der *Wallenstein* mit der einzelnen Boje liegenzulassen. Worin auch immer die »Delikatesse« dieser Wrackgeschichte bestand, es war ihm sehr deutlich gemacht worden, daß er sich darum nicht zu kümmern hatte, und wie jeder gute Untergebene würde er die Angelegenheit vergessen. Ein schöner, ruhiger Trip den Kanal hinauf würde ihm die Gelegenheit geben, seinen Papierkram auf Vordermann zu bringen, vielleicht blieben ihm sogar ein oder zwei Stunden Freizeit, die er in der Zimmermannswerkstatt zu verbringen gedachte, wo er ein Halbmodell der *Active* fertigstellen wollte, das er vor Monaten begonnen hatte.

Er kam unter der Dusche hervor und rasierte sich, wobei er leise vor sich hin pfiff. Nach den ärgerlichen Vorfällen der letzten beiden Tage genoß er es, wieder sein eigener Herr zu sein, und die Freuden eines eigenen Kommandos zu haben. Er wußte um den Wert dieser raren Augenblicke, in denen er das Privileg völliger Entspannung auskosten konnte.

Ein Deck tiefer war Charles Hobden schon angezogen und hörte sich mit versteinertem Gesicht den Bericht von Bootsmann Jones an.

»Kann man nicht vertuschen. Der verdammte Narr ist zu besoffen, um aufzustehen ... Ich habe nichts dagegen, wenn sich die Jungs einen zur Brust nehmen, solange sie schön ruhig zur Koje gehen, und so ...«

»Ist er nicht ruhig eingetörnt?« unterbrach ihn Hobden. Es entstand eine Pause, in der Jones die Bedeutung seiner Aussage sorgfältig bedachte und seine Worte abwog.

»Er machte keinen ›Lärm‹ im eigentlichen Wortsinn, Sir.« Jones seufzte mitfühlend.

»Sie wollen sagen, er hat alles eingesaut.«

Jones nickte. »Alles vollgekotzt ...« Hobden stand auf und ging vorneweg nach unten.

Der Geruch nach Erbrochenem füllte den Flur, und Hobden zog vor Abscheu die Nase kraus. Er stieß die Kabinentür auf. Noch immer mit Jeans und Socken bekleidet, lag Davis auf der beschmutzten Koje. Er hatte sich vollgepinkelt.

Sein Gesicht hatte den entspannten Ausdruck eines Babys, der irgendwie noch verstärkt wurde durch die halbvolle Flasche Rum, die er im Arm umklammert hielt. Eine dünne Schicht ungesunden Schweißes lag auf seiner fahlen Stirn, die Bartstoppeln stachen blau an den Wangen hervor.

»Total zu«, bemerkte sein Kammerkollege, der sorgfältig seine Koje baute.

Hobden warf dem Mann einen scheelen Blick zu. Er

beugte sich vor und drückte einen Finger behutsam seitlich an Davis' Kopf neben dem Ohr. Davis bewegte sich unruhig, wachte aber nicht auf.

»Säubern Sie diesen Schweinestall und desinfizieren Sie ihn. Warten Sie mit dem Bettzeug, bis er wieder zu sich kommt.« Hobden deutete auf den See voller Erbrochenem auf dem Boden. »Ich will sofort Bescheid bekommen, wenn er wieder ansprechbar ist. Verstanden?«

Der Kammerkamerad von Davis nickte unglücklich.

Hobden ruinierte Naismiths Tag, gerade als der Kapitän seine zweite Tasse Kaffee bestellte. Er wollte nicht alle Einzelheiten im vollbesetzten Salon ausbreiten, sondern deutete nur an, daß es Ärger gebe.

»Einer der Männer konnte heute morgen nicht aufstehen, Sir. Kann ich Sie nach dem Frühstück sprechen?«

Naismith nickte. »Okay. Betrunken?«

Hobden nickte und machte sich ohne große Begeisterung über eine Grapefruit her.

Es war elf Uhr am Vormittag, als Davis erwachte. Es dauerte fast bis zwölf Uhr, ehe ihn seine Kumpels soweit in Form gebracht hatten, daß er vor dem Kapitän erscheinen konnte. Naismith liebte keine Disziplinarvergehen. Er, Hobden, der Chefingenieur Morrison und Mr. Jones waren gemeinsam und einhellig der Meinung, daß strikte Disziplin Vorkommnisse wie diese verhindern sollte. Naismith blickte den Sünder an, Hobden und Jones waren als Zeugen dabei.

Naismith ließ die vorsichtigen offiziellen Sprüche

außer acht, die verhindern sollten, daß Mißverständnisse durch Haarspaltereien und widerborstige Rechtsanwälte für Arbeitsrecht entstanden. An Davis' Vergehen gab es keinen Zweifel.

»Was haben Sie zu Ihrer Rechtfertigung bezüglich Ihres Benehmens zu sagen, Davis?«

Aus Davis' Mund erklang unzusammenhängendes Gemurmel. Betrunkene Zerknirschung war ein Zustand, der in James Naismiths verärgertem Gemüt für weiteren Mißklang sorgte. Sein schöner Tag war völlig ruiniert, den Morgen hatte er zum größten Teil damit verbracht, die Berichte über Davis' Vergehen zu schreiben. Er zwang sich zur Geduld.

»Hören Sie zu, Davis. Sie haben sich etwas zu schulden kommen lassen, für das ich Ihnen fristlos kündigen könnte. Nicht, daß Sie sich gestern Nacht betrunken haben, sondern daß Sie bedingt durch diese Trunkenheit heute morgen nicht aus der Koje gekommen sind. Ein betrunkener Idiot kann an Bord dieses Schiffes einen schweren Unfall verursachen. Im Hinblick auf das, worüber wir vor ein paar Tagen gesprochen haben, nehme ich dieses Fehlverhalten sehr ernst und verlange eine Erklärung.«

Davis sah auf. Es war erst knapp eine Stunde her, daß er aus seinem Rausch erwacht war, um den neuen Tag zu beginnen. Diesen schrecklichen, schrecklichen Tag. In seinem Kopf tobte ein entsetzlicher Schmerz, als er wieder zu sich kam. Er hatte einen ausgewachsenen Kater, aber als er sich an die Ursache erinnerte, fing er an, nach Details zu suchen. Er wußte, daß sie im Hintergrund seines benebelten Gehirns lauerten. Dann traf es ihn mit voller Macht, so daß er für eine Sekunde sogar seine eigene Schwäche vergaß.

Tod. Tod. Tod. Tod. Das Wort wiederholte sich im Takt mit dem schmerzhaften Pulsschlag in seinem Kopf. *Muerte. Muerte.*

Carlos Miguel war tot. Der Sohn, den er niemals gesehen hatte. Er würde ihn nie sehen. Er spürte, daß ihn Wellen von Wut überspülten, die ihm wieder den Magen umdrehten. Aber seine Eingeweide krampften sich vergebens zusammen. Nichts. Leere.

Tod.

Naismiths Gesicht verschwamm vor ihm. Er konnte nicht begreifen, was er getan haben sollte, er konnte den Standpunkt des Kapitäns nicht verstehen. Naismith und sein Schiff, sein Benehmen, seine Lebensart, zusammen mit all den anderen verdammten verkorksten Existenzen hier in dieser stickigen Kabine, die ihn mit ihren Messingbeschlägen, den unpassenden Chintzbezügen der Sitzmöbel, kurz: mit ihrem typisch englischen Charakter zu verspotten schienen.

Sein Gesicht verzog sich, und Naismith fühlte sich an eine Kreuzigung erinnert. Er machte sich Sorgen um den Mann, aber schließlich kamen langsam ein paar erklärende Wort von Davis.

»Mein Sohn ist tot.«

Naismith erinnerte sich an den Briefumschlag mit den exotischen Briefmarken und dem dreifarbigen Rand. Er erinnerte sich auch an die beiden Fotos, die ihm Davis gezeigt hatte. »Bringt ihn nach unten und packt ihn in die Koje. Jemand soll ihn im Auge behalten, Schmarting. Ich meine das sehr ernst . . .«

Weder Jones noch Hobden verstanden ihn so ganz.

»Er könnte versuchen, sich etwas anzutun.« Er sah den Seemann an. »Nun gut, Davis«, meinte Naismith, als Tränen über das Gesicht des Mannes zu strömen begannen, »gehen Sie jetzt unter Deck.«

Erst in der Stille, die sich in der Kabine ausbreitete, nachdem man Davis hinausgeführt hatte, wurde Naismith der merkwürdige Zufall bewußt, daß in seiner Kabine innerhalb von zwei Tagen zwei Männer geweint hatten.

Sobey klopfte zehn Minuten später an die Kabinentür des Kapitäns. »Verzeihung, Sir, aber dieses Schreiben ist gerade per Telex eingelaufen.« Er übergab Naismith das Blatt.

Nach den üblichen Vorreden, las Naismith: *Ziehen Sie die Ostkardinaltonne vom Wrack* Wallenstein *ein, und setzen Sie Ihre Arbeit in der Straße von Dover fort.*

»Scheiße!« grollte er. Das machte alles keinen Sinn. Die verbliebenen Festmacherleinen bildeten noch immer eine Gefahr für die Schiffahrt. Sie waren der Grund gewesen, warum das Wrack markiert worden war. Warum sollte er jetzt die Tonnen einziehen?

Im Morgengrauen des folgenden Tages stand die *Active* zehn Meilen nordwestlich von der Position des Wracks. Sie waren die Nacht über mit reduzierter Fahrt gedampft, um ihre Arbeit bei Tageslicht beginnen zu können. Um 06.00 Uhr rief Hobden Naismith an, der am Telefon antwortete und sich dann nochmals in seiner Koje ausstreckte und die Ereignisse des vergangenen Tages mit trüber Laune an sich vorüberziehen ließ. Sie hatten Falmouth erst am späten Nachmittag verlassen. Hobden hatte die Gelegenheit ergriffen, die sich durch den unerwarteten Leerlauf bot, und hatte den Wasserpaß des Schiffes schrubben und ausbessern lassen. Nach dem Auslaufen war Naismith in die Kabine von Davis gegangen und hatte sich zu ihm gesetzt. Nach und nach erfuhr er den Inhalt des Briefes.

Naismith konnte sehen, daß es ein sehr langer Brief war, der auf Spanisch geschrieben war. Die Schrift war von Tränen verschmiert, ob sie vom Schreiber oder dem Leser stammten oder gar von beiden, vermochte er nicht zu entscheiden. Da der Brief wesentlich mehr enthielt, als die Mitteilung über den Tod von Juanitas Baby, gewann Naismith den Eindruck, daß Davis jetzt erst Teile in sich aufnahm, nämlich jene Teile, die er nicht mehr registriert hatte, nachdem er auf die schreckliche erste Mitteilung gestoßen war.

Dann bemerkte Naismith, daß es eigentlich zwei Briefe waren. Der erste war lang und sah aus wie ein Tagebuch, er war ein Versuch Juanitas, den wachsenden Horror in ihrem Land mit ihrem Ehemann in der Ferne zu teilen. Der zweite Brief, der nur eine Seite umfaßte, enthielt die persönliche Tragödie.

Naismith verstand Davis nur unvollständig. Geduldig versuchte er, die unter Schluchzen hervorgestoßenen Informationen sinnvoll zusammenzufügen, die Davis bereit war, ihm mitzuteilen. Während er zuhörte, stellte Naismith fest, daß der erste schwere Schock und der gewaltige Hangover abgeklungen waren und trockener, fiebernder Ärger den Mann schüttelte. Während sich Naismith an den Dokumentarbericht der BBC über die Ereignisse in Costa Maya zu erinnern suchte, fühlte auch er eine bittere Hilflosigkeit in sich aufsteigen. Er war ein typischer Seemann, unpolitisch und voller Abscheu für die Berufspolitiker, die sich nur für ihre Karriere interessierten. Juanitas Geschichte kam ihm wie eine monströse Ungeheuerlichkeit vor. Trotz der mageren Fakten, die ihm Davis gab, gelang es ihm, sich die lebensbedrohlichen Schrecken, die seit einem Monat in jenem fernen, von der Sonne durchglühten »Paradies« tobten, vorzustellen.

Der Aufstand der Landbevölkerung gegen die Militärregierung hatte sich wie ein Buschfeuer ausgebreitet. Waffen waren aufgetaucht, sie waren tschechoslowakischer, russischer und chinesischer Herkunft. Die streng disziplinierten, entschlossenen Kader der engagierten Kommunisten hatten eine militärische Kompetenz bewiesen, die den laienhaften Anstrengungen der Juntaführung weit überlegen war. Die Erfolge der Regierungstruppen, die zwar laut in den Zeitungen herausposaunt und im Ausland – besonders in den USA – verbreitet wurden, hatten kaum einen Einfluß auf den militärischen Verlauf des Krieges. Die blutigen Unterdrückungsmaßnahmen gegen Dörfer, von denen vermutet wurde, daß sie den Guerilleros Unterschlupf boten, wurden nach dem üblichen Muster angewendet, altbekannt in einer Welt, die derartige Dinge als Fernsehunterhaltung akzeptierte. Sie führten aber nur dazu, daß die Landbevölkerung zusammengeschmiedet wurde, so daß bald alle Sympathien im Lande den Aufständigen gehörten. Dort, wo die Regierungstruppen bemerkenswerte Erfolge gegen den bewaffneten Widerstand errangen, waren sie auf schlecht organisierte Splittergruppen gestoßen. Männer und Frauen waren mit der Waffe in der Hand gefallen, nicht von militärischen Befehlen, sondern von leidenschaftlicher Überzeugung getrieben. Sie gaben der Armee ein falsches Gefühl von Überlegenheit. Es dauerte nicht lange, bis diese spontan entstandenen kleinen Gruppen aufgerieben waren – oder verschwanden, um sich den besser organisierten, von den Kommunisten beherrschten Milizen im Inland anzuschließen.

Nach ein paar Monaten waren die Städte und größeren Dörfer des Landes mit starken Garnisonen verstärkt worden. Ihre Einwohner, deren Sympathien geteilt waren und die kaum ihre Zugehörigkeit zu der einen oder anderen Partei offen zugaben, standen unter Kuratel. Sie versuchten ihr normales Leben mit so wenigen Störungen wie möglich weiter zu führen, also sowohl mit der Lebensmittel produzierenden Landbevölkerung als auch mit der ständigen militärischen Präsenz klarzukommen. Zuerst zogen sich die Aufständischen zur Ausbildung in die Berge und in den Dschungel zurück. Über dem Land breitete sich ein Mantel des Schweigens aus und verbreitete die Illusion, daß die Regierung gesiegt hätte. Den westlichen Nachbarn wurde versichert, daß die Ruhe wieder hergestellt sei. Journalisten und Reisende erzählten andere Geschichten, sie berichteten stets über ein Land, das in Erwartung neuerlicher Gewalt lebte.

Zuerst war es kaum zu bemerken: ein paar vereinzelte Überfälle auf abgelegene Garnisonen oder auf die langen Nachschublinien. Das alte Einmaleins des Guerillakrieges: zuschlagen und verschwinden. Dann wurden die Operationen immer bedrohlicher und hervorragend koordiniert. Eine Serie mysteriöser Explosionen zerfetzte die in den USA gebauten Gunships*, als sie auf den Betonflächen der schwer bewachten Flugplätze standen. Es gab sogar die spektakuläre Explosion eines dieser Hubschrauber mitten in der Luft genau über dem Zentrum der Hauptstadt während der Stunde des *paseo*.

Die Offensive breitete sich mit erschreckender Geschwindigkeit aus, die Armee, die ihren eigenen

* Gun-ships: gepanzerte, mit Maschinenkanonen und MGs ausgerüstete Helikopter für den Erdeinsatz. (Anm. d. Ü.)

Propagandalügen zum Opfer gefallen war, wurde kalt erwischt. Die Garnisonen wurden belagert, abgeschnitten durch halbausgebildete Einheiten aus Frauen, Jugendlichen und alten Männern, für die die Kalaschnikow jetzt die Rolle des Rosenkranzes übernommen hatte. Es gab auch herausragende Ausnahmen. Ausfälle und mutige Gefechte, angeführt von jungen Armeeoffizieren, die noch sterbend ihre inkompetenten Vorgesetzten verfluchten. Sie waren in der bitteren Gewißheit gestorben, daß sie ihr Leben durch alte Männer, Kinder und Frauen verloren hatten. Aber ihr Heldentum hatte keinen Einfluß auf den Lauf der Geschehnisse. Die kräftigen Männer waren woanders. Bald hörte man Schüsse in den Straßen von Santa Maria, und schon eine Woche darauf waren die gut ausgebildeten Guerillabrigaden in den Außenbezirken der Stadt. Der Hafenvorort von Santa Maria hieß Santiago. Er fiel so schnell, daß die Bewohner es kaum mitbekamen. Der Fluß trennte Santiago vom Geschäftszentrum und den Regierungsgebäuden. In einer Nacht begradigten die Regierungstruppen ihre Linien, sprengten die Brücke Jesus und Maria sauber in die Luft und gaben den Vorort Santiago auf. Man hielt ihn für militärisch wertlos, denn es war nur ein flaches Gelände, das man aus feuchtem Marschland gewonnen hatte. Es wurde von der schweren Artillerie oben auf dem Zitadellenhügel beherrscht, wo das wichtigste Herz Santa Marias schlug.

Zu Santiago gehörten das Hafenviertel und das Wohngebiet der Arbeiter. Es erstreckte sich in unzählige Satellitendörfer und ging schließlich in kleine Felder und Plantagen über. Es war sinnlos, eine Verteidigung aufzubauen und in einem zermürbenden Häuserkampf kostbare Kräfte zu verschleißen. Der Hafen wurde zum Teil aus Panik aufgegeben, zum anderen, weil der Flugplatz, der unter starkem militärischen Schutz stand, im Nordwesten der Stadt auf einem Plateau angelegt war, welches Santiago genau entgegengesetzt lag. Hilfe würde schnell eingeflogen werden, argumentierte man, und außerdem beherrschte die Artillerie ohnehin den Süden und damit auch den Hafen. Er würde also für einige Zeit Niemandsland bleiben. Zudem gab es im Badeort Baia Mayor, drei Meilen entfernt an der Küste gelegen, eine ausgezeichnete Tiefwasserreede und die Einrichtungen der Marinebasis San Nicolo.

Also wurde Santiago geräumt, und als Juanita mit ihrem Baby erwachte, patrouillierten Männer mit fremden Uniformen auf den Straßen. Es dauerte einige Minuten, bis sie begriff, was geschehen war, aber dann überkam sie ein unbeschreibliches Glücksgefühl. Sie ließ ihr Baby bei ihrer Mutter zurück, lief auf die Straße und winkte mit dem roten Tuch, das ihr Francis geschenkt hatte. Es war aus Seide und flatterte. Bald waren auch andere Sympathisanten auf den Straßen, sie begrüßten ihre Befreier und gaben ihnen zu essen.

Dann begann der Beschuß aus der Zitadelle.

Eine der Granaten tötete Carlos Miguel und seine Großmutter.

Das meiste erfuhr Naismith während seiner geduldigen Sitzung mit Davis. Aber anderes, so erinnerte er sich später, hatte er von den Berichten im Fernsehen und in den britischen Zeitungen im Gedächtnis behalten. Aber die Bürde schien ihm jetzt unerträglich schwer zu sein. Er wußte, daß Davis keinen Selbstmordversuch unternehmen würde. Naismith hatte die glühende Wut in seinen Augen gesehen, die ihm die Kraft zum Leben geben würde. Davis' Lebensziel hatte nichts mehr mit dem Schicksal der *Active* zu tun. Aber Naismith hatte den Mann gebeten, das Schiff nicht zu verlassen, sondern zu bleiben und seinen Monat abzudienen.

Irgendwann war Davis aus seinem dumpfen Zustand der Trauer erwacht und hatte seine Augen auf den Kapitän gerichtet, der nicht in diese Kabine zu passen schien. Naismith sah einen Ausdruck von verachtungsvoller Wut über Davis' Gesicht fliegen. Er bekam einen schlechten Geschmack im Mund, als ihm klar wurde, daß Davis in ihm wahrscheinlich einen Repräsentanten jener rechten Reaktionäre sah, die sein Kind getötet hatten.

»Sie werden dann genug Geld beisammen haben, um über den Atlantik fliegen zu können«, bemerkte er ruhig. Er sah, wie sich Davis' Gesichtsausdruck veränderte: erst Verwirrung, dann plötzliches Verstehen. Der Atlantik war das Hindernis. Er war sich sicher, daß er eine Möglichkeit finden würde, nach Santa Maria zu gelangen, sobald er auf der anderen Seite des Ozeans war. Die Heuer eines Monats würde bestimmt dafür draufgehen.

»Daran habe ich noch gar nicht gedacht«, murmelte Davis einfach, seine Einschätzung gegenüber dem Kapitän wandelte sich.

Später überdachte Naismith die Angelegenheit. Er stellte sich vor, wie es wäre, wenn er eines seiner Kinder verlieren würde. Der Gedanke erschreckte ihn, obwohl er sich klar darüber war, daß es einen himmelweiten Unterschied gab zwischen der Liebe von Davis zu Juanita und seiner unbefriedigenden Beziehung mit seiner Ehefrau. Dieser Vergleich bildete für ihn den Abschluß des Ärgers dieses Tages; er verdrängte die schreckliche Vision, eines seiner Kinder zu verlieren; es erinnerte ihn an das merkwürdige Dilemma des modernen Menschen, der mit allen Vorzügen der Zivilisation gesegnet war und trotzdem in seinem Innersten unzufrieden blieb.

Er stellte fest, daß er nicht schlafen konnte und stieg um ein Uhr nachts zur Brücke hinauf. Er fragte sich, ob er sich die Mühe gemacht hätte, aus seiner Koje zu krabbeln, wenn sein Zweiter Offizier ein Mann gewesen wäre, aber er suchte nicht nach Susan. Er lehnte sich nur gegen die Verschanzung.

Es war eine wunderschöne Nacht. Der Wind hatte nach Norden gedreht und wehte mit vier Windstärken. Die Mondsichel verschwand hinter den Wolkentürmen der Cumuli und tauchte dann wieder hinter ihnen auf, die Sterne funkelten brillant in der kalten, klaren Luft. Die See erstreckte sich unter dem weiten Himmelsbogen, Naismith war von der Perfektion der Unendlichkeit tief angerührt. Die *Active* bewegte sich mit reduzierter Geschwindigkeit majestätisch leicht über die Wellen, ein kleiner Fleck in der grenzenlose Weite, ein Beweis für den Erfindungsreichtum des Menschen in dieser feindlichen Umwelt.

Aber heute wurde ihm der Reiz der Nacht durch die Anwesenheit des Schiffes zerstört, obwohl er sonst sehr stolz darauf war, es kommandieren zu dürfen. Die Gefühle aus Zufriedenheit und romantischer Sicherheit, die die *Active* vermittelte, waren trügerisch. Heute nacht hatte er das Gefühl, daß sein Schiff im Ozean lag wie ein Krankheitserreger.

Es war das Gefühl von Ekel gegen sich selbst, das ihn nach Susan suchen ließ. Er fand sie auf der anderen Brückenseite. Sie summte vor sich hin; als sie ihn sah, hörte sie damit auf und blickte ihn erstaunt an.

»Oh! Was für eine wunderschöne Nacht, Sir.«

»Mmmm«, grunzte Naismith unverbindlich, aber damit konnte er Susans gute Laune nicht stören.

»Wenn ich eine Nacht wie diese erlebe, habe ich das Gefühl, daß es keine Gemeinheit und kein Leid auf dieser Welt gibt . . .«

»Ist das wieder eines Ihrer Zitate?« erkundigte sich Naismith.

»Ja. Von Jane Austen. Sie sagte, daß ihrer Meinung nach die Menschen weniger böse wären, wenn sie enger mit der Natur verbunden wären . . . Ich kann mich nicht mehr genau erinnern . . .« Ihre Stimme verklang. Es drängte sie, ihn zu fragen, warum er nicht schlafen könne, aber Zweite Offiziere, sogar wenn es sich um eine neugierige Frau handelt, konnten dem Kommandanten eine solche Frage unmöglich stellen.

»Ja«, meinte Naismith nach einer Pause, »vermutlich hatte sie recht, aber sie konnte sich erlauben, hübsch artig zu philosophieren. Heute ist es dafür zu spät . . .« Er begann ihr von Davis zu erzählen, seiner Frau und seinem Kind, über den, von der Öffentlichkeit unbeachteten, grausamen Krieg in Zentralamerika. Susan berührte die Geschichte, nicht nur wegen des traurigen Todes von Davis' Sohn, sondern weil es schien, als ob es keine Hoffnung mehr auf dieser Welt gäbe. Über ihnen strahlten die Sterne gleichgültig, ihr Funkeln blitzte kalt in der Unendlichkeit des Himmels.

»Es ist ein seltsamer Zufall, daß die *Wallenstein* gerade auf dem Weg zu diesem Hafen war«, schloß Naismith seine Ausführungen. »Irgendwie gewinnen die Ereignisse an Realität, weil ein Mitglied der Besatzung direkt davon betroffen ist.«

»Es ist immer ein Fehler zu glauben, daß wir nicht betroffen sind. Ich meine, daß derartige Zufälle nur deutlich zeigen, was ich schon seit langem versuche, den anderen zu erklären: daß die Erde nämlich nichts anderes als ein weltumspannendes Dorf ist . . .« begann sie.

Naismith spürte bei ihrer zu erwartenden Predigt kein Gefühl der Erbitterung. Auch hatte er nicht das Gefühl, sich hinter seinem Rang verstecken zu müssen. Plötzlich waren die vierzehn Jahre Altersunterschied verschwunden, und er war wie sie freudig erregt, als sie ausrief: »Oh, sehen Sie dort!«

Sie sahen den Delphinen zu, die schräg von Steuerbord auf den Bug zuschwammen, ihre dunklen Schatten hinterließen eine schwache, leuchtende Spur im Wasser. Deutlich war das unregelmäßige Aufklatschen der Körper zu hören, die wie in einer eingeübten Formation aus dem Wasser schnellten, um dann auf beiden Seiten des Vorschiffs in die Bugwelle zu fallen. Zehn Minuten später waren sie verschwunden.

»Wir sind ihnen zu langsam«, stellte Naismith fest, enttäuscht über ihr Verschwinden.

»Es ist trotzdem eine Aufmunterung ihnen zuzusehen«, freute sich Susan, die froh war, das Thema wechseln zu können und versuchte, wieder an ihre gute Laune anzuknüpfen. Sie erinnerte sich an die Geschichte des Kapitäns über die Delphine und Tümmler seiner Kinderzeit. Sie wandte sich zu ihm um und wollte ihn darauf hinweisen, daß sie soeben endlich wieder Meeressäuger im Kanal beobachtet hatten. Aber der Kapitän schien sich nicht unterhalten zu wollen, und sein Gesichtsausdruck war im Mondlicht so abweisend, daß sie es nicht wagte, weitere private Gespräche mit ihm zu führen. Als er endlich wieder etwas sagte, wurde deutlich, daß er völlig geistesabwesend war und vergessen hatte, daß sie neben ihm stand.

»Ich frage mich«, murmelte er beinahe wehmütig, »warum die Menschheit immer alles in einen verdammten Misthaufen verwandeln muß?«

Nachdem er sich gereckt und die Ereignisse des vergangenen Tages hatte Revue passieren lassen, schwang Naismith seine Beine aus der Koje. Er wurde sich bewußt, daß er in dieser Nacht nicht genug geschlafen hatte. Sein Herumhängen auf der Brücke bis in die Mitte der Hundewache war eine Eselei gewesen. Er duschte und ging auf die Brücke. Charles Hobden begrüßte ihn und senkte das Fernglas. Am Horizont zeichneten sich die Silhouetten mehrerer Schiffe ab. Es waren Frachter, die vom Channel-Feuerschiff in Richtung Ushant liefen. Naismith griff nach seinem eigenen Fernglas und suchte die Kimm ab; eigentlich mehr aus Gewohnheit, denn mit wirklichem Interesse.

»Haben Sie es gesehen, Sir?« erkundigte sich Hobden.

»Wie bitte?« fragte Naismith verwundert und konzentrierte sich, um nicht in die Verlegenheit zu geraten, zugeben zu müssen, daß er etwas Wichtiges übersehen hatte. Recht voraus lag der graue Umriß eines Kriegsschiffs. Keine verräterische weiße Schaumkrone an seinem Bug zeigte, daß es Fahrt durchs Wasser machte. Es lag gestoppt. Über Naismith' Nacken kroch ein leichtes Gefühl des Unbehagens, als sein wachsames Gehirn die Nachricht verarbeitete. Das Kriegsschiff lag ungefähr sieben Seemeilen von ihnen entfernt.

»Wie weit ist es bis zur Tonne, Chas?«

»Sieben-Komma-Drei Meilen.«

»Und unser Freund von der grauen Reederei?«

»Sieben-Komma-Zweifünf.«

»Er gluckt genau über dem Wrack.« Hobden grunzte zustimmend, und beide Offiziere starrten auf das Kriegsschiff.

»Typ 42 . . . Ich frage mich, was zum Teufel, die hier treiben.«

»Hat vielleicht mit dem zu tun, was der Boß mit ›delikat‹ umschrieben hat«, schlug Hobden vor.

Naismith zog die Stirne kraus. Er konnte ums Verrecken nicht die Zusammenhänge erkennen, aber er hatte das intuitive Gefühl, daß Hobden recht haben könne. Es gab etwas am Wrack der *Wallenstein*, das außerordentlich geheimnisvoll war.

»Ich vermute, daß er seine Taucher unten am Wrack hat«, sagte Hobden und sprach damit den Verdacht aus, der sich auch in Naismith geregt hatte.

»Ja, aber warum?«

»Gold, Sir?« bot Quartermaster Shuter als Lösung an. Er war ein normalerweise sehr geschwätziger Mann, für den die Vier-Acht-Wache mit dem verschlossenen Ersten eine Gottesstrafe war. »Vielleicht wie auf der *Edinburgh*?«

Hobden zuckte mit den Schultern. »Möglich, es könnte sich aber auch um Waffen oder ähnliches handeln. Das Schiff war doch auf dem Weg zu diesem Land, in dem es mal wieder lichterloh brennt . . .«

»Wie auch immer, Chas, der Zerstörer blinkt uns mit seiner Morselampe an. Es wäre besser, wenn Sie ihm antworten würden.«

7

Die Mannschaft der *Active* starrte mit schlecht verborgener Neugierde nach Steuerbord, als Naismith die Boje mit ausgeschwungenem Ladebaum anlief. Sie befanden sich dicht vor dem Bug des Zerstörers, der gestoppt mit dem Bug im Ebbstrom lag, als die *Active* ihn an Backbord passierte. Die Seeleute des Kriegsschiffs starrten zurück, genauso neugierig. Die Taucher waren klar zu sehen, sie drängten sich oben an der Jakobsleiter zusammen, die zu einem grauen Schlauchboot führte, in dem drei weitere schwarzglänzende Gestalten saßen und hinüberblickten.

Naismith hörte hinter sich das Quietschen des Gaffelblocks, als ein Seemann die blaue BNAS-Flagge dippte. Die Gruppe von Offizieren auf der Brücke des Zerstörers blickte zu ihrer eigenen Flagge hinauf, dann befahl einer einem Seemann, den Gruß zu erwidern. Naismith winkte, dann konzentrierte er sich wieder darauf, die *Active* präzise zu manövrieren. Im Unterbewußtsein hörte er das Klicken und Summen von Sobeys Nikon mit motorischem Filmtransport, außerdem war da noch das Brummen in dem schlanken, grauen Rumpf nahebei.

»Es ist die *Harwich*, Sir, vom Typ 42. Man vermutet, daß sie ein argentinisches U-Boot während des Falklandkrieges versenkt hat«, sprudelte Sobey aufgeregt hervor und stellte seine Nikon auf den schlanken Rumpf ein, den sie jetzt vor dem Bug passierten.

»Ein schnittiger grauer Bote des Todes«, deklamierte Sobey und fummelte weiter mit der Kamera herum. Naismith empfand die gefühllose Bemerkung des jungen Mannes unpassend. Dann verdrängte er jeden Gedanken an den Zerstörer, während er die letzten Meter zu der auf und ab tanzenden Boje zurücklegte.

Er legte die *Active* fünf Grad zum Gezeitenstrom, dabei war er sich klar, daß die westliche Brise den Rumpf herumdrücken würde, wenn er nicht mit den Händen eines Pianisten an den Fahrhebeln arbeitete. Er stoppte die Maschinen mit einem Schlag rückwärts und beobachtete die Bewegung der Boje, die langsam parallel zur Bordwand nach achtern glitt. Die Tonne war acht Fuß entfernt. Er ließ die Backbordmaschine voraus laufen und ließ das Ruder hart Steuerbord legen, dann wartete er ab. Die Kreiseltochter unter seinem Ellbogen tickte einmal und dann ein zweitesmal. Sie blieben genau vor dem Bug der *Harwich* liegen.

»Mittschiffs!« Er stoppte die Backbordmaschine. Die Boje lag etwa sechs Fuß von der Bordwand entfernt, die relative Geschwindigkeit war null. Eine Taubucht, von zwei Männern mit einer routinierten Bewegung geworfen, schlängelte sich von Deck, wo Hobden seine Männer versammelt hatte, über die beiden Kegeltoppzeichen, deren Grundflächen zueinander zeigten. Die Tonne legte sich unter dem Druck auf die Seite, als sie von vier Männern an die Bordwand gezogen wurde.

Naismith stellte beide Maschinen auf voraus ganz

langsam und nickte dem gespannt wartenden Hobden zu. Zwei Matrosen mit Rettungswesten kletterten die schwankende Jakobsleiter hinunter und warteten auf den richtigen Augenblick. Naismith stoppte die Maschinen. Die beiden Seeleute hielten sich mit einer Hand an den Aufbauten der Boje fest, mit der anderen fischten sie nach dem dicken Stahldraht mit den massiven Haken. Das Gezerre dauerte eine Minute, die Boje tanzte an der Seite, schlug gegen die Bordwand der *Active* und versuchte die beiden Männer in den strudelnden Gezeitenstrom abzuwerfen, der mit 1,5 kn vorbeirauschte. Nachdem die Matrosen mit einem lauten Ruf ihr Bemühen abgeschlossen hatten, zogen sie an den dünnen Leinen, die am Auge der Haken befestigt waren. Dadurch kam Kraft auf die Haken und wurde gleichmäßig über den Hahnepot auf das Ladegeschirr verteilt.

»Aufhieven!« schrie Hobden und gab mit der Hand dem Winschmann ein Zeichen. Die schwere Winde sprang an und hievte die Tonne mühelos aus der See, Wasser floß in Strömen von ihr ab, und die *Active* legte sich unter dem Gewicht auf die Seite. Als sie auf gleicher Höhe mit dem Deck war, wurde das Hieven kurz gestoppt, die beiden Seeleute sprangen ab und zogen erleichtert ihre Schwimmwesten aus.

Die *Active* war jetzt über den Ladebaum verankert, und Naismith ließ das Ruder nach Backbord legen, um den Wind auszugleichen, der sie über die Ankerkette drücken wollte. Es konnte schwerwiegende Folgen haben, wenn das Schiff mit seinem Gewicht auf die Kette drückte, während die Boje immer noch an der Baumnock hing.

»Sir?« Sobey erschien nervös an der Ruderhaustür. »Ein Anruf von der *Harwich*, Sir . . .«

»Nicht jetzt, verdammt noch mal, sagen Sie diesen Rucksacktirolern, daß sie warten sollen ...« schnappte Naismith scharf. Eine Vorstellung vom Kommandanten der *Harwich* zog irritierend vor seinem inneren Auge vorbei. Wahrscheinlich stand der auf seiner mit Offizieren und Mannschaften überfüllten Brücke und versuchte, den Ereignissen dieses Morgens seinen persönlichen Stempel aufzudrücken. Bis jetzt hatte es nur einen kurzen Austausch von Informationen gegeben, während sie sich annäherten, und diese hatten mehr als die übliche morgendliche Magensäure enthalten.

Verdammt, dachte er, er hatte seine Befehle, und die waren verbindlich und eindeutig. Er hatte mit den Kriegsspielen nichts zu tun und fand auch wenig Gefallen an ihnen.

Er hörte, wie Sobey das Kriegsschiff um etwas Geduld bat.

Hobden hatte die Last jetzt bis kurz vor den Block gehievt und hatte den oberen Teil der Boje soweit nach Backbord ziehen lassen, wie es die Geien zuließen, ohne in Gefahr zu kommen, zu brechen. Jetzt war soviel von der Kette zu sehen, wie es unter diesen Umständen möglich war. Der Schäkel zwischen dem Wirbel der Boje und der Ankerkette befand sich etwa einen Faden über dem abgerundeten Schergang.

Über ihren Köpfen glänzte die fünf Tonnen schwere Boje feucht, sie schwang sanft vor und zurück im Takt der Rollbewegung der *Active*. Das Klappern und Klirren der Kettenglieder begleitete die hektische Aktivität unter der Tonne, wo eine Gruppe von Männern die Lose aus der Kette vom Spill über die Reling holten. Sie hoben den letzten Faden an, damit sie der Vormann an der fast vertikal über ihren Köpfen schwebenden Tonne einschäkeln konnte. Die aufgehängte Boje besprühte sie wie eine Regenwolke. Der Schäkelbolzen faßte, und gleichzeitig ließen die Männer die Kette los und brachten sich im Laufschritt in Sicherheit. Sofort setzte sich die große Winsch in Bewegung, holte die Lose heraus, dann zog sie an der Ankerkette. Gleichzeitig fierte Hobden die Tonne an Deck. Ein paar Minuten später war die Boje abgeschäkelt, und die *Active* lag sicher an der Kette der Boje und wartete darauf, daß der Ankerstein gehievt wurde, nachdem die Boje sicher gelascht worden war. Naismith ließ das Ruder mittschiffs legen und überprüfte die Umdrehungsanzeiger. Die Maschinen waren gestoppt, die Propeller drehten sich nur langsam im Gezeitenstrom.

»Nun denn, was will denn Seine Lordschaft da hinten von uns?«

Was Seine Lordschaft wünschte, war die Erlaubnis, ein Prisenkommando an Bord schicken zu dürfen. Schon ein paar Minuten später näherte sich ein Zodiac-Schlauchboot, und ein junger Oberleutnant mit Schwimmweste und einem mit Schulterklappen versehenen Anorak erschien kurz darauf im Ruderhaus Er grüßte kurz, aber nicht unfreundlich.

»Guten Morgen, Sir. Oberleutnant Elliott . . .«

»Guten Morgen, Leutnant. Kapitän Naismith. Was kann ich für Sie tun?«

»Ähh, mit den besten Empfehlungen meines Kommandanten, Sir. Würden Sie bitte so freundlich sein, die Filme zu konfiszieren, auf denen Bilder der *Harwich* sind, die von einigen Ihrer Besatzungsmitglieder soeben aufgenommen wurden.« Es war keine Bitte, es war ein schlecht getarnter Befehl.

Naismith blickte mit unverhohlenem Erstaunen in

das junge frische Gesicht. Sein Blick wanderte zur Seite zum Dritten Offizier Sobey, der, auf frischer Tat ertappt, gerade sein Teleobjektiv austauschte und knallrot wurde.

»Verzeihung, Leutnant, habe ich Sie richtig verstanden, daß Sie mich anweisen, privates Eigentum zu beschlagnahmen?«

Der Leutnant nickte.

»Ich verstehe noch immer nicht ganz, Mr. Elliott. Wir haben jede Menge Bilder von Ihrem Schiff in den letzten Monaten gesehen. Ich vermute, daß meine Männer ein paar persönliche Erinnerungsfotos haben wollten. Ich kann nicht einsehen, daß ein paar Schnappschüsse eine Gefahr für die nationale Sicherheit darstellen sollten.«

Elliott schluckte, er hatte das ungute Gefühl, daß er einen Elfmeter ins Netz bekommen hatte. Er überlegte einen Augenblick, dann trat er etwas weiter vor. »Kann ich mit Ihnen unter vier Augen sprechen, Sir?«

Naismith nickte und geleitete ihn in die Brückennock. Vom Vordeck hörte er den Ersten bellen: »Fertig zum Hieven des Bojensteins!«

Naismith beugte sich über die Verschanzung und nickte, um sich dann Elliott zuzuwenden.

»Also, Mr. Elliott?«

»Es tut mir leid, Sir, aber es ist eine etwas delikate Angelegenheit . . .«

Naismith zuckte bei diesem, ihm inzwischen sattsam bekannten Euphemismus zusammen. Er fragte sich, was hinter dieser abwiegelnden Phrase wirklich steckte.

»Würden Sie mir bitte genau erklären, worum es geht, Mr. Elliott? Hat es mit der *Harwich* zu tun oder mit dem Wrack da unten?« Er deutete über die Seite.

»Es tut mit leid, Sir«, sagte Elliott fest, so als ob Naismith die Angelegenheit über eine Grenze getrieben hätte, wo man noch hätte verhandeln können. »Ich muß darauf bestehen!«

»Sehen Sie, Leutnant, die meisten meiner Männer bewundern das, was die Navy bei den Falklands geleistet hat. Viele von ihnen sind gerade aus dem Urlaub zurückgekommen und hatten noch ein paar unbelichtete Bilder im Apparat. Jetzt verlangen Sie von mir, daß ich diese Filme auf eine sehr drakonische Art und Weise beschlagnahme, die für Unruhe auf der nächsten Gewerkschaftsversammlung sorgen wird. Es tut mir leid, aber ich kann Ihnen diesen Gefallen nicht tun, besonders deshalb nicht, weil Sie nicht die Freundlichkeit haben, mir eine plausible Erklärung anzubieten. Sie können jetzt über mein UKW-Gerät mit Ihrem CO* sprechen, aber Sie werden mich auf diese Weise nicht dazu bewegen, die Filme meiner Besatzung zu zerstören.« Er streckte die Hand aus und winkte den Leutnant zurück ins Ruderhaus.

»Bojenstein ist aus dem Gruuuund!« rief Hobden. Naismith gab ganz langsam voraus.

»Recht so, wie sie geht, Quartermaster!«

»Recht so, Sir!«

Leutnant Elliott krümmte sich über das UKW-Gerät. Naismith wollte nicht lauschen, schnappte aber Wortfetzen auf wie »will nicht kooperieren« und »seltsam«, allerdings wußte er nicht, ob sich letzteres auf die Situation oder auf sein Verhalten bezog. Er hoffte auf den zweiten Fall. Langsam gingen ihm diese Typen auf die Nerven, die ihn daran hinderten, sein Schiff ordentlich zu führen.

* CO: Commanding Offizier, Kommandant. (Anm. d. Ü.)

Elliott richtete sich vor dem UKW auf. »Würde es Ihnen etwas ausmachen, mich auf die *Harwich* zu begleiten, Kapitän?«

Naismith zuckte alarmiert zusammen, irgend etwas in seinem Gesichtsausdruck mußte sich Leutnant Elliott mitgeteilt haben. Für den jungen Leutnant sah der finster blickende Kommandant der *Active*, auch wenn er nicht dem Idealbild eines Dartmouthabsolventen entsprach, zumindest wie ein Mann aus, mit dem er sich bei seiner augenblicklichen Position in der Rangliste besser nicht anlegen wollte.

»Ich nehme doch wohl zu Recht an, daß Sie mich nicht mit Gewalt zwingen wollen, mein Schiff zu verlassen, Leutnant. Das wäre nämlich ein Akt der Piraterie, wie Sie wissen.«

Oberleutnant Elliott hatte keine Ahnung, ob es Piraterie sein würde oder nicht. Er hatte auf Fischereischutzbooten gedient und war mit schneidigen Enterkommandos über so manche Seereling von Trawlern geklettert, aber mit diesen Unbillen wurde man durch den täglichen Umgang vertraut. Die Feindseligkeit der Fischer war professionell und beleidigend, aber weitgehend nicht persönlich gemeint. Die Atmosphäre auf der Brücke der *Active* dagegen war ausgesprochen feindselig. Der Quartermaster stand mit einem Gesicht wie aus Holz geschnitzt hinter dem Ruder. Mr. Sobey hielt noch immer seine Kamera in den Händen, als wüßte er nicht, wohin damit.

»Aber gütiger Gott, Sir, ich glaube, daß mein Kommandant nur mit Ihnen reden möchte«, stieß er erklärend in einem verspätet freundschaftlich klingenden Ton hervor.

»Nun gut.« Naismith beugte sich über die Brückennock und rief Hobden auf die Brücke. Der Erste erschien mit seinen Schutzstiefeln und dem dreckigen Kesselpäckchen. Er nahm sich darin an diesem Ort voller glänzender Messingbeschläge und dem leisen Summen elektronischer Geräte fehl am Platze aus. »Mein Erster Offizier, Mr. Hobden, Leutnant Elliott von der HMS *Harwich*.

»Angenehm.«

Hobden grunzte und wischte seine dreckige Pranke nur oberflächlich ab, bevor er dem Marineoffizier das Händchen zermalmte.

»Chas, Sie übernehmen. Man hat mich auf die *Harwich* eingeladen. Das Schiff fährt mit voraus ganz langsam auf Kurs null-sechs-fünf gegen die Tide.«

Naismith ging zum Niedergang voraus, dort hielt er abrupt an, und Elliott hatte alle Mühe, einen Zusammenstoß mit ihm zu vermeiden. »Übrigens, Chas, sollte ich in einer halben Stunde nicht zurück sein, dann schicken Sie doch bitte ein Enterkommando . . .«

Elliott folgte dem Kapitän nach unten, Hobdens Gelächter dröhnte ihm in den Ohren. Er hatte das Gefühl, daß der Scherz eben voll auf seine Kosten gegangen war.

»Einen Drink?« Kapitän zur See Troughton war ein dunkler, sehr gepflegter, sehr typischer Marineoffizier. Naismith hatte das erwartet und akzeptierte den Whisky mit Wasser würdevoll. Er stellte sofort fest, daß Troughton jede Menge eigene Probleme hatte, und er erklärte ausführlich seine Weigerung, die ultimative Forderung von Leutnant Elliott zu erfüllen.

»Ich verstehe«, meinte Kapitän Troughton, als er schwieg, »das war eine Sackgasse.«

»Kapitän, da gibt es seltsame Begleiterscheinungen

bei diesem Fall, und falls Sie mir eine befriedigende Erklärung geben können, warum dieses verdammte Wrack eine derart *delikate* Angelegenheit ist, werde ich mein Bestes tun, um mit Ihnen zu kooperieren. Um ehrlich zu sein, ich bin bei diesem Job bisher an der Nase herumgeführt worden, und ich bin verdammt neugierig.«

»Nun, wir haben alle aufschwimmenden Trossen vom Wrack freigeschnitten, so daß sie keine Gefahr für die Schiffahrt mehr darstellen«, erwiderte Troughton. »Sobald Sie die Boje geborgen haben, können Sie Ihre Reise fortsetzen. Um die Wahrheit zu sagen, hatte ich gehofft, von diesem Ort verschwunden zu sein, bevor Sie auftauchen, aber wir hatten etwas Pech und gerieten dadurch in zeitlichen Verzug.«

Naismith runzelte die Stirn. Also hatte man geplant, daß die *Active* den Unfallort erst erreichen sollte, wenn die *Harwich* schon wieder verschwunden war . . .

»Wir haben die Trossen beseitigt, Kapitän«, wiederholte Troughton. »Also haben wir Ihnen eine Menge Mühe erspart . . .«

»Kaum, wir wurden angewiesen, unsere Taucharbeiten abzubrechen.«

»Sie wollen sagen, daß Sie einen Taucher unten am Wrack hatten?« fragte Troughton scharf. Er war ganz offensichtlich überrascht.

Naismith nickte, ein erwartungsvolles Kribbeln war in seinem Bauch. Er spürte, daß er ganz nahe am Kern des Geheimnisses war. »Die *Harwich* ist ein ziemlich großes Schiff, eigentlich zu groß, um es zu einer einfachen Taucheraktion zu benutzen, Kapitän«, bemerkte er, während Troughton die neue Situation bedachte.

»Wie? Oh, wir waren nur gerade in der Nähe, Kapitän, das ist alles.«

Er machte eine Pause und sah Naismith scharf an. »Hat Ihnen Ihr Taucher etwas Ungewöhnliches gemeldet?«

Naismith spürte den scharfen analytischen Verstand seines Gegenübers. Er blickte Troughton gerade in die Augen. »Er fand heraus, wo sich zwei der vermißten Personen aufhielten. Eine war eine Frau, ich vermute, es war die Frau des Kapitäns. Eine dritte Person war vermutlich im Maschinenraum.«

Troughton nickte. »Sie war im Maschinenraum, wir haben alle geborgen.«

»Sie haben sich eine Menge Mühe gemacht.«

Troughton ignorierte den Sarkasmus. »Noch etwas?«

Naismith hob eine Augenbraue, und sein Gesicht drückte lässige Verneinung aus. »Nein, eigentlich nicht. Ein paar Müllwagen an Deck und eine Decksladung Fässer.«

Naismith sah die kleinen empfindlichen Muskeln um Troughtons Augen zucken. Er wußte instinktiv, daß Troughton von sich aus nicht freiwillig mit Informationen herausrücken würde, also klopfte er ein wenig auf den Busch und erinnerte sich an Scrantons Bericht. »Die Fässer waren über dem Bereich des Zusammenstoßes gestaut. Wie ich hörte, war die Verschanzung in diesem Bereich eingedrückt, und ein paar Fässer sind auf den Grund gefallen . . .« Er wußte, daß ihm Troughton jetzt mit konzentrierter Aufmerksamkeit zuhörte.

»Sie sind gut informiert, Kapitän«, murmelte Troughton trocken.

Aber Naismith ließ sich nicht aus der Reserve lokken und fuhr fort: »Ich vermute, daß Sie etwas von der *delikaten* Ladung der *Wallenstein* bergen sollen.«

Er seufzte. Troughtons Schweigen nahm höchst melodramatische Formen an.

»Um Himmels willen, Kapitän Troughton, ich bin kein Kind mehr. Ich habe auf Frachtern gedient, während der sechziger Jahre habe ich die Versorgungslinien mit Plastikblumen und Kadetten von Hongkong offen gehalten, und ich bin sogar auf den Official Secrets Act vereidigt worden . . .« Er war immer lauter geworden.

Troughton lächelte plötzlich, es war ein offenes liebenswürdiges Lächeln, wenn man bedenkt, daß er soeben in seiner eigenen Kabine angeschrien worden war.

»Es tut mir leid, Kapitän«, er nahm Naismith' Glas und füllte es wieder, »auch mir ist dieser verdammte Mantel-und-Degen-Quatsch zuwider.« Er nahm einen Schluck.

Naismith warf einen Blick auf ein vergrößertes Farbfoto, das einen schlanken grauen Rumpf zeigte, neben dem Wasserkaskaden von Nahebeieinschlägen von Bomben in die Höhe wuchsen: Die *Harwich* in den Gewässern von San Carlos. Er spürte eine gewisse Traurigkeit und bedauerte, daß Troughtons großer Auftritt nur die paar Wochen im Jahre 1982 gedauert hatte.

»Sie hatten völlig recht, es gibt da eine Ladungspartie an Bord der *Wallenstein*, an der wir ernsthaft interessiert sind. Wir hatten gehofft, das Teil rechtzeitig zu finden, wie ich schon sagte, aber wir konnten es bis jetzt nicht orten. Ich darf doch wohl annehmen, daß Ihr Taucher nichts von unten mit nach oben gebracht hat, oder doch?«

Naismith schüttelte den Kopf. »Nur einen Rettungsring, um das Schiff eindeutig zu identifizieren.«

»Keine Fässer, Kisten, Souvenirs?«

»Nein.« Naismith war noch immer verwirrt. »Wenn Sie nicht gefunden haben – was auch immer es ist, was Sie suchen – warum wollen Sie dann, daß meine Jungs ihre Urlaubsschnappschüsse abgeben sollen?«

»Sie werden mir erklären, wie wir das Problem zur Zufriedenheit aller aus der Welt schaffen.« Troughton bedeutete damit, für ihn war hier Ende der Fahnenstange. Aus ihm war nichts mehr herauszuholen.

»Ich werde alle Filme einsammeln lassen. Wenn Sie sich der Mühe unterziehen, sie entwickeln zu lassen und uns dann alle Bilder zurückzuschicken, die nichts mit dieser ganzen Angelegenheit hier zu tun haben, bin ich sicher, daß ich meine Jungs davon überzeugen kann, daß es besser ist, mit Ihnen zusammenzuarbeiten.«

Naismith wußte, daß bereits alle Besatzungsmitglieder der *Active* informiert waren, warum man ihn hier an Bord des Kriegsschiffs geholt hatte, ein Fakt, von dem er hoffte, daß er ihm seine Aufgabe erleichtern würde. Es freute ihn, daß Troughton lächelte.

»Ein ausgezeichneter Vorschlag, Kapitän. Ich hoffe, Sie akzeptieren meine Entschuldigung für die ganze Aufregung, aber die Sache ist etwas . . .«

»Delikat?«

»Ja, exakt.«

Naismith lächelte und streckte seine Hand aus, als er aufstand. »Danke für Ihr Verständnis . . .«

Troughton rief die Brücke an, und ein geschniegelter Unterleutnant kam herunter, um Naismith zurück zum wartenden Schlauchboot zu begleiten.

Sie traten auf der Backbordseite auf das Oberdeck und gingen nach achtern. Naismith wußte, was in den langen Plastikbündeln auf den Tragbahren aus Metall versteckt war, die an der Seereling aufgereiht waren. Er entdeckte auch eine Gruppe von Seeleuten, die eine alte Persenning über Behälter laschte, die auf dem Flugdeck gestaut waren. Er identifizierte sofort die Umrisse, überquerte das Deck und hob eine Ecke der flatternden Persenning hoch.

»Sie da!«

Naismith ignorierte den Anruf. Alles, was er sehen konnte, waren die Logos eines Chemiekonzerns und die aufgemalte Bezeichnung: *Dry cleaning fluid*.

»Was, zum Teufel, machen Sie da?«

Naismith blickte auf und sah einen Kapitänleutnant vor sich, den Ersten Offizier der *Harwich*.

»Alte Krankheit von mir, Commander, ich leide unter chronischer Neugierde. Einen schönen Tag noch . . .«

Er ging zum Fallreep an dem Unterleutnant vorbei, der ihn begleitet hatte und der wegen dieses Zwischenfalls ein paar ungemütliche Minuten bei einem Gespräch mit dem Ersten haben würde.

Naismith saß im Schlauchboot und ließ sich von den schmallippigen Tauchern zu seinem Schiff zurückfahren. Er hatte einen Zipfel des Geheimnisses gelüftet. Troughton hatte sich entspannt und das Gesprächsthema sofort gewechselt, als er erfahren hatte, daß die *Active* kein Faß geborgen hatte. Der Erste Offizier hatte beinahe einen Herzinfarkt bekommen, als er sah, daß dieser Zivilist James Naismith unter die Persenning schmulte.

Es war nicht die *Harwich*, die nach Troughtons Willen nicht fotografiert werden durfte, es waren diese Fässer. Und die Taucher der *Harwich* hatten bis jetzt nicht alle gefunden.

Was befand sich also in den Fässern, das von so großem politischen Interesse war – »delikat«, wie die Umschreibung lautete.

Ihre Existenz sollte geleugnet werden, und was immer ihr Inhalt war, *Dry cleaning fluid* war es mit Gewißheit nicht. Aber was zum Henker war es dann? Wie Susan nicht müde wurde, ihnen allen zu versichern, scherte sich keine Regierung dieser Welt einen Deut darum, welche Substanzen die See verschmutzten.

Oder vielleicht doch?

8

Susan hatte sich während des Einholens der Boje aufs Ohr gelegt und hatte deshalb vom Besuch des Kapitäns auf der *Harwich* nichts mitbekommen. Als sie geweckt wurde, war das Kriegsschiff noch nicht hinter dem Horizont verschwunden, da das Einsammeln der Filme für eine Verzögerung gesorgt hatte. Mehrere Männer hatten ihre Urlaubsfilme noch nicht entwickelt, und die Aussicht, daß das Verteidigungsministerium die Kosten dafür tragen würde, hatte sie die Filme leichten Herzens an ihre Kameraden herausrücken lassen, die mit der unangenehmen Arbeit des Einsammelns betraut worden waren. Der reibungslose Ablauf dieses Teils des Zusammentreffens freute Naismith. Seit dem Falklandkrieg war die Akzeptanz des Militärs in den meisten Teilen der Bevölkerung unbestritten und bei den Seeleuten ohnehin. Mochte Naismith diese ganze Angelegenheit auch bedauern, mußte er doch zur Kenntnis nehmen, daß niemanden das Einsammeln der Filme und der mögliche Verlust von ein paar Schnappschüssen zu stören schien. Auf dem Schiff brodelte jedoch noch immer die Gerüchteküche, und es dauerte nicht lange, bis Susan aus verschiedenen Quellen über alle Vorkommnisse unterrichtet war.

Als sie im Salon saß, lauschte sie mit zunehmendem Interesse Naismith' Zusammenfassung seines Besuchs auf der *Harwich*. Zu diesem Zeitpunkt enthüllte er die Hintergründe noch nicht, sondern erging sich in allgemeinen Vermutungen und gab bekannt, daß der Zerstörer Taucher am Wrack unten hatte, die etwas abbergen sollten. Auch er suchte Zuflucht bei der Floskel, daß die Fotos der *Harwich* »delikat« wären, dabei konnte er kaum ein trockenes Lächeln unterdrücken, denn niemand würde die ironische Anspielung verstehen. Er wurde von dem Dritten Ingenieur Colin Mulliner aus der Zwickmühle befreit, sich auf sein Versprechen gegenüber Troughton oder auf den Official Secrets Act berufen zu müssen, der bereitwillig eine plausibel klingende Erklärung lieferte.

»Wahrscheinlich ist es wegen der neuen Raketenabwehrsysteme, die auf den 42ern eingebaut worden sind«, meinte er schlau. Rund um den Tisch wurde allgemein zustimmend genickt.

»Es ist trotzdem seltsam, daß sie sich all diese Mühe machen«, fügte Hobden nachdenklich hinzu, »wenn man bedenkt, wie viele Bilder seit dem Falklandkrieg veröffentlicht worden sind.«

»Nun«, fuhr Mulliner geduldig fort, »die Phalanx-Systeme sind als Antwort auf die Angriffe mit den Exocetraketen installiert worden . . .«

Susan hörte nicht zu. Sie kaute automatisch auf ihrem gebratenen Schweinefleisch herum. Das Interesse des Kriegsschiffs an dem Wrack war zweifellos ungewöhnlich. Dabei war es noch nicht mal ein britisches Schiff, das auf dem Meeresgrund lag. Aber das Entscheidende war, daß die *Harwich* nicht das erste Kriegsschiff war, das ein Interesse zeigte. Da war schließlich auch das ominöse U-Boot aufgetaucht.

»Glauben Sie, Sir, daß die *Harwich* etwas mit dem U-Boot zu tun hat?«

Sie stellte ihre Frage ruhig hinter Hobdens Rücken hervor, als sich der Erste vorbeugte, um den armen Mr. Colin Mulliner - verdammt sollte er sein – scharf zu fixieren, damit diese unglückliche Mißgeburt nicht noch ein zweites Mal den Fehler machen würde, ihn, Charles Hobden, für einen ignoranten Idioten zu halten. Susan beobachtete Naismith' Gesicht. Er hatte gerade einen Bissen in den Mund geschoben, einen Augenblick saß er mit zusammengepreßten Lippen da, aber seine Kinnlade schien herabzuhängen, als er sich der Bedeutung dieser Bemerkung bewußt wurde.

Naismith hatte das U-Boot völlig vergessen. Er war mitten in der Nacht geweckt worden, auf der Brücke hatte er ein seltsames Sonarecho betrachtet, das der Grund für die Unterbrechung seines Schlafs gewesen war. Er hatte die Angelegenheit als unwichtig eingestuft, war wieder in die Koje geklettert und sofort wieder eingeschlafen. Susan hatte die Sache auch nicht weiter verfolgt, weil sie das Gefühl hatte, daß Potts hartnäckiges Beharren auf der Richtigkeit seiner Wahrnehmung sie irgendwie kompromittiert hatte. Also hatte sie das Thema am nächsten Tag auf sich beruhen lassen. Die einzige zuverlässige Identifikation des Sonarsignals war ausschließlich durch Potts erfolgt. Susan hatte nur halbherzig daran geglaubt, und Naismith hatte sie völlig für unwahrscheinlich gehalten.

Aber während er kaute, wurde Naismith mit absoluter Deutlichkeit klar, daß es ein U-Boot gewesen war. Die Frage interessierte ihn brennend, ob es ein britisches oder ein ausländisches Boot war. Stimmte letzteres, dann mochte es diese verdammten Fässer an Bord genommen haben, nach denen nun Troughton wie ein Spürhund suchte. Und dann waren einige Regierungen in die Sache verwickelt, und die ganze Angelegenheit bekam eine andere Dimension als die bisher vermutete Umweltverschmutzung.

Naismith schluckte den Bissen hinunter, dann nickte er Susan zu: »Richtig, Susan, das ist sehr wahrscheinlich . . .« Aber im Augenblick wollte er das Thema nicht vertiefen, statt dessen wollte er gründlich darüber nachdenken.

In der Mannschaftsmesse war man schon zu derselben Schlußfolgerung gekommen, übrigens lange vor den Offizieren. Potts, der ebenso spät aufgestanden war wie Susan, stellte die Verbindung sofort her, als er von den Aufregungen des Morgens hörte. Obwohl er nichts von den Fässern wußte, war er völlig sicher, daß der Besucher in jener Nacht ein U-Boot gewesen war. Er verbrachte einige Zeit damit, der großen Messegemeinschaft die Umstände des Zusammentreffens zu erklären und schloß damit, daß er die totale Unfähigkeit des Skippers auf diesem besonderen Feld der Sonaridentifikation feststellte.

»Was immer in diesem verdammten Wrack ist, es muß jedenfalls wertvoll sein, nicht wahr?« fragte Harris, und seine Augen glitzerten gierig.

»Kannst du an nichts anderes denken, als an Moneten und Muschis, Harris?«

»Nun, es könnte sich um etwas handeln wie auf der beschissenen *Edinburgh*. Man hat doch die wertvollen Sachen aus der *Lousitania* geborgen, oder jedenfalls probiert man das, nicht wahr?«

»Alles hohe Politik«, meinte Potts dunkel, sich bewußt, daß er als Quartermaster in enger Verbindung mit der Brücke stand und deshalb einen enormen Wissensvorsprung vor den gemeinen Jan Maaten hatte.

»Wat meinst du denn mit ›Politik‹, verdammich. Welche verfluchte Politik soll hier denn mitmischen?«

»Mann, warum benutzt du nicht mal deine versoffenen Gehirnzellen? Frag dich doch mal, warum die Navy so interessiert an der Sache ist, daß sie ein U-Boot einsetzt, das ein Wrack suchen soll, ohne daß es jemand erfährt. Dann schicken sie einen Zerstörer mit Tauchern, die die Ladung bergen sollen. Ich frage dich, was es sein könnte, was man verschiffen kann und das anderen Orts für Ärger sorgen könnte, wo auch immer das gesunkene Schiff hin unterwegs war, und zu welcher Lösung kommst du dann?«

Potts lehnte sich nach dieser komplizierten Rede zurück und war sehr mit sich zufrieden.

Harris war dagegen ziemlich ratlos. »So, wie es klingt, muß es ein Holzwollschnitzelwerk sein.«

»Eine H-Bombe!« rief Ellice plötzlich überzeugt aus. »Eine verdammte H-Bombe!«

Potts grinste über die völlige Blödheit von Harris. »Siehst du, der Junge kann noch eins und eins zusammenzählen.«

»Nee, ich sehe gar nichts«, erwiderte Harris schwach. »Woher willst du wissen, daß das gesunkene Schiff eine H-Bombe an Bord hatte? Glaubst du vielleicht, die schicken diese Dinger ohne alle denkbaren Vorsichtsmaßnahmen rund um die halbe Welt?« Ein verachtungsvoller Ausdruck huschte über das Gesicht von Harris. »Du bist doch doof. Du glaubst nur, immer alles besser zu wissen, Potsy . . .«

»Wie stellst du dir denn vor, wie diese Teufelseier transportiert werden? Na? Sie werden mit keiner aufwendigen, auffälligen Eskorte von dem Ort, an dem sie hergestellt werden, zu ihrem Bestimmungsort gebracht. Was glaubst du, was alle diese langhaarigen linken Kacker für einen Aufstand machen, wie sie Zeter und Mordio schreien würden, sobald sie davon Wind bekämen«, entgegnete Potts mit dem Brustton der Überzeugung. »Vergiß nicht, ich war bei der Navy und habe gesehen, wie solche Dinge abgewickelt werden. Sie verschiffen sie einfach mit Frachtern der Handelsmarine oder so, und los geht's . . .«

Harris schwieg. Weil es niemand besser wußte, konnte keiner widersprechen. Sie hatten Potts Erklärung als logisch und wahrscheinlich akzeptiert. Die Vorstellung, daß an Bord der *Wallenstein* eine Bombe im Laderaum lagerte, hatte die Phantasie aller in unterschiedlicher Stärke angeregt. Potts nutzte seinen Vorteil aus.

»Erinnert euch daran, was die Yankees vor ein paar Jahren für einen Aufstand gemacht haben, als sie eines ihrer Eier über Spanien verloren hatten.«

»Bei Christ, er hat recht.«

»Potsy . . .?« fragte Ellice unsicher, er mochte die Stille nicht, die sich in der sonst so lauten Messe breitgemacht hatte. »Weißt du, wohin das Schiff unterwegs war? Das Wrack, meine ich.«

Potts stieß seinen Teepott zurück, der einen halben Liter faßte. »Natürlich weiß ich das«, sagte er, sich wohl bewußt, daß die Schlußfolgerung von Ellice nicht ganz seinem Gedankengang entsprach.

»Mittelamerika, Santa Maria de los Mayas.«

»Wohin?« Alle fuhren herum, überrascht von der heftigen Reaktion eines bis dahin still vor sich hin brütenden Seemanns am nächsten Tisch. Potts, der vollauf damit beschäftigt gewesen war, Harris auszumanövrieren, hatte vergessen, daß es da einen seltsamen Zusammenhang gab, obwohl ihn der Zweite Offizier darauf hingewiesen hatte. Als sich jetzt Davis kreidebleich am Nachbartisch erhob, fiel es ihm wieder ein.

»Wohin?« wiederholte Davis flüsternd.

Alle hatten ihn in Ruhe gelassen, seit sie von dem Tod seines Sohnes erfahren hatten. Trauer war eine private Angelegenheit; obwohl ein oder zwei der älteren Männer ihm ein Gespräch angeboten hatten, um ihn zu trösten, hatte sich doch die allgemeine Anteilnahme in Schweigen ausgedrückt.

Matrose Harris sah den neuen Mann an. Eine im sexuellen Bereich ungehörig wahllose Person, so pflegte er mißbilligend Briten zu bezeichnen, die »Dagos« heirateten. Wenn er an die Fotografie von Davis' Frau dachte, dann mochte sie zwar gut im Bett sein, aber sie war ganz klar eine Dago.

»Santa Maria, Kumpel«, schnarrte er, »man denkt darüber nach, alle Dagos dort drüben zu atomisieren.«

Niemand hielt Davis auf, als er Harris schlug. Erst als der Mann zu Boden gegangen war und sich seine Hände um Harris' Kehle schlossen, zerrten sie ihn weg. Als der Bootsmann herunterkam, um herauszufinden, wer Harris für den Nachmittag aus dem Verkehr gezogen hatte, wußte niemand etwas.

Davis war nicht der einzige gewesen, der in der Messe die Diskussion verfolgt hatte. An einem der vorderen Tische langweilten sich die beiden Taucher Scranton und Walker und verbrachten ihre Tage damit, zahllose Tassen voller Tee zu trinken, denn das war ihre einzige Beschäftigung, seit der Helikopter sie auf der *Active* hatte stranden lassen.

»Blöde Hunde«, murmelte Walker verächtlich und schloß damit die Unterhaltung der Seeleute für sich ab.

Scranton reagierte unterschiedlich. Er spitzte die Ohren, sagte zwar nichts, aber ließ eine halbvolle Mugg Tee stehen und machte sich auf die Suche nach Naismith. So alleingelassen, seufzte Walker, stand ebenfalls auf, verließ die Messe und machte sich auf den Weg in die kleine »Reserve«-Kabine, die er mit Scranton und einem dicken Stapel »Girlie-Magazine« teilte. Das war die einzige Literatur, die er schätzte. Die beiden Taucher hatten die Messe verlassen, bevor die Schlägerei begann.

Scranton fand Naismith in dessen Kabine, wo er einige Papiere studierte und versuchte, Ordnung in das Chaos auf seinem Schreibtisch zu bringen. Aber er war nicht bei der Sache, denn er war zu ähnlichen Schlußfolgerungen wie seine Untergebenen gekommen. Er wußte, daß die Navy keine H-Bombe suchte, sondern schlichte Fässer, dunkelgrüne Fässer, gefüllt mit *»Reinigungslauge«*. Wäre er in der Lage gewesen, an so etwas Schlichtes wie einen Atomsprengkopf auf einem gewöhnlichen Seetransport zu denken, also an etwas, an das er und der Rest der Welt sich wie an ein notwendiges Übel gewöhnt hatten, dann hätte er sich auch auf seinen ermüdenden Papierkrieg konzentrieren können. Nukleare Waffen waren da, egal, ob er oder andere »kleine Leute« es mochten oder nicht. So wie etwa tausendundeins andere Übel, mit denen die Menschheit diesen Planeten gesegnet hatte. Er mußte an die Delphine denken und an den langsamen

Tod, dem sie durch die zunehmende Verschmutzung unaufhaltsam entgegenschwammen. Der Gedanke brachte ihn zu Susan Paulin zurück und ihrer Einfraukampagne gegen die Umweltverschmutzung. Er mußte es sich selbst eingestehen, daß er sie und ihren Starrsinn bewunderte. Sie hatte etwas Grundehrliches an sich, außerdem verfügte sie über Einsichten, die denen von Kapitän Troughton so ziemlich diametral entgegenliefen. So schloß sich der Kreis wieder bei den Fässern auf dem Deck der *Harwich*. Aber neben diesem schlechten Gefühl blieb ihr Inhalt im geheimnisvollen Dunkel. Wahrscheinlich würde er nie etwas über den mysteriösen Inhalt erfahren.

Als er an diesem Punkt seiner Reflektionen angelangt war, klopfte Scranton an seiner Tür.

»Kann ich Sie sprechen, Kapitän Naismith?«

Naismith war erleichtert, als er sah, daß Scranton keine Pulle bei sich hatte. Weniger fröhlich stimmte ihn die Besorgnis, die sich in Scrantons Miene ausdrückte. Das roch nach Problemen, die er selbst lösen sollte. Bei allem, was er sonst schon um die Ohren hatte, überkam Naismith das Gefühl, daß die Lage langsam lächerlich wurde.

»Hallo, Mr. Scranton. Geht es darum, wann Sie wieder festen Boden unter die Füße bekommen? Nur keine Sorge, wir sind jetzt auf dem Weg nach Osten. Ich soll die Bojen, die an Deck gestaut sind, bei den Goodwins auslegen, da kann ich Sie in Dover absetzen. Okay?«

Scranton schüttelte den Kopf. »Nein, darum geht es nicht, Kapitän, Mr. Hobden hat uns Ihre Absichten dargelegt. Dover wäre prima. Nein, ich möchte mit Ihnen ein vertrauliches Gespräch führen.«

»Vertraulich?« Naismith wollte nicht noch eine Beichte abnehmen, fragte aber trotzdem: »Worum geht es denn?«

»Um die *Wallenstein*, Kapitän. Ich glaube, Sie sollten wissen, was ich da unten wirklich gesehen habe.« Scranton machte eine Pause. »Darf ich mich setzen?«

»Ja . . . ja natürlich, fahren Sie bitte fort.« Naismith drehte seinen Stuhl herum. Ein Gefühl der Vorahnung ließ ihm einen kalten Schauder den Rücken hinunterlaufen.

Scranton setzte sich auf die Kante des Sessels.

»Es geht um die *Wallenstein*«, wiederholte er.

»Worum genau?« erkundigte sich Naismith vorsichtig.

»Es gibt doch irgendein Geheimnis um dieses Wrack, nicht wahr?«

»Nun ja . . . ich . . . äh . . . bin mir nicht sicher.«

»Aber kommen Sie, Kapitän, wir sind doch beide keine Kinder mehr. Ihre Seeleute unten in der Messe munkeln, daß das Schiff eine Wasserstoffbombe nach Costa Maya bringen sollte. Die Anwesenheit dieses verdammten Zerstörers war zu ungewöhnlich, gleiches gilt für die Beschlagnahme der Filme, nachdem man Sie auf das Kriegsschiff verschleppt hatte. Stimmt doch alles, nicht wahr? Es macht doch alles einen verflucht undurchsichtigen Eindruck oder etwa nicht?«

Naismith nickte. Es wäre dumm von ihm, wenn er weiter behaupten würde, daß ihn die Geschehnisse der vergangenen Tage unberührt gelassen hätten. Etwas Geheimnisvolles war mit dem Wrack verbunden, mochte er es nun gut finden oder nicht. Jedenfalls war die *Active* in die Geschehnisse verwickelt worden.

»Ja, die Sache mit dem Wrack ist schon ziemlich merkwürdig. Ich weiß nicht sicher, warum . . .« Er zögerte ein wenig, er wollte die Fässer nicht erwähnen, aber es brach aus Scranton heraus.

»Nun, Kapitän, ich weiß, warum. Es gibt da Fässer mit irgendwelchen Chemikalien oder ähnlichem, und ich versichere Ihnen, daß die Navy am Wrack taucht, um diese Fässer zu bergen.«

Naismith runzelte erstaunt die Brauen. Er fragte sich, ob Scranton die Fässer an Deck der *Harwich* gesehen hatte; allerdings hatte er von den Fässern als Teil der Decksladung der *Wallenstein* gesprochen, das war damals mehr eine beiläufige Bemerkung gewesen. Es war nichts Ungewöhnliches, daß ein Schiff derartige Ladung auf dem Oberdeck fuhr.

»Was macht Sie so sicher, daß es diese Fässer sind, hinter denen sie her sind?« erkundigte er sich. »Und was ist an diesen Fässern so besonders?«

Scranton schwitzte und stand offensichtlich unter starkem Streß. »Sehen Sie, Kapitän, ich vermute, daß ich es Ihnen schon früher hätte erzählen müssen, aber um ehrlich zu sein, wollte ich in diese Geschichte nicht verwickelt werden. Jetzt, da sich herausstellt, daß die ganze Geschichte größere Dimensionen hat, als ich vermutete, sieht es verdammt blöd aus, daß ich Ihnen nicht berichtet habe, was passierte, als ich da unten war.«

»Wovon, zum Teufel, reden Sie?«

»Um Himmels willen, ich werde Ihnen erzählen, was ich da unten fand, für den Fall . . . Nun, ich sitze in der Scheiße, falls ich es Ihnen verschweige . . .«

Naismith kam der Gedanke, daß das, was auch immer Scranton so bedrückte, den Ausgang seiner Unterredung auf der *Harwich* entscheidend beeinflußt hätte. Es war jetzt für Scranton zu spät zum Beichten, denn man würde annehmen, daß er, Naismith, Informationen zurückgehalten hatte. Es war besser, nichts zu wissen und Scranton zu verdonnern, daß er niemals etwas gesehen hatte oder auch nur meinte, etwas gesehen zu haben, was auch immer es gewesen sein mochte – und ihm die Notwendigkeit eines Versprechens zu seinem eigenen Schutz zu erklären und ihm es dann feierlich abzunehmen. Aber Scranton wollte Erleichterung durch die Beichte.

»Sehen Sie, Kapitän, ich habe da unten einen toten Mann gefunden. Keinen toten Seemann. Einen toten Taucher.«

»Einen toten Taucher?«

»Ja. Das war ein Grund, warum ich Ihnen nicht sofort alles erzählt habe. Es war ziemlich beunruhigend für mich.«

»Beunruhigend?« Es schien ein seltsames Wort in diesem Zusammenhang zu sein, aber Naismith erinnerte sich an Scrantons Zustand in jener Nacht, als der sich betrunken hatte. »Sprechen Sie weiter.«

»Er trug den Standardtaucheranzug der Britischen Admiralität . . . Naßbiber . . . Er hatte sich im Rigg verfangen und war qualvoll verendet. Von seinen Händen war nichts mehr übrig. Sie waren weggefressen worden . . .«

»Weggefressen?«

Scranton nickte. »Ja. Unter ihm an Deck standen ein paar Fässer. Der Rest war über den Meeresgrund verteilt. Eins der Fässer, das noch an Deck stand, war von einem spitzen Stück der Seereling aufgerissen worden, die bei der Kollision scharfkantig eingedrückt worden war.«

»Das ist ein bißchen weit hergeholt . . .«

»Ich vermute, daß Sie mir gleich erklären werden, daß es im Englischen Kanal verdammte Piranhas gibt«, explodierte Scranton voller Ärger, »ich sage Ihnen, Kapitän Naismith, daß dieser Britische Marinetaucher an dem Gift starb, das in diesen Fässern an Bord des Schiffes lagerte. Vermutlich verfing er sich im Rigg des Masts, als er versuchte, an die Oberfläche zu gelangen.«

»Aber woher kam er?«

»Jesus Christus, das ganze verdammte Schiff weiß, daß in der bewußten Nacht ein U-Boot in der Nähe des Wracks lag.«

»Herrgott!« fluchte Naismith und wurde blaß, als ihm aufging, daß er über seinem Ärger wegen einer möglichen Umweltverschmutzung das Nächstliegende übersehen hatte. »Ich hatte das alles schon vergessen.«

Schweigen erfüllte die Kabine. Naismith erhob sich und öffnete ein Schränkchen. Er nahm zwei Gläser und eine Flasche Scotch heraus. »Ich bin wohl an der Reihe, denke ich.« Er goß einen ordentlichen Streifen in jedes Glas und reichte eins Scranton.

»Was glauben Sie, was in den Fässern ist?«

Scranton zuckte mit den Schultern. »Ich vermute, daß es hochkonzentrierte Industriechemikalien sind. Etwas, das so verdammt giftig ist, daß die Regierung verhindern möchte, daß der ganze Kanal versaut wird.«

Naismith nickte. »Haben Sie bei sich irgendwelche krankhaften Veränderungen entdeckt?«

»Wie bitte?«

»Das Wasser muß rein gewesen sein, als Sie tauchten. Sie hatten also keine Krankheitssymptome?«

»Nein. Jedenfalls nicht von der Art, die Sie meinen.

Aber ich werde mein Lebtag nicht vergessen, wie der arme Hund aussah. Beim Himmel, es war schrecklich. Ich leuchtete mit meiner Taschenlampe in sein Gesicht. Es war purpurfarben, voller Flecken . . .«

»Wenn«, begann Naismith langsam, die Vorstellung, daß der Taucher unter dem Rumpf der *Active* qualvoll gestorben war, während er ungerührt wieder in die Koje gekrochen war, setzte sich selbstquälerisch in seinem Gehirn fest, »wenn es ein Marinetaucher war, hätte er denn dann keinen Kumpel gehabt? Ich denke, die arbeiten immer in Zweierteams . . .«

Scranton nickte und stellte das leere Glas auf den Tisch. Naismith füllte es wieder. »Ja, natürlich, wahrscheinlich hat sich der andere Bursche wie eine Rakete aus dem Staub gemacht, als er sah, was passiert war. Vielleicht hat ihn der andere – der dann starb – gewarnt, näher zu kommen. Jedenfalls erklärt das, warum der Zerstörer gekommen ist. Die Navy wollte die Leiche zurück, nachdem der Gezeitenstrom die Gegend dekontaminiert hatte.«

»Ja«, Naismith schluckte den zweiten Whisky. »Haben Sie noch jemandem davon erzählt?«

Scranton sah verletzt aus. »Wie konnte ich? Ich hätte den Leichenfund melden müssen, aber aus irgendeinem Grund jagte mir der Bursche eine Heidenangst ein. Er war nicht der erste Tote, den ich gesehen habe, das können Sie mir glauben, aber wenn man jemanden so zugerichtet findet, der dieselben Klamotten trägt wie man selbst . . .« Er machte eine Pause und kippte das zweite Glas hinunter. »Ich werde langsam zu alt für diesen Job, Kapitän. Meine Nerven waren etwas zu Fuß, darum habe ich auch an jenem Abend einen Affen aus mir gemacht . . .« Er hielt wieder an, als würde er nochmals über alles nachdenken und die Erinnerung würde ihm Schmerzen bereiten. »Vielleicht habe ich mir einzureden versucht, daß ich es allein mit mir abmachen könnte ...«

»Also weiß Walker nichts?« bohrte Naismith, dem klar war, daß er jetzt in die Sache ernsthaft verwikkelt war. Also wollte er auch alle Fakten kennen, bevor er wieder Fragen von irgendwelchen anderen Kapitänen vom Schlage Troughtons beantworten mußte.

»Walker? Dieser Milchbubi! Oh, großer Gott, nein!«

»Und Sie haben es mir nur erzählt, weil Sie die Angelegenheit hätten melden müssen?«

Scranton nickte. »Ja. Sie sind offiziell der kommandierende Offizier der Operation. Ich muß einen Bericht über den Tauchgang anfertigen. Die Standardfloskel lautet, daß ich in Übereinstimmung mit Ihren Befehlen getaucht bin. Das erspart mir eine Menge lästige Schreiberei.« Er schwieg wieder, und Naismith füllte wieder sein Glas, denn er spürte, daß der Mann noch etwas loswerden wollte.

»Und ...«

»Ich habe mich wie ein Narr benommen, nicht wahr? Ich vermute, daß ich wollte, daß Sie erfahren ..., daß Sie wissen ...« Scranton preßte die Wörter unter großen Schwierigkeiten hervor. Naismith erkannte, daß die Moral des Mannes schon ziemlich gebrochen gewesen sein mußte, bevor er in die Nähe des Wracks der *Wallenstein* gekommen war. »... daß ich ein Weichei geworden bin.« Scranton schüttet den Whisky hinein und seufzte wie ein Mann, der auf dem Totenbett einen lange zurückliegenden Mord beichtet.

Naismith blickte ihn schweigend an. Wenn an der Geschichte etwas dran war und der Inhalt seines Gesprächs mit Troughton publik wurde, dann würde man vermuten, daß Scranton ihn schon vorher über den toten Taucher informiert hatte. Man würde also entweder annehmen, daß er dem Marineoffizier wichtige Informationen vorenthalten hatte oder daß Scranton den toten Mann nicht gesehen hatte. Die zweite Option würde mit den Ereignissen übereinstimmen, so wie sie für Naismith abgelaufen waren, aber das bedeutete, daß er und Scranton diese Information nun unterdrücken mußten. Auf der anderen Seite kompromittierte ihn die erste Möglichkeit ziemlich stark. Naismith seufzte. Natürlich konnten sie die Wahrheit sagen, aber dann würde Scranton schlechte Karten haben. Naismith rieb sich unbewußt das Kinn. Er hatte Troughton gesagt, daß ein Taucher der *Active* am Wrack gewesen war. Wenn er sich richtig erinnerte, dann hatte Troughton sich erkundigt, ob Fässer, Kisten oder Souvenirs geborgen worden waren. Das hatte er verneinend beantwortet, mit Ausnahme des Rettungsrings zur Identifikation des Wracks. Troughton hatte keinen toten Taucher erwähnt. Warum? Es war bekannt gewesen, daß drei Besatzungsmitglieder der *Wallenstein* vermißt waren, und Scranton selber hatte die Frau und den Funkoffizier in ihren Unterkünften eingeschlossen gesehen. Hätte Troughton nicht fragen müssen . . .? Nein, er erinnerte sich, daß Troughton gesagt hatte, sie hätten alle rausgeholt. Naismith war an Deck an ihnen vorbeigegangen, an diesen Plastikbündeln auf den unheimlichen Tragbahren.

Es waren vier gewesen!

Er wußte nicht, warum ihm das nicht früher aufgefallen war. Wie die Anwesenheit des U-Bootes paßte auch das perfekt in das Bild – und er hatte es vergessen! Verdammt, er war Kapitän und kein verfluchter Detektiv.

»Nun, Mr. Scranton, Sie werden etwas schreiben müssen, fürchte ich. Erstellen Sie einen vollständigen Bericht, erwähnen Sie alle Leichen, die Sie gesehen haben, und schreiben Sie, daß eine Bergung unmöglich war, weil die Tide kenterte. Ich glaube, das kommt der Wahrheit ziemlich nahe, nicht wahr? Schließlich hat man uns daran gehindert, zurückzukehren und den Job ordentlich zu beenden, oder etwa nicht?« Naismith sah die Erleichterung auf Scrantons Gesicht.

»Danke, Kapitän.« Er erhob sich und streckte seine Hand aus.

Naismith hatte das seltsame Gefühl, daß er die dargebotene Hand nicht nehmen sollte, weil das eine Art Eingeständnis war, daß sie beide in eine dunkle konspirative Machenschaft verwickelt waren. Er verwarf den Gedanken als Ausgeburt seines vom Whisky umnebelten Gehirns, vom Whisky geboren wie Scrantons Geste.

»Ich würde die Fässer in der Messe unten nicht erwähnen, Kapitän. Ich glaube, es wäre wohl das Beste, wenn die Seeleute weiterhin glauben, daß die Navy nach einer H-Bombe sucht.«

Naismith grinste. »Wahrscheinlich haben Sie recht, Mr. Scranton.«

Als der Vorhang hinter Scranton zufiel, stellte Naismith die Whiskyflasche weg. Er wünschte, daß er nicht so schnell derart viel getrunken hätte, aber sie waren unterwegs, und er konnte die Füße hochlegen und eine Weile dösen.

Er rückte sich in seinem Sessel zurecht und schloß die Augen. Das Bild des toten Tauchers flimmerte vor seinem inneren Auge, und er wiederholte die Unterredungen mit Troughton und Scranton wieder und wieder und fragte sich, was er eigentlich damit zu schaffen hatte.

Es war Zufall, daß die *Wallenstein* auf der Reise nach Santa Maria gewesen war, wo die Ehefrau des Matrosen Davis lebte. Es war blödsinnig, daß die Seeleute glaubten, daß eine Wasserstoffbombe an Bord gewesen sein sollte. Es war bedauerlich, daß Scranton seine Nerven verlor, und es war sträflich, daß er selbst das verdammte U-Boot vergessen hatte. Aber irgendwie war das alles gar nicht sein Bier, sogar wenn sein Zweiter Offizier sie alle mit der Verschmutzung der Meere nervte.

Und in einem extremen Anfall von Voreingenommenheit kam ihm der Gedanke, daß ihm alle diese verrückten Gedanken gar nicht in den Kopf gekommen wären, wenn sein Zweiter Offizier nicht eine junge Frau wäre.

9

Kapitän James Naismith blickte über die Seite, während die orange-roten Festmacherleinen den Rumpf der *Active* längsseits an die Pier zogen. Die Affäre um die *Wallenstein* war in seinem Bewußtsein in den Hintergrund getreten und war in seinem offiziellen Bericht auf einen drei Seiten langen Bericht zuzüglich einiger Sonar- und Echographblätter geschrumpft; wobei letztere schon auszutrocknen begannen und verblichen.

Er nahm das Mikro in die Hand und befahl: »Schiff ist in Position. So ran und fest!« Er blickte nach vorne, von wo ihm Sobey mit einem Handzeichen signalisierte, daß er verstanden hatte. Dann richtete er seinen Blick nach achtern, wo er Susan sehen konnte, die ihre Uniformmütze im Wren-Stil in einem kecken Winkel über ein Auge gezogen hatte. Sie wies die Festmachergang auf dem Kai an, weitere Achterleinen auszubringen. Er unterdrückte ein Lächeln. Er wußte genau, daß die Männer nur vorgaben, sie nicht zu verstehen, um sie zu einem wenig damenhaften Fluch zu verleiten. Er ging ins Ruderhaus zurück. Dort machte er die letzten Eintragungen ins Logbuch, unterschrieb und nickte dem Quartermaster zu, der die Maschine abklingelte.

Er ging nach unten, schob die Dokumente zusammen, die zum Einsammeln bereit lagen und machte sich auf den Weg zur halbwegs aufgeriggten Gangway, an der er Hobden traf.

»Setzen Sie die dreckigen Goodwin-Bojen an Land, Chas. Ich finde heraus, was wir laden sollen, aber ich vermute, daß es das Gerümpel dort drüben an Land ist. Wenn dem so sein sollte, nehmen Sie es an Bord und laschen Sie es sicher.«

»Aye, aye, Sir.«

Die Matrosen, die die Gangway aufriggten, traten schweigend für ihn zur Seite. Er wußte, daß sie Landgang haben wollten, und die ungestellte Frage, ob sie den bekommen würden, hing schwer in der Luft.

Er marschierte flott über den großen Tonnenhof mit seinen Lagerschuppen, der Schmiede, den Kettenlagern und Bojensteinen bis zu den Verwaltungsgebäuden der BNAS.

Der Superintendent war beschäftigt, er sprach am Telefon und winkte ihm zu, Platz zu nehmen. Naismith ignorierte die Unterhaltung, er blickte sich geistesabwesend um und lächelte Joyce Faraday an. Sie war die persönliche Sekretärin von Campbell, die zwar an einem nichtssagendem Gesicht litt, aber eine außerordentlich wohlgerundete Figur hatte, die seinen Pulsschlag nach ein bis zwei Wochen auf See immer in die Höhe trieb.

»Hallo, Kapitän«, begrüßte sie ihn, sich ihrer Wirkung auf ihn wohl bewußt. Naismith produzierte ein verwegenes Augenzwinkern, von dem er hoffte, daß es bei Miss Faraday den Eindruck erweckte, daß er noch auf der potenten Seite der Vierziger war.

»Well, die *Active* hat gerade angelegt, und Kapitän Naismith sitzt mir gegenüber. Wollen Sie ihn sprechen . . .? In Ordnung, ich werde das ausrichten . . . ja, in Ordnung . . ., ja, ich verstehe vollkommen, aber Sie müssen verstehen, daß er nicht im Besitz der Fakten ist und nur in gutem Glauben gehandelt hat . . . ja, sehr gut . . . auf Wiederhören.«

Er legte den Hörer mit einem dumpfen Knall auf. Campbell stand auf und zündete sich eine Zigarette an.

»Was zum Teufel haben Sie gemacht, daß die Navy so aufgeregt ist, James? Das war der Chief Executive höchstpersönlich. Er wollte wissen, warum das Verteidigungsministerium eine Rechnung über zweiunddreißig Pfund begleichen soll und warum man Sie beschuldigt, nicht kooperativ gewesen zu sein.«

Naismith schilderte ihm in großen Umrissen sein Gespräch mit Troughton und die Umstände, die dazu geführt hatten. »Ich hatte keine Ahnung, daß Troughton mit Lehm schmeißen würde, sobald er wieder in Pompeji – oder besser Portland – ist, oder wo zum Teufel er auch immer gelandet sein mag. Das ist alles verdammt irritierend . . .«

»Beruhigen Sie sich, James. Wie wissen nicht, was dieser Troughton getan hat, sondern nur, daß so ein Bursche BVtM den Chief Exec. angerufen hat und sich über die Rechnung und angebliche Kooperationsunwilligkeit beschwert hat. Der Chef hat sich wahrscheinlich am zweiten Punkt aufgehangen, während es dem Sesselpuper im Ministerium mehr um die zweiunddreißig Pfund ging, die er auf dem üblichen Weg nicht verbuchen kann, die ihm also eine Menge Papierkrieg bescheren werden. Außer, daß Sie ein wenig hitzköpfig sind, habe ich ihm gesagt, daß Sie nicht völlig unrecht hatten. Sie haben Ihre Leute dazu gebracht, mitzuspielen, das spricht für sich selbst.«

Er grinste. »Sie sagten, daß Sie sich in Freundschaft von diesem Marineheini Troughton getrennt haben?«

Naismith nickte. »Genau. Ich war etwas kurz angebunden mit seinen jungen Leutnants, aber schließlich schätze ich es gar nicht, wenn mir ein halber Junge auf meiner Brücke vorschreiben will, was ich zu tun habe.«

Campbell lächelte. »Wem sagen Sie das.«

Naismith errötete. »Verdammt, Sir, ich hasse es, im dunkeln herumzutappen. Überall diese Spiegelfechtereien . . .«

»Da wir gerade über Vorurteile sprechen«, unterbrach ihn Campbell, »wie macht sich *Ms* Paulin?«

»Gut. Sie ist ein sehr professioneller Schiffsoffizier. Also, was hatte das verdammte Schiff geladen?«

Campbell seufzte, setzte sich und zündete sich eine zweite Zigarette an der ersten an. »Sie wissen schon ein ganze Menge . . .«

»Diese ganze Menge stank sogar so einem dumpfen Fischkopf wie mir in der Nase.«

»James, wenn ich es wüßte, würde ich es Ihnen sagen, aber es ist eine Tatsache, daß ich es selber nicht weiß. Ich hatte als Bote zu fungieren, und deshalb habe ich jetzt selber Ärger.«

»Sie?« Naismith war überrascht. »Warum denn das?«

»Weil ich Ihnen einen Funkspruch schicken sollte mit dem Inhalt, daß Sie noch in Falmouth liegen bleiben sollten, weil . . .«

»Die *Harwich* hatte noch nicht gefunden, wonach sie suchte, und war noch nicht aus der Gegend verschwunden.«

Campbell nickte ihm durch eine Rauchwolke zu. »Gut eingelocht, James.«

»Das ist alles verdammter Blödsinn. Jede Menge Frachter passierten sie, als wir da waren.«

»Ja, aber es ist nicht ungewöhnlich, daß sich ein britisches Kriegsschiff im Englischen Kanal aufhält, nicht wahr? Es ist so ziemlich der einzige Ort, wo wir das heutzutage noch dürfen.«

Naismith seufzte. »Ja, ich nehme an, daß Sie recht haben, aber es ist doch ungewöhnlich, daß die *Active* für die Marine eine ärgerliche Störung bedeutete.«

»Wie es scheint, hatten Sie mit dieser Vermutung nicht ganz unrecht«, bemerkte Campbell trocken.

»Warum haben Sie die Nachricht nicht abgeschickt?« In Naismith begann der Wunsch nach frischer Luft zu wachsen. Büros raubten ihm den klaren Verstand, besonders dann, wenn er das Gefühl hatte, daß sein Schiff kritisiert wurde.

»Weil«, erklärte Campbell und hob die Augenbrauen in gespielter Zerknirschtheit, »ich gerade auf dem halben Weg zum sechzehnten Loch war und bis dahin eine überdurchschnittliche Runde gespielt hatte. Ich hatte meinen Piepser im Auto gelassen und das Auto in der Garage, weil ich zu Fuß zum Golfclub gelaufen war, um meine Herzkranzgefäße in Schuß zu halten. Deshalb werde ich jetzt vermutlich an einem durchgebrochenen Magengeschwür sterben, und der liebe Gott weiß, daß es bis dahin nicht mehr lange dauern wird. Sie können dann hier meinen Platz einnehmen und sich mit diesem verdammten Telefon herumschlagen . . .«

Campbell packte den Hörer des klingelnden Apparats. Er nahm ein Blatt Papier auf und gab es Naismith. »Ihre Befehle, James . . . Hallo, hier Campbell . . .« Er winkte Naismith mit einem schiefen Grinsen aus seinem Zimmer.

Erst da fiel Naismith ein, daß er Scrantons Bericht zwischen seinen eigenen Papieren mit keinem Wort erwähnt hatte. Na gut. Die Sache schien ohnehin erledigt zu sein. Er vermutete, daß der Erste Offizier der *Harwich* ziemlich sauer über die Geschichte mit den abgedeckten Fässern gewesen sein mußte. Das verbarg sich vermutlich hinter der Floskel »nicht kooperativ«. Er war zu Troughton gerannt und hatte sich bitter beschwert.

Naismith hielt auf dem Tonnenhof an und las seine Befehle durch. Sie sollten die Bojen an der Pier laden, und ein Feuerschiff auf seine Station im Kanal schleppen. Er sollte die Taucher an Bord behalten, weil sie die Pilzanker am Meeresgrund untersuchen sollten, die bereits auslagen. Er wäre auch gut ohne die Gesellschaft des traurigen Scranton ausgekommen.

Naismith machte es sich vor dem kleinen tragbaren Fernsehgerät in seiner Kabine bequem. Er hatte sich entschlossen, morgen ganz früh auszulaufen, damit er die Flut während der Schleppmanöver im Hafenbereich gegenan hatte. Außer der Hafenwache waren die Männer der *Active* bereits an Land und tranken inzwischen ihr zweites großes Bier.

Der Nachrichtensprecher beendete einen Bericht über Schwierigkeiten der Industrie in den Midlands, dann kündigte er den Bericht eines Korrespondenten über ein Thema an, das sofort Naismith' Interesse fand.

Man sah von MGs starrende Hubschrauber über einem Dschungel. Es hätte Vietnam sein können, aber eine gebräunte, nicht unterzukriegende Reporterin in abgeschnittenen Khakihosen und einem indianischen Halsschmuck verkündete, daß es Mittelamerika war.

»... aber es gab während der Patrouille der Regierungstruppen über dem Dschungel und den Plantagen westlich der Hauptstadt Santa Maria de los Mayas keine Beweise dafür, und so landeten wir in einem Dorf, das sich fest in den Händen der Regierungstruppen befindet ...« Eine riesige Staubwolke war zu sehen, und die Umrisse von automatischen Waffen und Stahlhelmen amerikanischen Ursprungs waren erkennbar. Dann folgte eine Großaufnahme einer Schulklasse. Naismith dachte an Davis und seine schöne Frau. Er versuchte, sich an ihren Namen zu erinnern, aber da fuhr die näselnde amerikanische Stimme fort: »... es gibt Berichte aus den benachbarten Ländern, in denen das Flüchtlingsproblem zu einem ernsten Problem wird, daß die Regierung chemische Waffen gegen die bäuerliche Bevölkerung einsetzt. Das wird von Militär- und Regierungskreisen energisch bestritten. Sie behaupten, daß die Regierungstruppen die Lage militärisch unter Kontrolle hätten und daß Anschuldigungen der oben genannten Art kommunistische Propaganda wären. Obwohl es noch immer Operationen der Rebellen in abgelegenen Gegenden gäbe, erklärte mir heute ein Informant aus hohen militärischen Kreisen, daß der Einsatz von chemischen Waffen kontraproduktiv wirken würde ...«

»Das ist kein echtes Dementi«, murmelte Naismith.

Das Bild wechselte. Vor einem Gebäude, das vermutlich der Präsidentenpalast war, stand dasselbe Mädchen. Sie trug jetzt eine Seidenbluse und Jeans. »Was auch immer an diesen Vorwürfen und Gegenbeschuldigungen dran sein mag – jedenfalls scheint der Vorort Santiago, die Hafengegend von Santa Maria, die vor einer Woche von aufständischen Rebellen erobert worden war, jetzt von den Insurgenten gesäubert und sich wieder fest in den Händen der Regierungstruppen zu sein.« Eine Patrouille brauste mit schneller Fahrt durch die Straßen eines Hafenviertels. In seiner Fantasie sah Naismith dort Davis mit seiner Frau Hand in Hand spazierengehen, aber alles war wie ausgestorben. ». . . die Armeepatrouillen können völlig sicher umherfahren. Quellen aus dem Präsidentenpalast behaupten, daß aufrührerische Elemente von revolutionären Regierungen, die mit dem Weltkommunismus sympathisieren, ausgebildet worden sind und daß man deshalb bei seinem wichtigsten Allierten, den USA, um Unterstützung gebeten hat. Ich bin Sally Blumthal für NBC News aus Santa Maria de los Mayas.«

Wieder wechselte das Bild, es erschien der blutleere Nachrichtensprecher der BBC in London.

»Als Ergänzung zu den Anschuldigungen, die in dem Bericht der NBC erwähnt wurden, hat uns ein westdeutsches Filmteam diese Bilder aus einem Flüchtlingslager an der Grenze von Costa Maya geschickt.«

Der Bildschirm füllte sich mit einem Meer voller Elend. Es waren zumeist Frauen und Kinder, die schwach, elend und hungrig in die Kamera blickten. »Man hört, daß drei- bis vierhundert Flüchtlinge jeden Tag Costa Maya verlassen, sie berichten von schweren Kämpfen überall im Land.« Plötzlich zoomte die Kamera erschreckend nah eine Frau heran, die ein Kind im Arm hielt. Zumindest vermutete Naismith, daß es so war. Die Gestalt hockte an einen hölzernen Schuppen gelehnt, und ihr Gesicht war eine obszöne Fratze, die Haut gelb und aufgedunsen, hinter dem gequollenen Fleisch waren die Augen nicht zu erkennen, ihre Schultern waren offene Schwären, ein Schwarm Fliegen umsummte die starren Haarsträhnen. Das Kind sah unbeschreiblich aus.

Naismith starrte geschockt, ihm wurde schlecht. »Allmächtiger Gott ...« Er stand auf und schaltete den Fernseher aus, unsicher stand er davor und rieb sich das Kinn.

Ihn überkam eine Welle von Ekel vor sich selbst, da er sich als Teil dieses Schreckens betrachtete, dessen Zeuge er soeben geworden war. Sein hübsch kultivierter Zynismus war verflogen, als er die Frau mit dem Kind im Arm wieder vor seinem geistigen Auge sah. Es war das uralte Pieta-Thema: Die Madonna mit dem Christuskind, dem Retter der Menschheit ...

Aber alles war vergewaltigt worden, umgewandelt in eine Horrorvision, und das mit einer Selbstverständlichkeit, die die Grundlagen des Glaubens ins Wanken brachte. Naismith stellte fest, daß er vor hilfloser Wut am ganzen Körper zitterte. Er war Teil dieses Bösen, Teil dieser mutierten Gattung, deren Gehirn sich zu schnell entwickelt hatte, dessen Skelett aber noch immer das eines Vierfüßlers war, dessen Unberechenbarkeit es jedoch vermochte, sich selbst von diesem Planeten auszuradieren. Das konnte sonst keine andere Kreatur.

Dann bekam sein Ärger eine mehr persönliche Dimension. Es begann ihm zu dämmern, daß er eine ganze Reihe von Fakten gesammelt hatte, die direkt mit den Dingen zu tun hatten, die er gerade im Fernsehen gesehen hatte. Vielleicht war er der einzige Mitwisser, die einzige informierte Person außerhalb der Verschwörung, die sich gebildet hatte, um diesen Horror in Szene zu setzen. Eine Vorstellung, die in ihm Übelkeit erregte. Der Beweis beruhte auf einer Indizienkette, ja, sogar auf Vermutungen, auch wenn der Fernsehbericht ihn zu bestätigen schien, das wurde ihm schlagartig klar.

Er wußte plötzlich, was an Bord der *Wallenstein* gewesen war, und warum man so einen riesigen Aufwand inszeniert hatte, um die Fässer zu bergen. Die Reihe von Zufälligkeiten, wie die Anwesenheit von Davis an Bord der *Aktive*, sein Privatleben, das U-Boot, der tote Taucher und Scrantons verspäteter Bericht, die Intervention von Troughton: alles fiel logisch an seinen Platz. Sogar Susans Versuch, den Skipper der *Active* in einen überzeugten Anhänger gegen die Umweltverschmutzung zu verwandeln, erschien jetzt nicht mehr zufällig zu sein.

Er setzte sich, noch immer zitternd. Die abgedeckten Fässer mit dem Logo aus gekreuzten Balken auf dem Deck der *Harwich* enthielten keine Chemikalien für Reinigungen. Es handelte sich auch nicht um Chemikalien für die Industrie, wie Scranton vermutet hatte.

Der Inhalt bestand aus einem konzentrierten Grundstoff für die Herstellung von Nervengas.

10

Naismith war müde und gereizt, als er von der Steuerbordbrückennock nach achtern blickte. Er hatte schlecht geschlafen, und dann war das Manöver, das Feuerschiff in Schlepp zu nehmen, langwierig gewesen. Die meisten Seeleute schienen einen massiven Kater zu haben, und selbst Susan Paulin, von der er sich, wie er mit plötzlichem Erstaunen feststellte, gelegentlich ein kleines Lächeln erhofft hatte, schien mit ihren Gedanken abwesend zu sein.

Das Walkie-talkie knackte, und er hob es ans Ohr. »Brücke von Achterdeck! Der Schlepp hat eingedreht und ist gesichert, Sir.« Hobdens Stimme, gleichmütig und kontrolliert wie immer, irritierte ihn.

»Wurde auch, verdammt noch mal, langsam Zeit!« Naismith bereute seinen offensichtlichen Ausbruch schlechter Laune sofort, was seine Gereiztheit nur verstärkte. Wütend legte er die beiden Maschinenkontroller auf volle Fahrt und gab dem Quartermaster den Kurs an. Langsam begann die *Active* Fahrt aufzunehmen, und die flache blaue Linie der Küste von Essex verschwamm und wurde konturlos, nur der blaue Stumpf des Naze-Towers machte ihren Verlauf noch deutlich.

Er ging wieder in die Brückennock hinaus und

blickte nach achtern auf den Schlepp. Er sah den plumpen Bug des Feuerschiffs. Der Kettenvorlauf verschwand vor seinem Bug in der See, wo er an der schweren Schlepptrosse der *Active* befestigt war. Er sah, wie der Vorlauf sich langsam anhob, als die *Active* schneller wurde, aber er durchbrach nicht die Meeresoberfläche; die sich langsam aufbauende Bugwelle am Steven des Feuerschiffs zeigte, daß es willig folgte.

Sobey erschien auf der Brücke.

»Haben Sie gegessen, Mr. Sobey?«

»Jawohl, Sir!«

»In Ordnung, übernehmen Sie das Schiff . . .« Er übergab dem Dritten Offizier die Wache und machte sich auf den Weg zum Salon. Dabei bemerkte er, daß er einen Mordshunger hatte. Außer Sobey und dem Zweiten Ingenieur, die beide auf Wache waren, waren alle Offiziere versammelt und unterschiedlich weit mit ihrem Mahl vorangekommen. Chief Ingenieur Morrison lehnte sich bereits zurück und rührte gelangweilt in einer Tasse Kaffee. Hobden hatte sich gerade erst hingesetzt und protestierte schweigend gegen Naismiths scharfe Bemerkung von vorhin. Naismith verwarf den Gedanken an eine versöhnliche Bemerkung, bestellte Suppe und starrte auf das Tischtuch.

Das seltsame Schuldgefühl, das ihn am vergangenen Abend nach den Fernsehberichten gepackt hatte, war durch ein unbefriedigendes Telefongespräch mit seiner Frau nur verstärkt worden. Er war völlig niedergeschlagen auf das Schiff zurückgekommen und hatte lange vor den Bildern seiner beiden Kinder im Schlafraum gestanden.

Ben, ein schlaksiger, linkischer Teenager, dessen

Gesicht mit den Aknenarben übersät war, war ein ruhiger Junge, hatte aber die durchschlagende Energie seiner Mutter, sobald seine Interessen berührt waren. Sarah war zwei Jahre jünger als ihr Bruder, gerade an der Schwelle zur Pubertät. Ihr Gesicht trug noch immer kindliche Züge, bekam aber langsam die Konturen einer heranwachsenden Frau. Ihre langen Wimpern und großen Augen deuteten darauf hin, daß sie eine größere Schönheit werden würde, als ihre Mutter es je gewesen war.

Er hatte die alptraumartige Vorstellung gehabt, daß die Gesichter plötzlich aufgedunsen, gelb und mit eitrigen Geschwüren bedeckt waren. Er hatte sich mit der Hand fahrig über das Gesicht gestrichen und bemerkt, daß er schwitzte. Er wagte sich nicht vorzustellen, was ein solches Schicksal ihm bedeuten würde, aber er wurde das Angstgefühl nicht vor dem Einbruch der Morgendämmerung am östlichen Horizont los. Als der Steward ihn weckte, war er unausgeschlafen, und er rief sich die Ereignisse des vergangenen Abends ins Gedächnis zurück und besonders die mangelnde Harmonie mit seiner Frau. Er war während der Herstellung der Schleppverbindung ungewöhnlich schlecht gelaunt gewesen. Zu spät erkannte er, daß seine Unaufmerksamkeit seine eigene Effektivität ungünstig beeinflußt hatte.

»... was meinen Sie, Sir?« fragte Susan. »Haben Sie den Bericht gestern abend gesehen?«

Er wurde aus seinen Gedanken gerissen, als er merkte, daß Susan ihn angesprochen hatte.

»Entschuldigung?« Er schreckte auf. »Ich war in Gedanken meilenweit entfernt.«

»Haben Sie die Filmberichte über Costa Maya gesehen, Sir?« fragte Susan nochmals.

»Ja, ich habe sie gesehen, sie waren sehr bedrükkend.«

»*Ms* Paulin«, mischte sich Morrison ein, er betonte die Anrede so sanft wie das Summen einer Biene, daß sie einen unüberhörbar ironischen Unterton bekam, »hat eine alternative Möglichkeit zum Aufspulen gefunden, etwas anderes als die schlichte Umweltverschmutzung.«

»Finden *Sie* es vielleicht nicht fürchterlich, Chief?« fragte Susan nach.

Morrison hob die Schultern und zog die Mundwinkel herunter. »Was kann man dagegen tun? Derartige Dinge passieren heutzutage ständig irgendwo auf dieser Welt . . .«

»Ja, aber das bedeutet doch nicht, daß man sie entschuldigen muß!«

»Er entschuldigt sie nicht«, erwiderte Hobden an Stelle des Chiefs.

Naismith beobachtete mit plötzlichem Interesse Hobdens Verhalten gegen Susan. Er fragte sich, ob Hobden, der Mann, oder Hobden, der Chiefmate, die Oberhand gewonnen hatte.

»Was er sagte, ist richtig«, Hobden schluckte seinen Bissen hinunter, »kleine Leute wie wir sind zu machtlos, um zu verhindern, was in irgendeiner kleinen Bananenrepublik in Mittelamerika passiert.«

Es schien Naismith, daß Hobden, der Erste Offizier, das Rennen gemacht hatte. Der Steward stellte eine Suppenterrine vor ihn hin und er begann zu essen.

»Na, wenn das keine defätistische Einstellung ist«, entgegnete Susan wütend, und Naismith sah, daß Hobden rot wurde. »Wenn wir uns etwas mehr um alles kümmern würden, dann käme es wahrscheinlich dazu, daß sich einige Dinge nicht ereigneten . . .«

»Hör mal, Susie«, ließ sich Colin Mulliner, der Dritte Ingenieur, vernehmen, »das ist ja alles sehr edelmütig gedacht, aber ist es sehr praktisch gedacht? Ich meine, wie wollen Sie diese Leute davon abbringen, den Stoff auf Costa Maya abzuwerfen?« Er gefiel sich in der Pose der freundlichen Überlegenheit eines großen Bruders.

Susan blickte auf, ihre Augen funkelten zornig.

»Wahrscheinlich bekommen die das Zeug doch von den Amerikanern, das wurde doch gestern abend ziemlich deutlich in den Nachrichten herausgestellt. Für den Anfang würde eine Demonstration vor der Amerikanischen Botschaft in London . . .«

»Was den Steuerzahler eine Menge Geld kosten würde, um die Ordnung aufrecht zu erhalten«, warf Hobden ein. »Sie wären nur eine Gefahr für die öffentliche Sicherheit, wie all die anderen linksliberalen Wischi-Waschi-Typen auch.«

»Aber, Chas, das ist übertrieben«, meinte Naismith, während der Steward den Suppenteller wegräumte. »Ich teile Susans Standpunkt durchaus. Nichts rechtfertigt den Einsatz solcher Waffen, ganz besonders dann nicht, wenn die Bevölkerung, gegen die das Nervengas eingesetzt wird, eine frei gewählte Regierung hat, die durch einen Militärputsch gestürzt wurde.«

»Woher wollen wir wissen, daß diese Berichte der Wahrheit entsprechen?« verteidigte sich Hobden matt. »Ich meine, es ist doch nicht schwer, so etwas aus politischen Gründen zu fälschen . . .«

Naismith bemerkte, daß Susan die Augenbrauen in die Höhe zog und die Augen verdrehte. »Nun mach' aber mal einen Punkt, Chas, demnächst erzählst du mir, daß die Nazis keine sechs Millionen Juden umgebracht haben. Nein, es scheint mir, daß die Wurzel des Problems darin liegt, daß man die Militärs ungestraft mit ihrem Staatsstreich davonkommen läßt. Weil die Armee in unserem Land seit Cromwell keine politische Kraft war, unterschätzen wir nach meinem Gefühl, was Generäle in anderen Ländern über ihre gesellschaftliche Rolle denken. Die extremen Maßnahmen, die sie gegen die Bewohner von Costa Maya ergreifen, deuten auf eine Schwäche in der konventionellen Kriegsführung hin, was unter den gegebenen Umständen kaum überraschend sein kann.«

Hobden schnaubte. Als durch und durch praktisch denkender Mensch, den die Welt jenseits der Bordwand wenig interessierte, war er langen Reden gegenüber mißtrauisch.

Naismith wandte sich jetzt an den Chief Ingenieur. »Was Sie angeht, Bill, so weiß ich verdammt genau, daß Sie wie eine Rakete in die Luft gehen würden, falls man versuchen würde, dieses Mistzeug über Ihre Familie zu sprühen, oder etwa nicht?«

Morrison öffnete den Mund zu einer Erwiderung, aber Susan war schneller, sie nutzte den Vorteil aus, den ihr die Unterstützung durch den Kapitän gebracht hatte.

»Es ist das schlimmste, wenn man seine Meinung nicht mehr frei äußern darf. Sie glauben doch selber nicht, daß wir uns ruhig in unsere Sessel zurücklehnen und alles akzeptieren sollten, was uns die Mächtigen dieser Welt erzählen. Ich meine, ich kann akzeptieren, daß Sie beide«, sie deutete mit dem Kopf auf Hobden und Morrison, »nicht hineingezogen werden wollen, sogar, daß Sie das alles nicht berührt, aber ich kann absolut nicht glauben, daß es keine Sache ist, die auch Sie angehen muß.«

»Meine Liebe«, Morrison lehnte sich irritiert vor, »falls es Sie glücklicher macht, stimmen wir Ihnen alle zu. Aber da das alles ist, was wir tun können, wollen wir unser Dinner in Frieden genießen. Okay?«

»Wirklich, Chief«, entgegnete sie scharf, »Ihre Gleichgültigkeit übersteigt mein Verständnis. Wenn wir nicht alle so verdammt uninteressiert wären, würde niemand solche Schweinereien versuchen und damit auch noch durchkommen!«

Sie sprang von ihrem Platz auf, ihre braunen Augen blitzten, und ihre Wangen waren von der Wut gerötet, die in ihrem Inneren kochte. Zum ersten Mal seit den Fernsehnachrichten vom vergangenen Abend fühlte sich Naismith belustigt. Das Unbehagen des Chiefs war in der Tat ziemlich komisch.

»Ich will verdammt sein«, knurrte Morrison.

»Eine vorwitzige Emanze«, gab Hobden seinen Senf aufschlußreich dazu.

Aber Naismith war einer Meinung mit Susan. Er war allerdings nicht davon überzeugt, daß es einen Ausweg aus diesem Dilemma gab. Er wußte, daß nicht mehr genügend Zeit verblieb.

»Na gut«, meinte Mulliner nach einiger Zeit, »habe ich schon die Story von Susie und dem Kondom erzählt?«

Einhelliges Interesse herrschte am Tisch, ein Chor antwortete: »Nein!« Und dann: »Los!«

»Es war während der Zeit, als wir unseren Schlepp heute morgen auf den Haken nahmen. Ich war an Deck, um die Winde zum Einsetzen des Backbordbootes durchzuchecken. Nachdem ich damit fertig war, ging ich nach achtern, um zu schauen, was da so los war . . .«

»Ich habe mich schon gefragt, warum sie so lange

weg waren«, knurrte der Chief, der nach seiner Punktniederlage gegen Susan und Naismith noch immer sauer war.

»Ich vermute mal, daß Sie ein kleines Schwätzchen mit einem gewissen Rock halten wollten«, mischte sich Hobden wissend ein.

»Bloß keine Eifersucht, Chas«, entgegnete Mulliner grinsend, »Sie werden doch zugeben müssen, daß sie ein schnuckeliges Ding ist, das immer hübscher wird, je länger man auf See ist. Jedenfalls blickte ich über die Seite, und sie deutete auf eine Ansammlung von Abfall, der mit der Tide vorbeischwamm, und genau in der Mitte schwamm ein gebrauchter Pariser . . .« Ein Kichern lief um den Tisch.

»War sie aufgebracht?« erkundigte sich Hobden.

Mulliner ignorierte die Frage. »Guck mal dahin, Susie, sagte ich, was ist nun schlimmer, dieser unzerstörbare Dreadnought, der unsere Küste verschmutzt, oder ein ungewolltes Kind?«

»Was hat sie darauf geantwortet?« versuchte es Hobden ein zweitesmal.

»Sie warf mir einen ihrer gefürchteten Blicke zu«, erwiderte Mulliner, »der besagte, ich solle nicht so witzig sein. Aber sie hatte für dieses Problem bis dahin noch keine Antwort ausgearbeitet, also bot ich ihr eine Lösung an.«

»Ach ja«, sagte der Chief schelmisch, »und wie sah die aus, wenn man fragen darf?«

»Nun ja, ich habe biologisch abbaubare Kondome vorgeschlagen, Überzieher mit vom Alter abhängigen Zerfallzeiten . . .«

Das brüllende Gelächter, das am Tisch erklang, galt dem weiblichen Unbehagen, das sicher Folge dieser kleinen Perle des Machismo gewesen war.

»Wie hat sie reagiert?« erkundigte sich Naismith, trotz allem amüsiert.

»Sie hat mir auf den Fuß getreten, Sir.«

»Das geschieht Ihnen recht.«

»Ach, ich hatte meine Sicherheitsschuhe mit den Stahlkappen an«, lachte Mulliner.

Susan war an Deck gegangen und lehnte an der Reling, um sich abzukühlen. Sie wußte, daß sie ihre Stellung als Zweiter Offizier überreizt hatte. Sie wußte aber auch sehr genau, daß ihr das völlig egal war.

Die Matrosen wuschen das Deck, und sie mußte ihren Platz aufgeben, als sie langsam weiter nach achtern kamen. Sie alberten herum und neckten sich gegenseitig mit den Schläuchen und Besen. Sie wollte gerade das Deck verlassen, als Davis auf sie zutrat.

»Entschuldigen Sie, Miss.«

»Ja, was gibt es?«

»Kann ich Sie privat sprechen?«

Sie nahm ihn mit in ihre Kabine. »Worum geht es?«

»In der Messe schwirren Gerüchte herum, daß das gesunkene Schiff eine Wasserstoffbombe an Bord hatte oder so etwas. Wissen Sie etwas darüber?«

Sie lächelte und schüttelte den Kopf. »Nein.« Sie wußte gut, was für wilde, hirnrissige Geschichten sich die einfachen Seeleute ausspinnen konnten. »Wie um alles in der Welt kommen Sie auf diese Idee?«

Davis zuckte die Achseln. »Man erzählt sich, daß Sie ein U-Boot am Wrack geortet hätten, und dann war da dieses Kriegsschiff der Navy. Ich dachte nur,

Sie könnten mir vielleicht etwas darüber sagen, verstehen Sie?«

Wieder schüttelte sie den Kopf. »Sie machen sich Sorgen um Ihre Frau . . .« Sie wollte gerade hinzufügen »und das Baby«, als sie sich erinnerte, was sie darüber gehört hatte.

Jetzt nickte Davis.

»Was haben Sie vor, um Ihrer Frau zu helfen? Können Sie sie da herausholen und hierher bringen?«

Er sah sie an, überrascht, daß sie sich dafür interessierte. »Ich weiß nicht. Ich versuche es jedenfalls.«

»Haben Sie gestern abend die Nachrichten gesehen?«

Er schüttelte den Kopf. »Nein. Ich bin an Land gegangen und habe ein paar Bier getrunken. Warum?«

»Costa Maya wurde erwähnt.« Sie zögerte. »Es gibt dort schwere Kämpfe, wie es scheint, und viele Flüchtlinge verlassen das Land.« Sie erwähnte das Nervengas nicht. Das schien ihr jetzt unwichtig zu sein. »Glauben Sie, daß Ihre Frau versuchen wird, das Land zu verlassen?«

Davis blickte sie scharf an. »Nein, Miss. Juanita hat das Kind verloren und muß denken, daß auch ich sie verlassen habe. Sie wird bleiben und gegen diese faschistischen Hunde kämpfen.«

Er drehte sich um und schien die Kabine verlassen zu wollen, dann wandte er sich nochmals um. »Danke, Miss.« Fast schien es, als wollte er noch mehr sagen, entschied sich dann aber anders und verschwand.

Frank Davis zog seine dicke Jacke an und ging an Deck. Die Nacht war kühl, obwohl der Wind nur leicht wehte. Die *Active* stampfte leicht mit ihrer durch den Schlepp reduzierten Fahrt durch die flache westliche Dünung. Sie stand jetzt bei den Varne-Bänken. Er löste Ellice als Ausguck auf der Back ab, suchte sich einen guten Platz und zeigte gelegentlich mit unterschiedlich vielen einzelnen Glockenschlägen die Anwesenheit anderer Schiffe an, die ihren Kurs kreuzten.

Seine Gedanken begannen sich wieder mit seinem Problem zu beschäftigen. Sein Plan war fast komplett durchdacht. Sobald er seine Heuer für den Monat Dienst an Bord bekam, hatte er genug Geld für ein Flugticket nach Mexico City. War er erst dort, würde er auch einen Weg finden, um in Kontakt mit Juanita zu treten, da war er völlig sicher. Seine Trauer hatte sich in kalte Entschlossenheit verwandelt. Das Schicksal hatte ihm einen schlimmen Streich gespielt, aber die Befriedigung, die er gefühlt hatte, als er Harris verprügelte, hatte in ihm den Entschluß reifen lassen, die Ereignisse selbst zu beeinflussen. Er war es leid, immer nur das Opfer von Umständen zu sein, die von oben gesteuert wurden.

So brachte er seine Zeit als Ausguck herum und schmiedete seine Pläne.

Naismith rumorte unglücklich in seiner Kabine, die kurze Erleichterung, die er nach der Diskussion im Salon empfunden hatte, war längst verflogen. Er war den ganzen Tag über auf der Brücke gewesen, nach außen hin wegen des Schlepps, in Wahrheit hatte er darauf kaum einen Gedanken verschwendet, seit sie frei von der Küste waren. Es schien ihm, daß seit dem Zeitpunkt, als die *Active* zum Wrack der *Wallenstein* beordert wurde, sein geregeltes ruhiges Leben erheblich durcheinander gerührt worden war. Aber das war nicht richtig. Vielmehr hatten die *Wallenstein* und ihre ekelhafte Ladung ihm schlagartig überdeutlich gemacht, daß seine Ehe unglücklich war. Er hatte die Verbindung rational in seinem Bewußtsein dargestellt, aber das Nachdenken schien das Unbehagen jeweils wechselseitig zu verstärken.

Nach den niederschmetternden schrecklichen Erkenntnissen des gestrigen Abends war er an Land gegangen, um mit seiner Frau zu telefonieren. Es war eine äußerst unbefriedigende Unterhaltung gewesen, voller alter abgestandener Vorwürfe, die abrupt abgebrochen wurde, als sein Vorrat an Münzen verbraucht war.

Wendy wurde ihrem Kleinmädchennamen nicht gerecht. Sie hatte einen sehr ausgeprägten Sinn fürs Praktische und damit die Bürde mit derselben Energie geschultert, die sie als Krankenschwester ausgezeichnet hatte. Als Mutter war sie ohne Fehl und Tadel, und irgendwie erschien ihm seine Unzufriedenheit unangebracht, wenn er an ihre Vorzüge dachte. Aber ihr Streben nach absoluter Effektivität ließ ihn sich manchmal wie einen Fremden in seinem eigenen Haus fühlen. Sie konnte seine Schwächen nicht tolerieren, wenn er auf Urlaub kam und von den Zwängen des Schiffs befreit war. Sie beschimpfte ihn dann mit bösartigen Zornausbrüchen, die die Atmosphäre von Beginn an vergifteten. Er spürte förmlich ihr Aufatmen, wenn er seine Ausrüstung wieder zusammenzupacken begann, und er selber spürte jedesmal, obwohl ungewollt, ein Gefühl der Freiheit in sich aufsteigen, wenn sich die Haustür hinter ihm schloß. Er versuchte, sich selber weiszumachen, daß das der Preis war, den man zahlen mußte, weil er ein Seemann war, der Preis, den Wendy zahlen mußte, weil sie ihn geheiratet hatte, aber das brachte ihm wenig Erleichterung. Er liebte seine Kinder über alles, die aber durchaus die Differenzen zwischen den Eltern spürten. In seiner trüben Stimmung erschien es Naismith, daß sein Versagen als Ehemann etwas von dem Verfall der Sitten widerspiegelte, den man überall auf der Welt beobachten konnte. Es gab nichts, was ihn und seine Familie daran hindern konnte, voll und ganz glücklich zu sein – außer diesem eingebauten Beziehungsdefekt, der das Glück unmöglich machte.

Naismith seufzte und erinnerte sich an Wendys letzte Worte, die sie mit der ihr eigenen unverblümten Taktlosigkeit geäußert hatte, die ihn immer so schmerzte. Er wünschte plötzlich, daß Susan recht hatte und er etwas tun konnte, um diese Welt zu verändern. Er erinnerte sich an die Delphine und versuchte, ihr Wiedererscheinen als Zeichen zu deuten, daß noch nicht alles zu spät war. Aber er wußte, daß das Wunschdenken war. Vor seinem inneren Auge sah er die *Harwich*, diese von Menschen konstruierte hervorragende Kampfmaschine. Er sah ihren Kommandanten, einen intelligenten Mann, der in Aktivitäten von dubioser moralischer Natur verstrickt war. Er sah den Leichnam des toten Tauchers als *prima-facie*-Beweis, daß der Inhalt der Fässer tödlich war. Er sah Davis und jene zufällige Verbindung mit Costa Maya und die Frau mit dem Kind, das pervers besudelte Sinnbild der christlichen Botschaft.

Das Wetter war ihnen wohlgesonnen. Der September neigte sich seinem Ende zu, und es gab keine Anzeichen, die auf das Einsetzen der Herbststürme hindeuteten, die von den alten Hasen immer noch Äquinoktialstürme genannt wurden. Das neue Feuerschiff lag auf seiner Position, seine Verankerung war von Scranton und Walker inspiziert worden. Das Rendezvous mit einem Schiff der BNAS, der *Able*, die das alte Feuerschiff von seiner Station nach Southampton schleppen sollte, verlief ohne Zwischenfälle.

Nur Hobden schien mit dem Ablauf der Geschehnisse unzufrieden zu sein. Beim Loswerfen des Schlepps hatte es eine kleine Verzögerung gegeben, und er hatte Susan Paulin unter die Nase gerieben, daß er sie dafür verantwortlich machte. Susan hatte ihren Fehler zugegeben. Als zuständiger Offizier auf dem Achterdeck war sie dafür verantwortlich, und in allen Angelegenheiten der Seemannschaft irrte sich Hobden niemals.

»Es tut mir leid«, erwiderte sie, als er seinen Vortrag beendet hatte.

»Verdammt, das war eine mordsmäßige Schluderei!«

»Nun hören Sie mal, ich habe gesagt, daß es mir leid tut. Es war nur eine unklare Leine, die wir in Null-Komma-nichts klariert haben.«

»Hören Sie genau zu, Miss«, Hobden stieß das plötzlich vehement hervor, »ich toleriere Ihre Überzeugungen, die sie im Salon ablassen, aber an Deck hat alles nach *meiner* Fasson zu laufen, klar? Bis jetzt hatten Sie Glück. Alle haben Ihnen einen gewissen Fehlerspielraum zugestanden . . .«

»Wie meinen Sie das?« unterbrach sie ihn scharf und richtete sich auf.

»Ich will damit zum Ausdruck bringen, daß es viele

Männer an Bord gibt, die über Ihre Anwesenheit nicht erfreut sind. Sie blockieren die Stelle für einen Mann, der die Heuer nötig bräuchte, und Sie können den größten Mist bauen und kommen ungestraft davon, weil Sie eine Frau sind.« Er machte eine Pause. Als Sie etwas zu erwidern versuchte, fuhr er fort: »Und Sie wissen das ganz genau!«

»Das ist verdammt unfair. Was, um alles in der Welt, habe ich getan?«

»Dieser ganze verdammte Unsinn über die Verschmutzung geht zu weit. Der Bootsmann erzählte mir, daß Sie ihn erst gestern daran gehindert haben, Abfälle über Bord zu werfen. Sie greifen den Chief Ingenieur am Tisch an und führen sich auf, als müßten alle nach Ihrer Pfeife tanzen.«

»Der Bootsmann war dabei, ölige Baumwollappen und alte Farbeimer über die Kante zu werfen. Sie wissen, daß das verboten ist. Jedenfalls *sind* derartige Dinge wichtig.«

»Wichtig ist nur, Miss, daß Sie das tun, was man Ihnen sagt, wie jeder andere Zweite Offizier auch. Nur weil Sie dem Alten hinten reingekrochen sind, brauchen Sie nicht zu glauben, daß Sie an Deck eine Wuling veranstalten können. Da bin ich zuständig, und das – zum Teufel – sollten Sie besser nie vergessen!«

Susan schloß den Mund und gab auf. Es war aussichtslos, mit Hobden zu diskutieren. Schiffe, genau wie kleine Städte, waren ideale Brutstätten für einen Sturm im Wasserglas. Sie hätte über die Vorurteile nicht erstaunt sein sollen. Früher oder später mußte jemand sie aussprechen, und als sie es jetzt bedachte, war Hobden genau der Richtige dafür. Sie hatte in der ersten Zeit ein Gefühl seltsamer Bedrohung von seiner Seite gefühlt. Er war Junggeselle und so engstirnig, daß man sich nur entsetzt mit der Hand an den Kopf fassen konnte. Sie verließ die Messe.

In ihrer Kabine angelangt, versuchte sie ihre Frustration damit zu bekämpfen, daß sie etwas Unterwäsche auswusch. Wie kam es nur, daß sich Männer mit dem Status quo in so erschreckender Gleichgültigkeit abfanden? Lag es wirklich daran, daß sie die Welt nach ihrem Willen geformt hatten?

Das konnte sie nicht glauben, das war ein zu stark vereinfachender Blickwinkel. Peter war nicht so. Auch der Kapitän nicht, wenn man erst mal die rauhe Schale geknackt hatte, sah man, daß er sensibel war. Sie erinnerte sich an Hobdens Vorwurf, daß ihr Umgang mit dem Kapitän zu eng war. Sie spürte, daß dieser Vorwurf sie mehr als die anderen ignoranten Vorurteile ärgerte. Sie schniefte und putzte sich die Nase, dann beugte sie sich über das Waschbecken. Ein Schaumklecks hing an ihrer Wange. Sie fluchte und zog den Stöpsel, sie spülte die Kleidungsstücke aus und wischte sich das Gesicht ab.

Die *Active* rollte sanft, als auf der Brücke Sobey den Kurs änderte. Ihre Kabinentür schwang auf.

»Hi!« Sie blickte auf. Walker, der zweite Taucher, lehnte am Türrahmen. Sein kariertes Hemd stand bis zur Hüfte offen, und ein großes goldenes Amulett glitzerte auf seiner nackten haarigen Brust.

»Was wollen Sie?« Sie beugte sich noch immer über das Waschbecken und spülte die Unterwäsche zum zweiten Mal. Ihr Haar war etwas verwuschelt, und sie hatte ihren Pullover ausgezogen. Ihre Bluse war aus dünner Baumwolle und am Hals offen. Sie wußte bereits, was er wollte. Das Augenzwinkern und die anzüglichen Bemerkungen, mit denen er sie seit seinem ersten Aufenthalt an Bord angemacht hatte, ließen sie vermuten, daß er erwartete, daß sie sich ihm zu Füßen warf.

»Ich, ähh, hörte, daß Sie etwas Ärger gehabt hätten . . .« Er machte einen Schritt in die Kabine hinein, als sie ihre Haare aus den Augen strich, den Stöpsel zum zweiten Mal zog und ihre Hemden und Höschen auswrang. »Ich dachte, vielleicht brauchen Sie jemanden, mit dem Sie sich aussprechen können.« Sein affektierter Akzent und die gespielte Besorgnis unterstrichen sein Machogehabe. Einen Augenblick lang sah sie ihn mit erstauntem Unglauben an. Er faßte den Blick als Zustimmung auf und wollte die Tür schließen.

»Sind Sie ganz bei Trost?« fragte sie zornig. »Und verschwinden Sie!«

»Schon gut, Baby.« Er grinste und zuckte die Schultern in einer einstudierten Manier.

Sie trat auf ihn zu, wutentbrannt. Er lächelte noch immer und legte eine Hand auf ihre Schulter.

»Ich kann's nicht fassen! Nehmen Sie Ihre dreckige Pfote da weg und verduften Sie!« Ihre Stimme klang durch die Anstrengung, die es sie kostete, ihre Selbstbeherrschung nicht zu verlieren, dunkel.

»Wie ich sehe, bist du ziemlich verkrampft, Baby. Manchmal kann ein Mann das ändern . . .« Seine Stimme klang weich, unglaublich selbstsicher. Die andere Hand legte sich um ihre Brust.

»Ich brauche so nötig einen Mann wie Fische Fahrräder brauchen . . .« Sie stieß ihn hart vor die Brust, und er taumelte zurück.

»He, Baby, was ist denn los . . .?«

»Raus!« Sie sprach jetzt laut, und Walker spürte plötzlich die Gefahr. Ihre Augen sprühten Feuer, und es dämmerte ihm, daß seine Verführungskünste diesmal versagt hatten.

»Raus!«

Ungläubig trat er den Rückzug an. Susan lehnte sich an ihre Koje, sie zitterte und bedeckte mit den Händen ihr Gesicht.

Naismith hörte von dem Zusammenstoß zwischen Hobden und Susan, aber er mischte sich nicht ein. Susan sah an diesem Nachmittag ziemlich ernüchtert aus, als sie zusammen die letzte Arbeit des Tages abschlossen, aber sie war ein Beispiel an Tüchtigkeit gewesen, während sie die Blanchard-Boje vor Sark gewartet hatten. Die Dunkelheit war bereits hereingebrochen, als sie den Kurs auf Nordwest in Richtung der Reede von St. Peter Port änderten.

»In Ordnung«, sagte er beim Betreten des Ruderhauses von der Nock aus, »morgen früh die Lower Head-Boje und dann, ähh . . .« Seine Befehle ließen ihm einen weiten Spielraum, und er spürte einen Anflug von Wankelmut. Er fühlte, daß er zum Wrack der *Wallenstein* zurückfahren sollte, aber zu welchem Zweck?

Er hatte sich diese Frage schon hundertmal gestellt, und die Antwort war immer dieselbe geblieben: um das fehlende Faß aufzuspüren.

Er hatte eine Ahnung, daß die Royal Navy es nicht lokalisiert hatte, daß es immer noch auf dem Meeresgrund lag, irgendwo in der Nähe der *Wallenstein*. Aber ein lausiges Faß mit einem Fassungsvermögen von vierzig Gallonen auf dem Grund des Englischen Kanals zu finden, war weniger erfolgversprechend als die sprichwörtliche Suche nach der Stecknadel im Heuhaufen.

11

Naismith schreckte aus dem Schlaf hoch, sein Kopf hämmerte, und alptraumartige Ängste peinigten ihn. Er versuchte, die Schatten des Alptraums abzuschütteln und sich wieder beruhigt dem Schlaf hinzugeben, aber das stellte sich als aussichtslos heraus. Der kurze Tiefschlaf, in den er gefallen war, hatte die erste Müdigkeit von ihm genommen, denn er war körperlich nicht erschöpft gewesen, und jetzt war er hellwach, und seine Gedanken hielten ihn vom Schlaf ab wie eine innere Alarmanlage. Er seufzte, wälzte sich auf den Rücken und starrte auf das helle Rechteck der Kabinendecke über ihm. Der Schreck steckte ihm noch immer tief in den Knochen, es war eine seltsam primitive Urangst, die sich in dieser einsamen Stunde zu einem sehr konkreten Gefühl des Terrors steigerte.

Sein Herz pochte von dem Adrenalinstoß, den der Traum ausgelöst hatte. Er versuchte, seine Gedanken in gewohnte methodische Bahnen zu lenken und bot seinem wachen Geist verschiedene Möglichkeiten an, in der Hoffnung, daß er eine davon interessant finden möge.

Das Schiff? Nein, die *Active* lag sicher vor Anker, und der vertraute Schritt der Wache über ihm vertrieb jede Sorge in dieser Richtung. Sein Zuhause? Seine Frau? Nein, auch da war nur das übliche Gefühl der Unzufriedenheit. Seine Kinder? Ein leichtes Unbehagen – er war anscheinend auf dem richtigen Weg – erfüllte ihn, und seine Gedanken begannen schneller zu kreisen . . .

Die Frau, das entsetzlich verstümmelte Kind und die Fässer . . .

Er setzte sich auf, da ihm klar wurde, daß er nicht schlafen konnte. Er schwang die Beine über die Kante der Koje und starrte in die Dunkelheit. Er hatte es eigentlich schon lange gewußt, daß er zurückfahren mußte, auch wenn er dazu seine Befehle sehr großzügig auszulegen hatte. Er spürte, daß es seine Pflicht war, zum Wrack der *Wallenstein* zurückzukehren. Es war nicht seine Pflicht gegenüber der BNAS, er war es seinen Kindern schuldig und auch dem hoffnungslosen Abfall der menschlichen Rasse, den er dank der wunderbaren Erfindung des Fernsehens gesehen hatte. Er hoffte, daß er etwas bewirken konnte, etwas, das ihn als Vater und Ehemann rechtfertigen würde. Etwas, das die Pläne dieser durch und durch schlechten Mutanten, als die er die Menschheit sah, durchkreuzen würde. Man konnte es Schicksal nennen, Vorsehung, Vorbestimmung oder auch Gottes Wille, aber Naismith zweifelte nicht daran, daß ihm die Fäden zu diesem Zweck in die Hände gelegt worden waren.

Er stand auf, latschte barfuß in das Badezimmer, um sich zu erleichtern. Dann warf er sich ein Handtuch um die Hüften und ging in seine Tageskabine, wo er die Schreibtischlampe anschaltete, sich hinsetzte und ein Blatt Papier vor sich hinlegte. Er nahm einen Kugelschreiber und begann zu schreiben. Nach einer halben Stunde fing er an, Serien von Diagrammen zu zeichnen, von Zeit zu Zeit zerknüllte er eins und begann von vorne.

Er war so eine gute Stunde lang beschäftigt, als er unterdrückte, aber ärgerliche Worte auf dem Flur vernahm. Er unterbrach die Arbeit und lauschte. Die Stimmen erreichten ihn durch die offene Tür, die nur durch einen Vorhang geschützt wurde. Ganz ohne Zweifel klang die eine Stimme sehr wütend und auch das Geschlecht der Sprecherin war klar.

»Nein! Bitte, gehen Sie!«

»He, Baby, nun mach' schon . . .«

»Sie Bastard . . .«

»Naismith schlug den Vorhang zur Seite und trat auf den Gang hinaus. Am hinteren Ende der Offiziersunterkünfte versuchte Walker, nur mit Jeans bekleidet, die Tür zu Susans Kabine aufzudrücken. Naismith konnte nur ihre Hand und Arm sehen, als er sich ärgerlich näherte. Er unterdrückte einen harschen Befehl, weil er Susan diese Blamage ersparen wollte. Naismith' Wut und seine Autorität ließen ihn die einfache Tatsache vergessen, daß so ein junger durchtrainierter Mann wie Walker Hackfleisch aus ihm machen konnte. Der Taucher bemerkte seine Annäherung nicht, und Naismith wirbelte ihn herum, schob ihn aus der Türöffnung, noch bevor Walker realisierte, was ihm geschah. Der Taucher trat einen Schritt zurück, und Naismith roch die strenge Whiskyfahne in seinem Atem.

»Was zum Teufel . . .?«

»Gehen Sie sofort ins Bett«, schnappte er scharf.

Walker faßte sich wieder, zog die Stirn kraus, als er seine Gedanken sammelte und schob die Schultern nach vorne.

»Gehen Sie in die Koje, bevor ich die Wache rufe und Sie einsperren lasse!«

Walker blickte den Kapitän an und auf die sich schließende Tür von Susans Kabine.

»Ach, ich verstehe schon, ich wildere wohl im Revier des großen Meisters persönlich . . .?« Naismith' Faust traf wuchtig den Bauch des Tauchers, und Walker taumelte keuchend zurück.

»Sie Hundesohn!« zischte er, obwohl er kaum genug Luft bekam.

Naismith trat auf ihn zu, und Walker, der sich den Bauch hielt, zog sich zurück und lehnte sich gegen die Außentür des Gangs. Er richtete sich auf, weil er einen Schwinger von Naismith erwartete.

»Raus!« zischte Naismith.

Die unverschlossene schwere Teaktür schwang unter Walkers Gewicht auf. Das hohe Süll stieß ihm in die Waden und raubte ihm das Gleichgewicht. Mit lautem Gepolter, als ob er sich sämtliche Knochen gebrochen hätte, fiel er auf den Rücken. Naismith packte seine beiden Hacken und warf ihn an den Beinen hinaus. Dann schloß er die Tür. Er legte den Riegel vor. All das hatte kaum eine Minute gedauert.

Er klopfte an Susans Tür. »Alles in Ordnung?« erkundigte er sich leise.

Die Tür öffnete sich einen Spalt, und ein bleiches Gesicht erschien.

»Alles in Ordnung bei Ihnen?« fragte er nochmals. Sie nickte.

»Wirklich?«

»Jawohl, Sir.«

»Kommen Sie doch auf ein schnelles Glas in meine Kammer.«

»Nein, besser nicht.«

»Nun machen Sie schon ... Oder soll ich erst einen Befehl aus der Einladung machen? Sie werden danach besser schlafen.«

Er kehrte in seine Kabine zurück, ging in den Schlafraum und zog sich Hosen an. Er betrat gerade wieder den Wohnraum, als sie zögernd in der Tür erschien. Sie trug einen schlichten blauen Morgenmantel, ihre Hände zitterten. Trotz ihres Protests sah sie aus, als ob sie einen Drink vertragen könnte. Er öffnete den Getränkeschrank und holte den Martel Cognac heraus. Er goß ihr ein Glas ein und genehmigte sich einen Whisky.

Sie kauerte sich auf die Ecke des Sofas, und er setzte sich auf die Ecke des Schreibtischs. Mit den Fingern fuhr er durch sein ungekämmtes Haar. »Sie sind sicher, daß bei Ihnen alles okay ist, Susan?«

Sie lächelte etwas krampfhaft. »Jawohl, Sir. Mir geht es wirklich ziemlich gut, ehrlich.«

»Ist das schon einmal vorgekommen?«

Sie nickte. »Ja, einmal.« Sie wollte das Thema ganz offensichtlich nicht vertiefen.

»Hat Walker Sie vorher schon belästigt?«

Sie hob die Schultern. »Nun, ein oder zwei meinen immer, es wäre ein Fehler, keine anzüglichen Bemerkungen zu machen. Meistens ist es nur ein Scherz ... aber, nun ja ...« Sie schüttelte den Kopf und lächelte wieder. »Er konnte es einfach nicht glauben ... Er ist wirklich der Meinung, daß er unwiderstehlich ist ...«

»Er machte Ihnen einen eindeutigen Antrag?«

»Belassen Sie es dabei, Sir. Ich will keinen Staub aufwirbeln, und ich bin sicher, daß er es nicht wieder versuchen wird.«

»Nein.« Naismith machte eine Pause. Er konnte ihre Beweggründe verstehen. Sie hatte als erster weiblicher Offizier beim BNAS einen großen Erfolg errungen und hatte sich unter der Besatzung Respekt verschafft. Wenn jetzt »Staub aufgewirbelt wurde«, würde das Aufsehen erregen, und genau das wollte sie vermeiden.

»Okay. Es wird nicht schaden, wenn ich morgen früh ein Wörtchen mit Walker rede. Ich werde es nicht offiziell machen.«

»Danke, Sir.« Sie leerte ihr Glas, und er griff nach der Flasche. »Nein, danke, nichts mehr . . .«

»Auf einem Bein kann man nicht stehen . . .« Er schenkte den Cognac in ihr Glas. »Außerdem gibt es da etwas, was ich Sie fragen möchte. O nein, es geht nicht um etwas Ähnliches, wie das, was gerade passiert ist.«

Er sah sie an. Es war ein üble Ausnutzung seiner Kommandogewalt, sie hier so festzuhalten, aber er brauchte einen Vertrauten, wenn er etwas erreichen wollte, und Susan hatte sich selbst zur Schutzheiligen des Ozeans erklärt. Außerdem konnte es Schwierigkeiten geben, Scranton zum Tauchen zu bewegen. Er nahm an, daß es in diesem Fall Susan besser gelingen würde, den Taucher von der Notwendigkeit seiner Aufgabe zu überzeugen. Auch würde der Plan ihre Gedanken von den Ereignissen der letzten Minuten ablenken.

»Worum geht es, Sir?« Sie sah jetzt müde aus.

»Es hat direkt mit Ihrem Interesse an der Umweltverschmutzung zu tun, Susan.« Er sah, daß ein leichter Zug von Unmut über ihr Gesicht glitt. »Es ist wichtig, und es gibt etwas, was Sie dagegen tun können.«

Sie runzelte unsicher die Stirn.

»Es hat mit dem Wrack der *Wallenstein* zu tun.«

»Ich verstehe nicht.«

»Die *Wallenstein* kam aus Hamburg mit einer Ladung Stückgütern, darunter Fässern als Decksladung, die als Chemikalien für Kleiderreinigungen deklariert und für Santa Maria de los Mayas, der Hauptstadt von Costa Maya, bestimmt waren, wo, wie Sie ja wissen, ein Guerillakrieg tobt. Dort setzen die Militärs Nervengas gegen die Bevölkerung ein. Sie versprühen es von Flugzeugen aus, vermute ich und . . .«

»Die Fässer!« unterbrach sie ihn erregt.

»Enthalten den hochkonzentrierten Grundstoff des Nervengases.«

»Mein Gott!«

»Ich vermute, daß mir Davis das Gefühl gegeben hat, daß wir persönlich in die Angelegenheit verstrickt sind, besonders als ich langsam begriff, was sich dahinter wirklich verbarg.« Er sah, daß sie die Brauen runzelte. »Lassen Sie es mich erklären. Es war ein ganz normaler Routinejob, bis der Superintendent mir befahl, das Wrack von den Tauchern nicht absuchen zu lassen. Aber da war es schon zu spät. Ich vermute, daß irgend jemand, der über die Ladung der *Wallenstein* Bescheid wußte, Wind von der Kollision bekam und herausfand, was vorging. Sie wollten uns schnell und dezent aus dem Verkehr ziehen, selbst auf die Gefahr hin, daß ein Schiff die Festmacherleinen in den Propeller bekam . . .«

»Das bedeutet, daß jemand im UK von dem Nervengas wußte!«

»Genau. Was darauf hindeutet, daß es aus Deutschland stammt. Wie Sie wissen, werden alle Informationen über ein Wrack von der BNAS an das Hydrographic Department of the Admirality weitergeleitet. Ohne Zweifel werden diese Einzelheiten auch anderen Abteilungen der Navy zugänglich gemacht, z.B. dem Geheimdienst, der über die Ladung der *Wallen-*

stein und ihren Bestimmungshafen informiert war. Lassen Sie mich fortfahren . . .

Scranton erzählte mir damals nicht gleich alles, weil er total mit den Nerven am Ende war, aber bei seinem Tauchgang stieß er auf die Leiche eines Tauchers, ein britischer Marinetaucher, dessen Hände weggefressen worden waren und dessen Gesicht Vergiftungsspuren aufwies. Ein Faß war beschädigt worden, und der arme Teufel muß direkt in die durch das Leck austretende Giftwolke geschwommen sein.«

Susan richtete sich auf, sie war jetzt ganz Ohr. »Das U-Boot, das ich mit dem Sonar geortet habe.«

»Richtig. Es setzte die Taucher bei dem Wrack ab. Scranton nimmt an, daß es zwei waren, einer schwamm zurück, um Bericht zu erstatten, und ließ den Leichnam seines Kumpels zurück. Ich vermute, daß er wußte, was geschehen war. Jedenfalls wußten wir darüber nicht Bescheid. Nachdem wir die Tonne ausgelegt hatten, versorgten wir den Buccabu-Leuchtturm. Als nächstes befahl man mir, die Boje wieder aufzunehmen. Inzwischen wußten die Behörden, daß der Dreck eingesammelt werden mußte. Ich vermute, in erster Linie deshalb, damit niemand die Giftfässer in die Hand bekam und daraus eine riesige Propagandashow machen konnte.«

»Mein Gott, ja! Hätten die Russen oder die Grünen erfahren hätten, daß der Stoff aus Deutschland stammte, wäre der Fuchs im Hühnerstall los gewesen.«

»Nun, es muß sich nicht um Material aus militärischen Quellen handeln. Die deutsche Industrie hat schon seit langem reichlich Erfahrung auf dem Gebiet der Produktion von tödlichen Chemikalien, aber natürlich würde sich jemand, der einen Propagandacoup landen möchte, nicht mit derartigen Feinheiten aufhalten. Es wäre ein wahres Geschenk für bestimmte Kreise: Die Verschiffung eines Nervengases von Deutschland auf einem Schiff unter einer Gefälligkeitsflagge nach Santa Maria, wo es von einer rechtsradikalen Militärjunta gegen die ländliche Bevölkerung eingesetzt wird. Zudem von einer Regierung, die durch einen Staatsstreich die rechtmäßig gewählten Volksvertreter gestürzt hatten.« Er machte eine Pause und dachte einen Moment lang nach. »Aber ich vermute, daß die schnelle Intervention der Royal Navy, als Handlanger der NATO, dafür spricht, daß das Zeug aus irgendwelchen militärischen Quellen stammt. Vielleicht deutschen, amerikanischen oder, Gott stehe uns bei, britischen.« Er seufzte. »Mir kam der Gedanke, daß es einfacher – und billiger – ist, ein paar fein zerstäubte Wolken dieses Teufelsdrecks einzusetzen, als Marschflugkörper, Pershings oder SS 20. Und wenn eine Seite das Zeug hat, dann kann man darauf wetten, daß die andere ebenfalls darüber verfügt.«

»Es gibt Berichte, daß es in Afghanistan eingesetzt wurde.« Sie schwieg kurz. »Sie sagten, daß die Fässer auf der *Harwich* die Aufschrift trugen: Dry-Cleaning Fluid? »

»Ja. Sie denken, daß das dafür spricht, daß sie aus britischen Quellen stammen?«

Sie nickte. »Ja.«

»Ja, das ist eine Möglichkeit, aber die Aufschrift ist ganz klar ein Bluff. Es war logisch, die Aufschrift in der internationalen Sprache der Seefahrt abzufassen, damit möglichst viele Menschen den Bluff lesen können, einschließlich der Auswerter von Fotografien.

Folglich ist die englische Aufschrift nicht unbedingt ein stichhaltiger Beweis. Aber ich gebe zu, daß es verdächtig ist. Ich vermute, daß der Stoff schon in kleinen Dosen absolut tödlich ist, und man hat deshalb den Tideströmen Zeit gelassen, das lecke Faß auszuspülen. Natürlich wollten sie die Leiche des toten Tauchers zurückhaben . . .«

Susan verzog das Gesicht. »Ja, es ist keine sonderlich appetitliche Geschichte.«

Naismith fuhr fort. »Sollten Schwierigkeiten auftreten, dann verfügt die *Harwich* über ein Landedeck für Hubschrauber, so daß medizinische Versorgung schnellstens gewährleistet war. Außerdem war sie groß genug, um keinen Verdacht einer Nacht-und-Nebel-Operation aufkommen zu lassen, die das Interesse eines ›Fischtrawlers‹ aus dem Ostblock hätte erwecken können, wenn sie sich um diese Jahreszeit mit dem Zug der Makrelen im Kanal aufhält . . .«

»Außerdem fiel sie in diesem Seegebiet nicht auf. Ja, ich verstehe. Sollte dieser Nervengasgrundstoff wirklich so tödlich sein, wollte man kein weiteres Leck riskieren, besonders wenn man bedenkt, daß vergiftete Fische von Trawlern aus Polen, Rumänien oder Rußland hätten gefangen werden können . . .«

»Genau.«

Sie schwiegen beide. Das Szenario, das sie entworfen hatten, war zu fantastisch, es roch zu sehr nach James Bond, um Wirklichkeit sein zu können. Es war zwei Uhr früh, eine Zeit, in der solche unwahrscheinlichen Spekulationen sich in müden Gehirnen festsetzen können. Naismith goß sich einen weiteren Whisky ein, aber Susan lehnte einen weiteren Cognac ab.

»Nein, danke, Sir.« Sie machte eine Pause, dann fügte sie hinzu: »Was ich nicht sehe, Sir, ist, wo wir da ins Spiel kommen. Jetzt, meine ich, da die *Harwich* doch die Fässer geborgen hat.«

»Das glaube ich eben nicht. Als ich bei ihr an Bord ging, war ihr Kommandant so offen und gab mir quasi zu verstehen, daß das nicht der Fall war. Ich vermute sehr stark, daß zumindest noch ein Faß auf dem Meeresgrund liegt.«

»Woraus schließen Sie, daß da noch ein Faß liegen muß?«

Er nickte. »Meine Vermutung geht dahin, daß die Marine davon ausgeht, daß der Schaden begrenzt ist. Die Schädigung, die von einem Faß ausgehen könnte, ist zu vernachlässigen«, er hob die Hand, um ihren Protest abzuwehren, daß man keine Verschmutzung vernachlässigen durfte, »und sie denken, wenn sie selbst das Faß nicht gefunden haben, dann wird es auch kein anderer schaffen. Ich nehme an, daß sie die Suche abgebrochen haben, um nicht die falsche Art von Aufmerksamkeit zu erregen . . .«

»Bei den Makrelenfischern?«

»Ja. Es ist also sehr wahrscheinlich, daß das Faß oder die Fässer, die noch vermißt werden, sich nicht in der unmittelbaren Nähe des Wracks befinden, denn sonst hätten die Taucher der *Harwich* sie gefunden. Es war geplant, daß die *Harwich* nicht mehr am Ort sein sollte, wenn wir die Boje einziehen. Sie war durch die Suche nach dem verschwundenen Faß aufgehalten worden. Ihr Kommandant war sehr beunruhigt, daß wir einen Taucher unten hatten. So fand ich heraus, daß sie ihre Aufgabe nicht erfolgreich beendet hatten, zumindest nicht vollständig.«

»Und was beabsichtigen Sie zu tun, Sir?« Sie sah ihn mit besorgten Augen an.

»Dieses verdammte Faß bergen.«

Susan saß da wie vom Donner gerührt. Sie konnte nicht glauben, daß es Naismith ernst meinte. Abgesehen von der offensichtlichen Unmöglichkeit, diese Aufgabe zu lösen, war das eine für ihn völlig uncharakteristische Handlungsweise. Es war ein klarer Verstoß gegen die Befehle. Kapitän Naismith' *Modus operandi* war immer von großer Vorsicht geprägt und das in allen Bereichen. Er war keine Spielernatur, aber trotz ihres Horrors vor dem schmutzigen Dreck, der auf dem Boden des Kanals lag und ihrem ausgeprägten Widerwillen gegen den Einsatz solcher Kampfmittel gegen Frauen und Kinder, konnte sie nicht glauben, daß diese zerzauste Gestalt, die mit den Resten des dritten Whiskys spielte, aus demselben Holz geschnitzt sein sollte wie die Männer, die die Offensive liebten.

Er mußte ihre Gedanken teilweise erraten haben, denn er sagte mit leiser, vertraulicher Stimme: »Nun, Susan, Sie haben lange genug gepredigt. Machen Sie mit oder nicht? Ich brauche nämlich jemanden, dem ich vertrauen kann, wenn wir an dem Unternehmen arbeiten. Zwei Köpfe sind in diesem Fall besser als einer . . .«

Sie vermied eine direkte Antwort. »Wenn die Navy das Faß nicht gefunden hat, wie stellen Sie sich vor, daß wir es aufspüren?«

Er lächelte. »Sehen Sie . . .« Er drehte sich um und setzte sich auf den Schreibtisch, dann zog er den Teetisch für sie heran. Er breitete eine Reihe von Zeichnungen aus.

»Die *Cutty Sark* brachte mich auf die Spur.«

»Der Teeklipper?« fragte sie erstaunt, nicht ganz sicher, ob Naismith vielleicht den Verstand verloren hatte.

»Ja. Ich werde Ihnen zeigen, warum. Das hier sind die Fässer, gestaut als Decksladung, dicht an die Reling gelascht, in Ordnung? Sie sind mit Drähten gelascht, die mit Spannschrauben dicht geholt wurden, all das wurde unter Einbeziehung der Relingsdurchzüge gemacht. Auf die Fässer wirkt deshalb ein Druck nach außen, preßt gegen den Widerstand der Reling. Okay?«

»Ja, bis jetzt.«

»Gut. Denken Sie sich die Reling weg und verbeulen Sie das Deck darunter und ein paar Fässer werden ins Wasser fallen . . .«

»Auf die Back des Kollisionsgegners . . .«

»Richtig, weil die *Calliope* ein Kümo war, kleiner als die *Wallenstein* und daher tiefer im Wasser lag. Passen Sie jetzt auf. Scranton berichtete, daß das größte Leck vom Anker der *Calliope* stammte. Zum Zeitpunkt der Kollision liefen die Maschinen beider Schiffe voraus, und die *Calliope* hatte genug Fahrt, um in die *Wallenstein* ein V-förmiges Leck bis hinunter zur Wasserlinie zu bohren. Als sie daraufhin Schlagseite bekam, strömte Wasser in den Laderaum, worauf die Schlagseite bekam. Zu diesem Zeitpunkt fielen ein oder zwei der Fässer auf die Back der *Calliope*. Als größeres Schiff zog die *Wallenstein* die *Calliope* mit sich herum. Ob jetzt die Maschinen der beiden Schiffe rückwärts arbeiteten, spielt keine Rolle, wichtig ist, daß der Anker der *Calliope* in zwei Laderäume der *Wallenstein* ein großes Leck riß. Die *Wallenstein* hat Schlagseite, und die Schlagseite wird stärker. Was würde Ihnen befohlen werden, wenn Sie mit einem anderen Schiff kollidiert sind und es sauber in die Flanke getroffen haben?«

»Ganz langsam voraus geben, um so zu versuchen, das Leck abzudichten!«

»Das hört sich gut in der Theorie an und klappt in der Praxis nur, wenn beide Schiffe fast stilliegen. Aber hier zieht das eine das andere mit sich, überall das durchdringende Kreischen von reißendem Metall und Menschen in Panik. Fast alles kann da geschehen. Auf der *Calliope* kann man einen Schlag vorwärts gegeben haben, vielleicht, um das Leck abzudichten, vielleicht aber auch, um den Anker frei zubekommen, aber das spielt keine Rolle. Jedenfalls hat sie ein zweites Loch in die *Wallenstein* in Höhe des Maschinenraums gebohrt. Die *Wallenstein* hatte jetzt keine Chance mehr, sie lief voll und soff ab. Während der ganzen Zeit, als sich das ereignete, verlor sie eine Reihe von Fässern entlang der letzten paar hundert Kabellängen ihres Kurses. Ich nehme nicht an, daß das Loch in der Verschanzung sehr groß war, wenn man die Größe der *Calliope* berücksichtigt und auch die Tatsache, daß sich noch Fässer an Deck befanden, als der RN-Taucher sie untersuchte, zeigt, daß sich eins verklemmt haben muß und dabei von der verbogenen Reling aufgerissen worden ist.«

»Woher kennen Sie die Größe der *Calliope*?«

»Ein Bild von ihr im Lloyd's lag sichtbar in Kapitän Campbells Büro. Ich war mir nicht klar darüber, was ich da gesehen hatte, bis es mir später wieder einfiel. Ich hörte mit einem Ohr Campbells Gespräch mit dem Chief Executive zu, weil mich das anging.«

»Also hat sich die Navy an der Kette der verlorenen Fässer entlanggearbeitet . . .«

»Und das auf der Back der *Calliope* nicht gefunden.«

»Aber die *Calliope* ist nach Cherbourg gelaufen.

Wenn Sie recht hätten, dann hätte das Faß direkt auf der Back liegen müssen. Und ihre Besatzung hätte davon wissen müssen.«

»Das verwirrte mich auch, bis mir die Geschichte mit der *Cutty Sark* wieder einfiel.« Er lächelte, als er ihren verwirrten Gesichtsausdruck sah. »Sehen Sie, ich vermute, daß die Besatzung der *Wallenstein* keine Ahnung von dem wahren Inhalt der Fässer hatte. Vielleicht der Kapitän, aber auch das bezweifle ich. Er hat sich auf den Inhalt des Konnossements und des Manifests verlassen, die Mannschaft der *Calliope* natürlich auf die Aufschrift. Ich nehme an, daß die Behörden in ihrer üblichen Überheblichkeit davon ausgingen, daß der Intelligenzquotient von Seeleuten der Handelsschiffahrt nicht weit über dem eines gemeinen Hausschweins anzusiedeln ist und daß deshalb die Möglichkeit eines Sicherheitsrisikos auszuschließen war, besonders, weil sie nur in Frankreich Landkontakt hatten . . .«

»Und in St. Peter Port, Sir«, erinnerte sie ihn.

Er zuckte die Achseln. »Okay, aber das verändert den Fall nicht grundsätzlich.«

»Weiter! Was war mit der *Cutty Sark*?«

»In Ordnung. Es scheint ziemlich sicher zu sein, daß die *Calliope* in Cherbourg ohne ein irgendwie *belastendes* Faß auf ihrem Deck einlief. Das erinnerte mich an den Fall des Zimmermanns von der *Cutty Sark*. Er diente damals auf einem anderen Schiff, und dieses zweite Schiff ankerte in den Downs, um in Landschutz einen schweren Weststurm abzureiten, um danach mit günstigem Wind den Kanal hinabzulaufen. Zwischen den anderen Schiffen lag sein Liebling, die *Cutty Sark*. Verstehen Sie? Nun, die Nacht brach herein, und es wehte hart, und einige Schiffe begannen auf Drift zu gehen. Darunter auch die *Cutty Sark*, und sie trieb vor Anker genau auf das Schiff zu, auf dem ihr ehemaliger Zimmermann jetzt diente. Die beiden Schiffe kamen miteinander unklar, und es klöterte und schepperte, als Spieren brachen. Natürlich wurde der Zimmermann nach vorne beordert, und das erste, was er sah, als die beiden Schiffe wieder auseinanderdrifteten, war das Namensschild der *Cutty Sark*. Als er es sah, erinnerte er sich wehmütig an sein altes Schiff, also packte er das Schild und warf es über die Kante.«

Sie sah ihn voller Unverständnis an.

»Er hat das belastende Beweisstück weggeworfen. Als die Männer der *Calliope* nach vorne liefen, um den Schaden in Augenschein zu nehmen, könnte es da nicht sein, daß auch sie das Faß als ähnlich belastenden Beweis ansahen, der ihren eigenen Interessen schaden konnte?«

Sie stellte sich den dumpfen Knall vor, als die Schiffe zusammenstießen, die Winkel, so wie Naismith sie rekonstruiert hatte, das Auseinanderdriften, das Scheuern der Rümpfe aneinander, als sie sich relativ zueinander wieder bewegten. Unter der verängstigten Besatzung würde ein erregtes Hin und Her geherrscht haben, es hatte bestimmt eine Menge Geschrei und eiliges Gelaufe nach vorne auf der kleinen *Calliope* gegeben, um den Schaden festzustellen. Dann war man wieder nach achtern gelaufen, um das Ergebnis dem Ruderhaus zuzurufen. Der Kapitän der *Calliope* befand sich in einem qualvollen Zustand der Unsicherheit, was er tun solle. Plötzlich, mitten in der Nacht, war er mit dem Desaster konfrontiert worden. Sie versuchte, sich in die Lage des Kapitäns der *Calliope* zu versetzen, einem Handelsschiffskapitän, der eine Ladung zu transportieren hatte, einen Reeder in einer mörderischen Welt des Wettbewerbs befriedigen mußte, und dazu eine Frau, die in der Nähe von Piräus wartete. Sie wußte, daß der Mann sich schuldig wie der Teufel persönlich gefühlt haben mußte, vielleicht war er sogar trotz des Nebels schlafengegangen, und wahrscheinlich hatte er sein Schiff mit voller Fahrt durch die Suppe brettern lassen. Es war fast sicher, daß er auf eine ihm zugebrüllte Frage, was mit dem Faß geschehen solle, angeordnet hatte, es über die Seite zu werfen.«

»Aber wenn es über Bord geworfen wurde, als die *Calliope* noch dicht bei der *Wallenstein* war, dann hätten es die Marinetaucher finden müssen.«

»Nicht unbedingt. Sehen Sie!« Er beugte sich wieder über seine Skizzen. »Wenn man annimmt, daß der Kapitän der *Calliope* geschlafen hat und das Schiff mit voller Fahrt unterwegs war, was beides nicht auszuschließen ist, können wir davon ausgehen, daß er schuldig ist, und sein Gewissen beunruhigt ihn, als er das Kommando von wem auch immer auf der Brücke übernimmt, okay? Es herrscht dichter Nebel, und er fährt die verschiedenen Manöver, die wir besprochen haben, die ihn schließlich veranlassen, sich rückwärts von der *Wallenstein* zu entfernen, die sich auf die Seite legt und zu sinken beginnt. Nun ist der Skipper der *Calliope* kein von der Marine stumpfsinnig gedrillter Automat, sondern ein verängstigter, sich schuldig fühlender griechischer Kapitän, dessen erster Gedanke darum kreist, seine Haut zu retten. Also läßt er sein Schiff durchchecken und findet heraus, daß die Schäden nicht so katastrophal sind. Das erfordert eine gewisse Zeit. Unterdessen treibt die *Calliope* mit der Tide. Vielleicht verläßt er die Brücke, um sich den Schaden selbst anzusehen. Inzwischen ist die *Wallenstein* bestenfalls noch ein schwacher Lichtschein im Nebel, vielleicht liegt sie aber auch schon völlig im Dunkeln, weil das Wasser den Maschinenraum überflutet hat, möglicherweise ist sie auch schon gesunken. Als unser Freund sich endlich an seine Verpflichtungen gemäß des internationalen Seerechts erinnert, sind die Schiffe schon ziemlich weit auseinander und haben vielleicht schon den Kontakt miteinander verloren. Der Kapitän der *Wallenstein* wird auf allen Radiofrequenzen Mayday-Rufe ausgesendet haben, aber auf der *Calliope*, einem kleinen Kümo mit minimaler Besatzung, hat man sie einfach nicht beachtet. Hier habe ich ausgearbeitet, was meiner Meinung nach passiert sein kann, als die *Calliope* wieder Fahrt aufnahm, den Schaden feststellte und der Kapitän den Befehl erteilte, das Faß über Bord zu werfen. Das geschah wahrscheinlich hier, kurz nachdem wieder Fahrt im Schiff war, und man in den Gezeitenstrom drehte mit – sagen wir – einem Drehkreisdurchmesser von zwei Kabellängen. Eine derartige Entscheidung wird man in der Reaktionsphase fällen, wenn der erste Schock abgeklungen ist und man die Sache wieder in den Griff bekommt. Vermutlich fing er an, herumzuschreien und den Zweiten Offizier anzubrüllen, oder wer auch immer während der Kollision die Wache hatte.« Schließlich schwieg er, sein Finger deutete auf ein Bleistiftkreuz in seiner Zeichnung.

»Der letzte Teil Ihrer Annahmen beruht auf Erfahrungswerten, nicht wahr, Sir?« fragte sie lächelnd.

Er nickte.

»Bedauerlicherweise, fürchte ich«, er grinste sie kläglich an.

Sie blickte wieder auf die Skizze. »Ich glaube, daß Sie recht haben.«

»Dann werden Sie mir helfen, dieses Faß aufzuspüren, ohne Rücksicht auf die Konsequenzen?«

»Ich glaube, daß ich darüber lieber nicht zu viel nachdenken möchte, Sir . . .«

»Nein, vielleicht nicht . . . Immerhin ist der Anlaß den Versuch wert, meinen Sie das nicht auch?«

»Aber ja. Ja«, fügte sie fest hinzu, »egal, ob es sich um Umweltverschmutzung oder darum handelt, dieses schmutzige Geschäft mit Costa Maya aufzudekken.«

Naismith nickte. »Okay, also machen wir uns auf und suchen das Faß. Das Problem ist: Was machen wir, wenn wir es gefunden haben? Machen wir alles publik oder händigen wir es stillschweigend der Navy aus, und hoffen auf einen freundschaftlichen Klaps auf den Rücken?«

Susan blickte ihn scharf an. »Das wäre unehrenhaft, Sir! Es würde die Verwendung dieses Stoffes weder in Costa Maya noch sonstwo unterbinden. Wer auch immer hinter dieser ganzen Abgelegenheit steht, hätte daran denken sollen, daß er in die Hände der anderen spielt, wer auch immer diese Gangster sind, vor denen er sich fürchtet, bevor dieser Mist von Europa aus verschifft wurde. Es scheint mir völlig einleuchtend zu sein – falls die Fernsehberichte stimmen –, daß die USA dieses Terrorregime unterstützen und deshalb das Zeug aus ihren Lagern in Europa hinüberbringen.«

»Darüber war ich mir noch nicht klar.« Er machte eine nachdenkliche Pause, um einen letzten Kampf mit seiner Autoritätsgläubigkeit auszufechten. »Also gehen wir an die Öffentlichkeit . . .«

»Das wird keine Probleme bereiten!« meinte Susan und stand auf. Ihre Augen leuchteten erregt. »Ich habe einen Freund, der ständig als Journalist Probleme der Seefahrt recherchiert. Er hat eine Menge Verbindungen, es würde mich nicht überraschen, wenn wir über ihn etwas in Erfahrung bringen könnten. Wenn ich mit ihm Kontakt aufnehmen kann . . .« Sie deutete mit dem Kopf in Richtung des Satellitentelefons, das auf Naismith' Schreibtisch stand.

»Um halb vier morgens?« Naismith erinnerte sich an Susans Freund Peter.

»Gute Journalisten haben – genau wie gute Skipper – einen leichten Schlaf.«

»Okay.« Da es schnell, diskret und direkt war, erschien ihm das Satellitentelefon als ideales Kommunikationsmittel für einen derartig unorthodoxen Zweck. »Wissen Sie seine Nummer?«

»Aber ja«, erwiderte sie mit gerade genug Bestimmtheit, um einen Zipfel ihres Privatlebens ein wenig zu lüften.

Sie nahm den Hörer ab und gab die Nummern über die Tastatur ein. Dann folgte eine lange Pause.

»Peter? Hallo, Darling . . . Ja, ich bin es. Entschuldige, daß ich dich aufwecke, aber ich habe eine Story für dich . . .« Sie schwieg und hielt die Hand über die Sprechmuschel. Sie wandte sich Naismith zu und lächelte. »Diese Zauberformel verfehlt niemals ihre Wirkung, um seine Aufmerksamkeit zu erregen.« Sie nahm die Hand wieder weg. »Bereit? Also, es geht los. Der liberianische Frachter *Wallenstein* . . . ja, der von der *Calliope* versenkt wurde . . . okay, du weißt Bescheid, also hör' zu. Kapitän Naismith und ich haben gute Gründe anzunehmen, daß der Frachter Fässer mit hochkonzentrierten Giftstoffen, wahrscheinlich einem Nervengasgrundstoff, transportierte. Wir denken, daß sich während der Zeit, als wir das Wrack absicherten, ein U-Boot anschlich und ein Taucherteam am Wrack absetzte. Als unser Taucher das Wrack untersuchte, fand er die Leiche eines seiner Kollegen ... wie bitte? Nein, nicht als Brite identifiziert ... ja, aber mit der Standardausrüstung der Navy ... okay? Jedenfalls wurden wir kurz darauf von dem Wrack weggeschickt. Später wies man uns an, die Wracktonne wieder einzuziehen, die wir ausgelegt hatten. Wir fanden einen Zerstörer am Ort vor. Die *Harwich* lag genau auf Position.

Sie hatte ein Taucherteam unten, um das Wrack zu untersuchen. Die Marine zeigte sich sehr empfindlich gegenüber den Männern, die den Zerstörer fotografiert hatten. Kapitän Naismith, mein Kapitän, wurde an Bord gebeten und kam mit dem Eindruck zurück, daß die Navy noch immer nach etwas suchte, obwohl sie schon Fässer mit der Aufschrift ›Dry-Cleaning Fluid‹ an Deck gestaut hatten ... wie bitte? Warte einen Moment.« Sie fragte Naismith: »Wie hieß der Kommandant?«

»Troughton.«

»Troughton«, gab sie in das Telefon weiter. »Was uns dann letztlich auf die richtige Spur brachte, war der Bestimmungshafen der *Wallenstein*. Es war Santa Maria de los Mayas, ja, genau, die Hauptstadt ... das wissen wir ... und wir haben den Fernsehbericht über den Einsatz des Nervengases gesehen ... ja, den hast du auch gesehen ... Nun, wir sind der Meinung, daß es da eine Verbindung gibt ...« Sie wandte sich wieder Naismith zu und sagte: »Er ist bereits an der Sache dran, Sir ...« Ihr Augen glänzten, und sie warf ihr Haar zurück, als sie den Hörer wieder an das Ohr hielt.

»Hör zu, Peter, glaubst du, daß du uns ein paar Informationen besorgen kannst ... wie bitte?« Sie klang erstaunt und schwieg einige Zeit. Schließlich flüsterte sie: »Mein Gott! Nun, sieh' mal ... ja, wir haben an die Folgen gedacht ... ja, ja, auch daran. Peter, du weißt, wie ich über derartige Dinge denke, und Kapitän Naismith ist der Meinung, wenn es eine Chance gibt, solche Geschäfte zu unterbinden ... Er ist der Überzeugung, daß er weiß, wo das verschwundene Faß liegt. Es besteht die Möglichkeit, daß wir es bergen können ... ja ... du kannst uns über Satellit und die Goonhilly Station zurückrufen, sagen wir morgen um ein Uhr ...« Sie gab ihm die Rufnummer des Schiffs durch, hauchte einen Kuß ins Telefon und hing auf. »Puhh!«

»Sie sagten, er beschäftigt sich schon damit?«

»Jawohl, Sir. Anscheinend gibt es eine Story über zwei Fischer im Hospital von St. Peter Port, die eingeliefert wurden, nachdem sie mit toten Fischen in der Nähe des Hurd Deep zu tun hatten.«

Naismith' Augen weiteten sich. »Dann hat das Faß, das den Taucher tötete, noch weitere Opfer gefordert. Bei Gott, der Stoff muß unglaublich stark sein.«

Susan nickte. »Peter meint, daß das allein eine ziemlich gute Story abgibt, aber unsere Informationen sind eine echte Sensation!«

»Darauf wette ich«, bemerkte Naismith nachdenklich. Dann erinnerte er sich an etwas anderes. »Sprachen Sie von zwei Fischern?« Sie nickte. »Ich wette, sie gehören zu den *Three Brothers*!«

»Zwei ...«

»Nein, nein, das Fischerboot, das uns mitteilte, daß man Öl riechen könnte. Sie waren damals nicht auf der Brücke. Der Skipper sagte uns, daß sich einer seiner Männer sich nicht wohlfühlte. Hat Ihr Freund darüber berichtet, wie es ihnen geht? Leben sie . . .?«

Wieder schüttelte sie den Kopf. »Darüber hat er nichts gesagt.«

»Dieser Freund von Ihnen, Sie haben ihn einen Seefahrtjournalisten genannt. Was, zum Teufel, soll man darunter genau verstehen?«

»Er hat sich auf maritime Themen spezialisiert. Wie ich Ihnen schon sagte, war er früher Offizier bei der Handelsmarine, folglich sind seine Fakten überprüft und die Details stimmen.«

»Das wäre mal eine Abwechslung«, grinste Naismith. Er atmete tief durch, dann sagte er mit plötzlicher Leidenschaft: »Sie wissen, Susan, daß es jetzt keinen Weg mehr zurück gibt! Wir haben wirklich und wahrhaftig alle Schiffe hinter uns verbrannt!«

»Ja«, erwiderte sie lächelnd. Alle Erinnerungen an den unerfreulichen Zwischenfall von vorhin waren verschwunden. »Ja, aber was hätten wir auch sonst tun können?« fragte sie ruhig. »Es ist doch letztlich so wichtig, ehrlich vor sich selbst zu sein.«

Naismith hob zynisch eine Augenbraue. Ihm erschien es reichlich klischeehaft, ihre Aktion in diesem Zusammenhang als offen und ehrlich zu bezeichnen. Er nickte. »Ja, und jetzt müssen Sie ins Bett.« Er war völlig unvorbereitet, als sie ihm einen flüchtigen Kuß auf die Wange hauchte.

»Erinnern Sie sich an die Delphine«, sagte sie noch und war schon verschwunden.

Naismith zog die Hosen aus. Er überdachte nochmals die Gründe für seine Handlungsweise. Vielleicht stand dahinter letztlich doch eine Verpflichtung seiner Frau gegenüber. Er dachte an Davis und seine von ihm getrennte Frau Juanita und die Kraft von Susans Überzeugung. »Frauen«, murmelte er und warf seine Hosen auf den Sessel neben dem Bett. Aber er lächelte immer noch vor sich hin, als er sich zum Schlafen zurechtrückte.

12

Charles Hobden konnte ebenfalls nicht schlafen. Der Grund für seine ungewöhnliche Schlaflosigkeit war seine Auseinandersetzung mit Susan Paulin in der Offiziersmesse, sie veranlaßte ihn, sich unbehaglich in der engen Koje zu drehen und zu wälzen. Obwohl er das letzte Wort gehabt hatte, empfand er diese Erfahrung als äußerst unbefriedigend. Zuerst führte er es auf die Bedrohung zurück, die sie anscheinend für seine unangreifbare Stellung darstellte, der er sich seit vielen Jahren erfreute; er war der Chiefmate der *Active*, ihr *Erster*, ein Teil des Schiffes, so wie der Vormast oder der Schornstein. Er war sich einer starken Abneigung gegen die junge Frau bewußt, die darauf beruhte, daß sie ihm als Zweiter Offizier von einer verrückten Gesetzgebung aufgezwungen worden war, die von einer Horde hohlköpfiger Politiker verabschiedet wurde, die ihre doktrinären Ziele verfolgten, ohne die Konsequenzen zu bedenken. Irgendwie verminderte ihre Anwesenheit seine Aufstiegschancen. Es war schlimm genug gewesen, daß man ihn mit diesem männchenmachenden Ex-Frachtermann Naismith übergangen hatte, aber ihm konnte Hobdens unbestechliches Urteil nicht die Befähigung zum Kapitän absprechen. Seine bitteren Gedankengänge über die augenblickliche Beförderungspolitik der BNAS gipfelte darin, daß verdammte Klugscheißer schneller aufstiegen als Männer von gestandener Qualität. Das war eine häufig angestellte Überlegung. Aber das war noch gar nichts, wenn man es verglich mit der ungleichen Ausgangssituation der verdammten Ms Paulin.

Aber seine Schlaflosigkeit beruhte nicht allein auf dem triebhaften Gefühl, daß Frauen sowenig auf ein Schiff gehörten wie Stripteasetänzerinnen in den Vatikan. Was hinter den Befürchtungen des Charles Hobden steckte, war die Furcht, daß Susan Paulin sie alle beeinflußt hatte. Es gab keinen Zweifel daran, daß sich Naismith zu seinem neuen Zweiten Offizier hingezogen fühlte. Da war sich Charles Hobden ganz sicher, und er mußte sich eingestehen, daß er dabei ein starkes Gefühl der Eifersucht empfand. Das war kein neues Gefühl für ihn. Die Eifersucht auf Naismith beschränkte sich nicht nur auf den beruflichen Bereich ihrer Beziehungen. Er kannte Wendy Naismith genauso viele Jahre, wie er mit ihrem Mann zusammengearbeitet hatte, und er hatte sie immer bewundert. Sie war eine hübsche, fähige Frau und war ihm als die ideale Frau zum Heiraten erschienen, aber natürlich war sie mit einem Mann verheiratet, der immer Erfolg hatte und der ihre Qualitäten nicht voll zu schätzen wußte, wie er sehr wohl mitbekommen hatte. Er erinnerte sich an eine Weihnachtsfeier, auf der *Colin Mulliner*, der Hallodri des Schiffes, mit einer aufgetakelten Blondine erschienen war, die sich prompt fürchterlich betrank. Die Sache endete mit einer schrecklichen Szene, in deren Verlauf sie sich auf den Teppich von Mulliners Kabine erbrach.

Wendy hatte das Mädchen beruhigt, Mulliner überredet, sie an Land zu bringen und dann beim Aufklaren geholfen. »Ich glaube nicht, daß Ihr Mann es billigen würde, wenn er das hier wüßte«, bemerkte er, als sie das Deck säuberte. Sie hatten sich beide hingekauert und in ihrem Partykleid erhöhte Wendy noch mehr Hobdens Pulsschlag, als es der Rum schon getan hatte, den er konsumiert hatte. Er bemerkte, daß sie nur einen Fuß neben ihm war, und küßte sie auf die Wange.

Sie hatte aufgehört, den Feudel auszuwringen, und hatte ihn angeblickt. Einen Augenblick lang dachte er, daß sie ihm noch mehr Freiheiten gestatten würde, aber dann hatte sie den Kopf geschüttelt. »Er würde auch das nicht billigen, Chas . . .« Aber sie hatte ihn angelächelt, und seitdem herrschte zwischen ihnen eine gewisse Vertrautheit.

Hobden war niemals ein Mann mit ausschweifenden Gewohnheiten gewesen. Wie viele Seeleute hatte er nur seine elementarsten Triebe befriedigt, aber ausschließlich aus Bedürfnis, nicht aus Wollust. Die engstirnige Sturheit seiner Natur hatte seine sexuellen Kontakte ebenso bestimmt wie die einseitige Verfolgung seines beruflichen Fortkommens. Deshalb traf es ihn wie ein Blitzschlag, als er feststellte, warum er nicht schlafen konnte.

Der Zusammenstoß, den er mit Susan gehabt hatte, hatte ihn nicht deshalb so aufgeregt, weil er sie als reale Bedrohung für sich selbst oder seine Stellung an Bord der *Active* ansah. Was ihn beunruhigte, war die Tatsache, daß es ihm Spaß gemacht hatte, das Mädchen zu demütigen. Damit überkam ihn die volle Erkenntnis, daß er sich von ihr sexuell stark angezogen fühlte, daß ihre Anwesenheit ihn ständig quälte. Es war ein tiefer Schock für ihn, daß sein ganzes

Weltbild durch den ältesten aller Triebe durcheinandergebracht wurde. Aber es war bedauerlicherweise klar, daß ihn Susan überhaupt nicht anziehend fand. Ihre Verachtung für seine Verhaltensweisen zeugte dafür, daß er sie persönlich nicht interessierte.

Hobden warf die Bettdecke zur Seite und schwang seine kräftigen Beine aus der Koje. Er schlenderte durch die Kabine und öffnete das Bulleye, um ein wenig Luft zu schnappen. Der Anblick von Walker, der auf die Decksplanken kotzte, erinnerte Hobden an seine Pflichten. Er zog sich eine Hose an und ging durch den Gang auf das Deck.

»Was, zum Teufel, denkst du, was du hier veranstaltest, mein Junge?«

Walker blickte auf. Der Schlag auf den Hinterkopf, den er bekommen hatte, als er rücklings auf das Deck aufgeprallt war, hatte ihn einige Zeit bewußtlos werden lassen, dazu kam das gehörige Quantum Whisky, das er intus hatte. Als er wieder zu sich gekommen war, war er über die ungewohnte Umgebung erstaunt gewesen und hatte sich langsam auf die unsichere Reise in seine Kabine gemacht. Ein paar Augenblicke auf den Beinen, und der schwankende Abstieg zum Oberdeck hatte ihn wieder für einige Zeit flachgelegt. In seinem Kopf fuhr der Whisky Karussell, und sein Magen hatte sich krampfhaft zusammengezogen, was sowohl auf den Scotch als auch auf Naismith' kräftigen Schlag zurückzuführen war. Nach einiger Zeit kam er wieder auf die Füße und taumelte auf die erleuchtete Tür des Querschiffsgangs zu. Er strauchelte lautstark über das Steuerbordsüll beim vergeblichen Versuch, die Seite des Schiffes zu erreichen. Er fiel der Länge nach auf das Steuerbordoberdeck, genau vor Hobdens Kabine und begann, sich krampfhaft zu entleeren. Jetzt blickte er hoch und sah den Ersten.

Hobdens Bart weckte in Walkers umnebeltem Gehirn seltsame Impressionen, die Deckslichter schienen um das zerzauste Haar des Steuermanns wie ein Halo. Walker, der sich mehr tot als lebendig fühlte, beschlich das Gefühl, seinem Schöpfer ins Antlitz zu schauen. Dieser Eindruck wurde noch einen Moment lang dadurch verstärkt, daß er spielerisch leicht unter den Armen angehoben wurde, so als ob er fliegen würde. Er ließ seinen Kopf willenlos hängen, ein paar Sekunden später spürte er, wie ihn ein starkes Kältegefühl durchlief.

»So, mein Junge, das wird dich ernüchtern. Und morgen früh kannst du diese verdammte Schweinerei vom Deck wegscheuern.« Hobden ließ den Strahl aus dem Feuerhydranten auf die zitternde Gestalt niederklatschen und richtete sich auf. Er fühlte sich besser. Einen Moment lang waren seine Gedanken nicht von der Vorstellung an Susans erregende Figur gefangen gewesen, und er hatte eine ihm bekannte Situation nach bewährtem Muster gemeistert.

Walker machte pathetisch abwehrende Armbewegungen unter dem Strahl kalten Wassers und stieß etwas hervor, was Hobden zuerst als Entschuldigung deutete.

»Aber ich wollte sie doch nur küssen . . .«

Hobden verstand schließlich die gelallten Worte, und ihre Bedeutung wurde ihm sofort klar. Er beugte sich über den Taucher und drehte den Hydranten ab.

»Was wolltest du?« fragte er ruhig.

»Das verdammte Huhn . . . Sie wissen schon, den Zweiten Offizier . . . nur ein verdammter kleiner Kuß und vielleicht ein bißchen fummeln . . . Oh, mein armer Kopf . . .« Er schüttelte sich, und sein Blick wurde klarer. Er starrte in das Gesicht des Ersten. Plötzlich fiel ihm wieder etwas ein. »Dieser Hundesohn von einem Käpt'n! Er hat mich geschlagen! Der Hund hat mich geschlagen! Das kann er mit mir nicht machen, ich laß mich nicht herumschubsen. Bei Gott, er hätte mich umbringen können, dieser Bastard . . .«

Hobden richtete sich auf. »Sie gehen jetzt in die Koje, Walker. Los, los, verpissen Sie sich nach unten!« Er sah zu, wie Walker unter Schmerzen auf die Beine kam, ohne ihm zu helfen. Hobden sorgte dafür, daß Walker in seine Koje kam. Dann kehrte er über den Niedergang im Aufbau in die Offiziersunterkünfte zurück. Er betrat das Offiziersdeck über einen Niedergang, der unmittelbar gegenüber von Susan Paulins Kabine lag. Die Tür stand weit offen und schwang langsam hin und her, als die *Active* etwas rollte. Ein schwacher weiblicher Duft kam aus der dunklen Kabine. Er wußte, daß sie nicht auf der Brücke war, denn Sobey ging die Ankerwache. Er war verwirrt, dann hörte er gedämpfte Stimmen vorne aus der Kabine des Kapitäns. Leise schlich er durch den Gang und blieb vor der Kapitänskajüte stehen. Durch den Vorhang hörte er die Stimmen von Susan und Naismith.

Er blieb stehen und lauschte. Zuerst war ihre Unterhaltung leise und vorsichtig. Dann wurde Naismith' Stimme etwas lauter. Sie enthielt eine für ihn untypisch leidenschaftliche Note:

»Sie wissen, Susan, daß es jetzt keinen Weg zurück mehr gibt! Wir haben wirklich und wahrhaftig alle Schiffe hinter uns verbrannt!«

Dann hörte er sie antworten.

Auch ihre Stimme klang leidenschaftlich, aber was

für Hobden viel wichtiger war, war der Gleichmut, der in ihrem Tonfall mitschwang: »Ja, aber was hätten wir auch sonst tun können?« fragte sie ruhig. »Es ist doch letztlich so wichtig, ehrlich vor sich selbst zu sein.«

13

Naismith erwachte mit einem seltsamen Gefühl der Zufriedenheit. Die Ungeheuerlichkeit dessen, was er in den frühen Morgenstunden getan hatte, überfiel ihn nicht mit der Angst, die er im Geheimen erwartet hatte. Statt dessen spürte er ein Gefühl unbekannter Freiheit in sich, so als wäre er aus dem Jammertal stolz emporgestiegen. Plötzlich wurde ihm die Ironie bewußt, die darin lag, daß er immer den Mund gehalten hatte, um seine Pension in einer Welt nicht zu gefährden, von deren bevorstehender Zerstörung er überzeugt gewesen war. Die gut ausgebildete und vorsichtige Seite seiner Natur zwang ihn, auch die unheilvolle Seite dieser gehobenen Stimmung zu bedenken, aber er konnte keine finden,

Nein, er hatte eine Entscheidung von großer Tragweite gefällt und war mit der Überzeugung aufgewacht, daß er das Richtige getan hatte. Ähnlich mußte es Susan ergangen sein. Wenn man bedenkt, daß sie einen unwillkommenen Eindringling zu mitternächtlicher Stunde an ihrer Tür gehabt hatte, sah sie bemerkenswert attraktiv beim Frühstück aus. Ihre haselnußbraunen Augen strahlten stärker als üblich, und sie blickte Naismith mehr als einmal während der Mahlzeit an.

Aber Naismith war nicht der einzige, dem diese Beschwingtheit im Verhalten des Zweiten Offiziers auffiel. Hobden stellte sie auch im Verhalten des Kapitäns fest und aus dem belauschten Gespräch schloß er, daß Naismith und Susan ein Verhältnis hatten.

Der Leuchtturm von Casquets konnte fünftausend Liter Wasser bunkern, stellte Naismith fest, und einen ordentlichen Schluck Dieselöl konnte er auch gebrauchen. In der mäßigen südwestlichen Brise, die androhte, daß mehr Wind kommen würde, ankerte die *Active* südlich des Leuchtturms und schickte ihre Boote durch den östlichen Priel, die zuerst Wasser und dann Diesel anlandeten. Das war eine Änderung der Pläne für Hobden, aber das war bei der BNAS nichts Ungewöhnliches, außerdem war er völlig damit beschäftigt zu verarbeiten, was er in der Nacht entdeckt hatte. Als der Tag fortschritt, schien es, daß es einen unwiderlegbaren Beweis für seine Auffassung gab. Eine seltsam gehobene Stimmung herrschte zwischen den beiden. Hobden bemerkte es wohl, und er spürte die Eifersucht, die in ihm fraß.

Die Tatsache, daß der Leuchtturm Casquets Brennstoff angefordert hatte, war kein besonders ungewöhnliches, zufälliges Ereignis gewesen, aber die rasche Wetterverschlechterung am Abend war es. Dazu kam weiter, daß es Sonnabend war, und daher konnten etwaige irregulären Ausflüge der *Active* erst am Montag morgen ans Tageslicht kommen, wenn Campbell wieder im Büro war. Zwar würde der Wachoffizier im Kontrollraum ihre Bewegungen aufnehmen, aber zweifellos war er zu unerfahren, um entscheiden zu können, ob sie in Übereinstimmung mit den Befehlen erfolgten oder nicht. Die Kapitäne waren nicht gerade dafür bekannt, daß sie ständig ungehorsam waren. Außerdem würde es nicht als irregulär erscheinen, wenn er die *Active* in Lee der Insel Guernsey vor Anker legte, während das Tief den Kanal hinauf brauste. Schon hatte der Wind nach Südwesten zurückgedreht und legte auf Sturmstärke zu. Die *Active* hob ihr Heck und tauchte vorne weg, wenn die Seen von achtern unter ihr hindurchliefen, nur um anschließend den Bug in den Himmel zu recken und mit dem Achterschiff in den Wellentrog zu rutschen. Drei Sturmvögel suchten achteraus in der nachlaufenden aufgewühlten See nach ihrem raren Futter.

Indem er die Arbeit bei den Casquets durchführte, hatte Naismith die wichtigste psychologische Hürde genommen. Die Tatsache, daß der Leuchtturm Nachschub von Dieselöl und Wasser benötigte, hatte ihm ganz einfach die Mühe erspart, einen Vorwand zu finden, der ihn wieder in dieses Seegebiet zurückführte. Superintendent Campbell würde es als übertriebenen Diensteifer einstufen, aber in Naismith' seemännischem Verständnis war das nur ein weiterer Beweis, daß das Schicksal seinen Plan unterstützte und ihm die Aufgabe übertragen hatte, an das Tageslicht zu bringen, was er als Verbrechen gegen die Menschlichkeit zu empfinden begann.

Er war die Fakten wieder und wieder durchgegangen. Als ersten Beweis für die Vorbestimmung sah er die Tatsache an, daß von allen Schiffen, die in jener nebligen Nacht im Kanal unterwegs gewesen waren, ausgerechnet die *Wallenstein* unter so seltsamen Umständen gesunken war. Er ignorierte die Tatsache, daß zur gleichen Zeit zehn oder zwanzig andere Schiffe unbeschadet den Kanal passiert haben konnten, deren Ladung genauso tödlich für die menschliche Rasse war. Keines dieser Schiffe hatte aber seine

Aufmerksamkeit erregt. Sie befanden sich außerhalb des Wirkungskreises seines Schicksals. Und als weiteren Beweis für das Eingreifen der Vorsehung betrachtete er die Tatsache, daß jetzt ein Sturm tobte, der verhinderte, daß er dieses Seegebiet verließ.

Er konnte es kaum erwarten, bis der Telefonanruf von Susans Freund in den frühen Morgenstunden der folgenden Nacht anstand. Mit einiger Ungeduld winkte er sie kurz nach Mitternacht in seine Kabine und schloß die Tür.

Es gab nichts in Naismith' Verhalten, das den beobachtenden Hobden daran zweifeln lassen konnte, daß er eine Affäre mit dem Zweiten Offizier hatte.

»Hallo, Darling . . . ja. Hast du etwas herausgefunden?« Es folgte eine lange Pause, in der Susan auf einem Stück Papier mitschrieb. Naismith war überrascht, daß sie Steno konnte, dann fragte er sich, warum es ihn verwunderte. Er schenkte zwei Drinks ein. Einen kleinen Cognac für sie und einen großen Whisky für sich. Es war ungewöhnlich, daß er auf See trank, wie er schon vor vierundzwanzig Stunden festgestellt hatte, aber er hatte die Boote verbrannt und den Rubikon überschritten.

Susan legte den Hörer hin und stieß einen langen Seufzer aus.

»Nun?«

»Es ist schlimmer, als wir dachten. Die *Wallenstein* ist nicht das erste Schiff mit dieser Art Ladung, sondern schon das dritte. Danke.« Sie nahm den Cognac und nippte daran.

»Peter hat eine Reihe von Dingen herausgefunden. Zuerst untersuchte er die Angelegenheit in St. Peter Port. Beide Männer sind tot. Als Todesursache wurde eine Vergiftung durch eine besondere Schellfischart festgestellt, aber es hat keine Autopsie gegeben ...«

Naismith blickte aus dem Kabinenfenster. Die Lichter von St. Peter Port funkelten in einer Meile Entfernung. Da lagen auch die Leichen zweier Männer und ein Fischerboot ohne Besatzung mit dem Namen *Three Brothers*. Einen Augenblick lang dachte er daran, an Land zu gehen, um mehr zu erfahren, aber der wilde Sturm und das Außergewöhnliche einer solchen Handlung ließen ihn die Idee verwerfen.

»Dann«, fuhr Susan fort, »hat er die Autoren des Fernsehberichts über das Nervengas ausfindig gemacht. Es handelt sich um ein westdeutsches Filmteam unter Leitung eines gewissen Harald Dietz. Der gesendete Bericht war nur der Teil einer längeren Untersuchung über den Einsatz chemischer Waffen, an der er arbeitet. Er hat herausgefunden, daß diese Teile in Westdeutschland gelagert werden, und er ist darüber nicht allzu erfreut. Anscheinend gibt es eine Firma für industrielle und landwirtschaftliche Chemikalien, die auch derartige Substanzen produziert.«

»Verdammt!«

»Ja, es ist wirklich keine schöne Geschichte. Seltsam, daß der Stoff mit liberianischen Schiffen verschickt wird, wenngleich ...«

»Das spielt keine Rolle. Diese Schiffe können nahezu jedem gehören.«

»Das ist wahr. Das ist das häßliche Gesicht des Kapitalismus.«

»Noch etwas?«

»Eigentlich nicht. Er sagte noch, daß er kein Glück bei dem Versuch hatte, herauszufinden, ob die *Harwich* alle Fässer geborgen hat. Sein Kontaktmann im

Verteidigungsministerium benahm sich sehr seltsam, als Peter ein wenig vorfühlte.«

»Seltsam?«

»Ja. Peter meinte«, sie blickte auf ihre Stenonotizen: »›Ich war mit ihm zum Lunch verabredet, weil ich der Meinung war, daß eine Unteredung unter vier Augen das Beste wäre, aber seine Reaktion war seltsam. Seltsam genug, um mich davon zu überzeugen, daß etwas schief gelaufen sein mußte.‹«

»Ihr Peter scheint ein sehr sorgfältiger Mensch zu sein.«

»Das sagte ich Ihnen doch bereits.«

»Richtig. Das erklärt wohl alles, nicht wahr?« Er machte eine Pause und blickte ihr in die Augen. »Susan, falls wir dieses Faß heben, und es wird ein richtig großes Ding, dann können wir jede Menge Ärger bekommen. Besonders weil – wer oder was hinter dieser Angelegenheit auch stehen mag – die britische Regierung darin verwickelt sein muß. Warum sonst hätte die *Harwich* das Wrack untersucht? Ich wage zu behaupten, daß sie es auf das Geheiß der Amerikaner tun, aber wir können in eine verdammt heiße Hölle geraten. Wir können unsere Jobs verlieren.«

»Das interessiert mich nicht, nicht für meine Person. Mir ist klar, daß es für Sie sehr viel schwieriger sein muß, aber meine Gefühle sind so stark, daß mir mein Job egal ist.«

Er lächelte sie an. »Das haben Sie mir letzte Nacht auch schon gesagt.«

»Wenn Sie die ganze Sache aufgeben wollen, würde ich das verstehen. Ich denke, daß wir Peter die richtigen Hinweise gegeben haben, und er wird sicher alles publizieren.«

»Das ändert nichts an der Tatsache, daß ein Faß voll mit diesem Mistzeug unten auf dem Meeresgrund liegt, und wir wissen, daß es sogar tödlich wirkt, wenn es extrem verdünnt wird. Ein Trawler könnte es zum Beispiel mit seinem Grundgeschirr beschädigen . . .«

»Glauben Sie, daß wir es wiederfinden werden?«

Naismith schnaubte durch die Nase. »Ich weiß es nicht. Aber ich weiß, daß wir es versuchen können.«

Der Sturm hielt zwölf Stunden an. Am Morgen des Sonntags war der Wind nach Nordwesten ausgeschossen und flaute auf eine frische kalte Brise ab, die das Wasser des Kanals unter hohen Cumuluswolken kräuselte. Am Nachmittag näherte sich die *Active* dem Liegeplatz der *Wallenstein*.

Naismith stand auf der Brücke und blickte auf das Bootsdeck hinunter. Scranton hatte die Lüge geschluckt und bereitete gerade seine Geräte im Motorboot vor, das darauf wartete, ausgeschwungen und gefiert zu werden.

»Wir haben den Befehl bekommen, daß wir versuchen sollen, ein fehlendes Faß mit diesen Chemikalien aufzuspüren, Mr. Scranton. Allerdings nimmt man an, daß wir nicht wissen, wie tödlich die Wirkung des Gifts sein kann«, hatte er vor kurzem in der Abgeschiedenheit seiner Kabine gesagt, »falls Sie also nicht runter wollen, verstehe ich das voll und ganz und kann Sie wahrscheinlich auch decken . . .«

»Das ist schon in Ordnung, Kapitän. Ich bin sicher, daß in der langen Zeit, die vergangen ist, alles weggespült wurde, da mache ich mir keine Sorgen. Ich freue mich darauf, etwas tun zu können.«

»Sie können diesen jungen Bastard Walker runterschicken, falls Sie möchten.«

»Den?« Scranton grinste geringschätzig. »Der kann sich um meine Sicherheitsleine kümmern. Zu mehr taugt er nicht. Er wurde bei den Arbeiten in der Nordsee gefeuert, wissen Sie . . .«

Naismith lächelte in sich hinein. Er hatte an Scrantons Eitelkeit appelliert und gewonnen. Der Taucher war scharf darauf, seinen guten Ruf wiederherzustellen, besonders an dem Ort, wo er meinte, ihn verloren zu haben. Naismith sah zu, wie das Boot von der Bordwand abschor, dann ging er wieder in das Ruderhaus. Die *Active* lief mit ganz langsamer Fahrt, um ihre Position eine dreiviertel Meile vom Wrack der *Wallenstein* in Wind und Gezeitenstrom zu halten. Vom Grund kam nur das Ping des Sonars von ihrem zerborstenen Rumpf zurück. Susan hüpfte aufmerksam zwischen Sonar- und Deccagerät hin und her und dann zurück an den Kartentisch. Hobden glänzte durch Abwesenheit. Es gab keinen Grund für seine Anwesenheit auf der Brücke, aber es war trotzdem ungewöhnlich. Aber immerhin war der Erste ein vielbeschäftigter Mann, und die Aversion von Chas gegen nichtssagende Gespräche war bekannt. Außerdem war es am besten, wenn nur die Verschwörer anwesend waren, wenn das »Verbrechen« begangen wurde.

Susan blickte vom Radarschirm auf. »Das Boot ist in Position, Sir.«

Naismith hob das Walkie-talkie. »Motorboot von der *Active*, Sie sind in Position.«

»Roger.« Er sah Sobey bestätigend die Hand heben. Die Crew fierte einen Bojenstein mit einem Zentner Gewicht an den Grund, damit Scranton eine Hilfsleine hatte. Sie hatten jetzt Niedrigwasser, und Scranton verlor keine Zeit mit dem Tauchen.

Naismith machte es sich bequem, um abzuwarten.

Zwanzig Minuten später sahen sie Scranton wieder an der Oberfläche, beobachteten, wie er ins Boot gezogen wurde und seine Preßluftflaschen wechselte. Naismith widerstand der Versuchung, sich von Sobey einen Bericht geben zu lassen. Er blickte auf seine Uhr. Stillwasser war vorbei. Er mußte die Umdrehungen erhöhen, um auf Position zu bleiben. Der Taucher verschwand.

»Scranton fordert sein Glück heraus«, murmelte er vor sich hin. Plötzlich sah er Scrantons Kopf wieder neben dem Motorboot auftauchen. Eifrige Hände holten ihn binnenbords, und Gerätschaften wurden sortiert. Das Walkie-talkie knackte. »Motorboot an *Active*. Genau mitten in die Zwölf!«

Naismith' Hände zitterten, als er das Gerät an den Mund hob. »Gute Arbeit«, meinte er gleichmütig, »holen Sie die Hilfsleine ein, ich komme dann längsseit und nehme es Ihnen ab.«

»Roger.« Er drehte sich um und sah, daß Susan neben ihm stand.

»Ich glaube es nicht«, flüsterte sie.

»Ich auch nicht«, meinte er, »aber es ist wahr. Sagen Sie dem Bootsmann Bescheid. Er soll sich auf dem Vordeck bereithalten, und dann werden wir es an Bord holen.« Ihre Augen trafen sich. Wenn sie das Faß beschädigten, waren sie schon so gut wie tot.

»Aye, aye, Sir!«

»Motorboot an *Active* – wir haben alles eingehievt und warten auf Sie.«

»Roger.« Er drückte die Maschinenkontrollhebel auf halbe Fahrt voraus. »Backbord zehn ... Mittschiffs, recht so!« Er stoppte die Motoren, als sich die *Active* dem wartenden Motorboot näherte. Eine Wurfleine flog von der Seite des Tenders hinüber und wurde von der Bootsbesatzung gepackt. Naismith gab einen Schlag rückwärts. Der Rumpf erzitterte, als die Fahrt aus dem Schiff genommen wurde. Die Männer des Bootsmanns holten die Wurfleine ein und dann eine schwerere Polypropylentrosse. Hobden erschien auf dem Vordeck. Die Trosse wurde vom Boot an Deck übergeben.

»Lassen Sie den Ladebaum klar zum Hieven ausschwingen, Bootsmann.« Hobden übernahm das Kommando, und der kleinere hintere Ladebaum an Backbord schwang nach außenbords. Die Polypropylentrosse kam stramm, und Leichtmatrose Ellice nahm einen Törn über das achtere Spill. Naismith lehnte sich über die Brückennock, Susan war neben ihm. Beide hielten den Atem an.

Plötzlich durchbrach das Faß die Oberfläche. Es war ein unscheinbares grünes Faß mit der mit weißer Farbe aufgemalten Bezeichnung »Dry-Cleaning Fluid« und dem Bestimmungshafen *Santa Maria*. Das Firmenlogo erinnerte an das Wappen der Isle of Man. »Festhieven!« blökte Hobden in Richtung von Ellice, dann wandte er sich der Bootsmannschaft zu.

»Los jetzt, hakt die Talje ein . . .!«

Sobeys Boot kam längsseits, und die Talje wurde eingehakt, um eine Beschädigung des Fasses zu verhindern, wenn es über die Reling gehievt wurde. Zwei Minuten später stand es an Deck.

»Los, lascht das verdammte Ding fest«, knurrte Hobden gereizt.

»Ich frage mich, wer den am Schwanz gezogen hat?« murmelte Ellice, der mit dem Laschen beschäftigt war.

»Vielleicht Susie Paulin«, antwortete Harris und grinste obszön.

»Du bist ein blöder Hund, Harris, denn das würde wahrscheinlich selbst Hobden zum Lächeln bringen . . .«

»Quatscht keinen Schweinkram, ihr beiden«, fuhr sie Mr. Jones, der Bootsmann, an.

Auf der Brücke brachte Naismith die *Active* auf einen Kurs den Kanal aufwärts. Er atmete erleichtert tief durch und konnte sein Glück noch immer nicht ganz begreifen. Seine Berechnungen mußten absolut korrekt gewesen sein . . .

»Sir.« Er blickte in die Backbordbrückennock. Susan Paulin blickte nach achtern, und ihr Gesicht war sehr ernst.

»Stellen Sie den Autopiloten an, Quartermaster«, befahl er Potts und ging zu ihr hinaus. Sie deutete nach achtern.

»Ich fürchte, wir sind beobachtet worden.«

Das Flugzeug beendete seine Drehung und kam in geringer Höhe zu ihnen zurück. Sie sahen zu, wie es größer wurde und ignorierten das Lachen, das vom Bootsdeck erklang, wo die Bootsbesatzung und die Taucher die Geräte aus dem Boot luden und sich gegenseitig gratulierten.

Die Nimrod röhrte in Masthöhe über sie hinweg.

»Glauben Sie, daß die uns aufnehmen?« erkundigte sich Susan plötzlich.

Naismith sah über die Brückenverschanzung nach vorne. Das Faß stand gelascht am Lukensüll, die weiße Aufschrift und das Logo wiesen nach außen. In seinem Magen begann sich ein Vorgefühl drohenden Unheils einzunisten. Er sah Susan an.

»Was auch immer geschehen mag, Susan, denken Sie daran: Wir haben immer nur gedacht, daß dieses Zeug eine giftige Chemikalie sei. Wir wissen *nichts* von Nervengas. Zumindest, bis wir an Land sind und mit Ihrem Freund Kontakt aufnehmen können.«

»Warum sagen Sie mir das, Sir?«

»Weil ich glaube, daß unsere Glückssträhne genau jetzt zu Ende ist.«

14

»Du hast ganz schön danebengelegen, Pottsy, oder etwa nicht?« stichelte Harris, als die Matrosen in der Messe saßen und Smoketime machten.

Quartermaster Potts, der um vier Uhr gerade von der Brücke heruntergekommen war, ignorierte die Bemerkung. Er schlürfte seinen halben Liter Tee und rollte sich eine Zigarette.

»'ne H-Bombe, das war für den Arsch«, fuhr Harris fort und plierte zu den anderen Seeleuten, die um die Back herum saßen.

»Warum hältst du nicht mal dein großes Maul!« sagte einer ruhig. »Es ist doch ganz offensichtlich, daß man einen Riesenaufriß veranstaltet hat, um das Faß zu bergen. Ich glaube, daß Pottsy mehr oder weniger recht hatte. Die Navy steckt dahinter, die wollen das Faß zurückhaben . . .«

»Deshalb hat sich Pottsys U-Boot dafür interessiert.«

»Na klar, und der verdammte Zerstörer auch.«

»Komisch, daß sie es nicht gefunden haben, oder? Ich meine, mit der ganzen beschissenen Elektronik, die die spazierenfahren, da muß erst die olle *Active* kommen und gleich voll ins Schwarze treffen.«

»Der Alte ist ein schlauer Hund.«

»Der Alte ist ein Arsch«, maulte Harris.

»Schon recht«, stimmte ihm ein anderer zu, »aber ein schlauer Arsch, Harris, nicht so ein blöder wie du.«

»Gut gemacht, Mr. Scranton«, Naismith schüttelte dem lächelnden Taucher die Hand.

»Danke, Kapitän.« Scranton sah erfreut aus. »Sie haben mich genau darüber abgesetzt. Ich habe die Hilfsleine in einem Radius von fünfzig Fuß umkreist – nichts. Dann bin ich auf achtzig Fuß gegangen und Bingo! Wie Sobey es ausdrückte, genau in die Mitte der Zwölf.«

»Jedenfalls war es verdammt gute Arbeit . . .«

»Ich vermute, daß die ganze Chose geheim ist? Ich meine, die Jungs in der Messe stellen wilde Spekulationen an.«

Naismith nickte. »Es wird am besten sein, wir halten es unter der Decke. Jetzt«, er wechselte das Thema, »habe ich vor, St. Peter Port anzulaufen. Von dort können Sie nach Hause zurückfliegen.«

»Das eilt nicht, Kapitän.«

»Ich möchte Walker vom Schiff haben«, er drehte sich um und wandte sich an den Ersten. »Hallo, Chas, ich habe gerade Mr. Scranton mitgeteilt, daß wir ihn in St. Peter Port an Land setzen werden.«

»Ich habe davon gehört.« Hobden drehte sich abrupt um und ließ Naismith verdutzt zurück.

»Walker hat sich dafür entschieden, keine Beschwerde gegen Sie zu erheben, Kapitän«, nahm Scranton den Faden wieder auf.

»Ach ja? Ich fürchte, er wäre damit auch nicht sonderlich erfolgreich gewesen, besonders wenn man bedenkt, was er im Sinn gehabt hat . . .« Naismith fügte nicht hinzu, daß er sich bestimmt wohler fühlen würde, wenn er auch Scranton an Land abgesetzt hatte.

Frank Davis lag auf seiner Koje und starrte auf Juanitas Fotografie. Er fragte sich, wo sie jetzt wohl war, und unterdrückte ein aufsteigendes Panikgefühl in seinem Magen, das ihn überkam, wenn er daran dachte, daß er nur noch eine Woche auf der *Active* Dienst tun würde. Dann würde er frei sein, frei, um den Atlantik zu überqueren, befreit von seinem aussichtslosen Plan, eine Familie in einem Land versorgen zu müssen, für das er nur Gleichgültigkeit empfand.

»He, Frank!« Die Kabinentür flog auf, und das aufgeregte Gesicht des Leichtmatrosen Ellice blickte ihn an. »In der Glotze bringen sie einen Bericht über Costa Maya!«

Davis schwang seine Beine aus der Koje und folgte Ellice in die Messe.

Das Fernsehbild zeigte eine Staubwolke, die sich langsam verzog. ». . . Regierungsquellen gaben heute bekannt, daß die Offensive der Rebellen zurückgeschlagen wurde. Ein letztes Aufbäumen der Insurgenten, der unvermeidliche Zusammenbruch des Aufstands steht unmittelbar bevor . . .« Es folgte eine Nahaufnahme von Artilleristen mit Stahlhelm, die eine Granate in den Geschützverschluß einführten. Hinter ihnen rasselte ein Panzer vorbei. Die Stimme des Reporters fuhr fort: »Aber inoffizielle Kreise, die für gewöhnlich vertrauenswürdig waren, berichten, daß sich starke Einheiten der linken Milizen weiter auf dem Vormarsch nach Santa Maria befinden und daß die Behauptung in der letzten Woche, die Junta habe die Kontrolle über das ganze Land, pure Propaganda gewesen. Genau weiß man nur, daß F4 Jagdbomber, die von den Amerikanern geliefert wurden, pausenlos westlich von Santa Maria Angriffe fliegen ...« Ein Jabo huschte über den Bildschirm. »... zumindest zwei dieser Flugzeuge sind abgeschossen worden, die Milizen sprechen von sechs Abschüssen. Diese Quellen behaupten auch, daß Nervengas gegen Ansammlungen der Bevölkerung eingesetzt wird. Zusammen mit dem Flüchtlingsproblem an den Grenzen von Costa Maya nähert sich die Situation mit bedrohlicher Geschwindigkeit der Entscheidung. Die Hauptsorge hier ist, wie die Vereinigten Staaten reagieren werden, wo sich der Wahlkampf um die Präsidentschaft ebenfalls seinem Höhepunkt nähert.«

»Sieht nicht sonderlich gut aus, Frank«, meinte Ellice und lächelte freundlich den wortkargen Liverpooler an, für den er einigen Respekt entwickelt hatte.

»Nein, überhaupt nicht gut.«

In der Morgendämmerung hatten sie die Halbinsel von Cherbourg querab, nachdem sie in der Nacht Scranton, Walker und deren Gerät in St. Peter Port an Land gesetzt hatten. Naismith würde von Campbell ohne Zweifel wegen der zusätzlichen Flugkosten ein paar unfreundliche Worte zu hören bekommen, aber er konnte das auf Grund von Walkers Fehlverhalten vertreten. Der BNAS würde eben für das Privileg zahlen müssen, daß er Frauen beschäftigte, dachte Naismith mit einem freudlosen Lächeln.

Naismith hörte das Flugzeug, während er sich rasierte. Er rannte an sein Kabinenfenster und sah gerade noch die Nimrod abdrehen und Höhe gewinnen.

Von Nimrods beobachtet zu werden, war an sich nichts Ungewöhnliches, aber Naismith wußte, daß das kein Routinecheck gewesen war, bei dem geprüft wurde, ob sie ein illegaler Fischdampfer waren. Das Verteidigungsministerium wollte den Aufenthaltsort der *Active* wissen. Nun, jetzt kannten sie ihn, und der nächste Zug lag bei ihnen. Und der kam schneller, als er erwartet hatte. Noch bevor er den Schaum aus dem Gesicht gewaschen hatte, klingelte das Satellitentelefon. Er schlenderte in seinen Wohnraum und nahm den Hörer ab.

»*Active*, Kapitän.«

»Ist dort . . . ist da . . . der Kapitän?« Die Stimme klang unterdrückt.

»Ja.« Er mußte sich diesmal anstrengen, um den Mann zu verstehen, sonst waren die Verbindungen immer kristallklar.

»Hier ist Peter, Kapitän, keine weiteren Namen mehr, okay? Bestellen Sie der dritten beteiligten Partei in dieser Angelegenheit, daß die Sache den Bach runtergegangen ist. Die dicken Fische hatten mich letzte Nacht in der Mangel. Zu viele Fragen, lautete ihre Erklärung.«

»Geht es Ihnen gut?« Naismith' Herz begann zu pochen.

»Nein, das kann man wirklich nicht sagen. Sie haben einen empfindlichen Nerv angepiekt, Kapitän. Die Kacke ist am Dampfen. Ich habe meinen Teil abbekommen, der Rest ist auf dem Weg zu Ihnen.«

»Werden Sie die Angelegenheit weiterverfolgen?«

»Nein. Das geht nicht . . . ich muß jetzt aufhören. Sagen Sie ihr, Sie wissen schon wem, daß es mir gutgeht und, Kapitän . . .«

»Ja?«

»Bringen Sie sie in einem Stück zurück.«

Die Leitung war tot. Naismith stand mit dem Hörer in der Hand da und starrte ihn blöde an. »Oh, mein Gott . . .« murmelte er.

Die *Harwich* fand sie gegen Mittag. Sie kam von Norden mit einem großen weißen Knochen vor dem Steven herangeschossen. Naismith hatte nach ihr Ausschau gehalten und befand sich schon auf der Brücke. Er hatte den Morgen verbummelt und dafür gesorgt, daß die UKW-Empfänger leise gestellt waren. Von Zeit zu Zeit hatte er einen Blick in Richtung der englischen Küste geworfen, die im Norden hinter dem Horizont lag.

Zusammen mit einem halben Dutzend anderer Schiffe näherte sich die *Active* dem engen Verkehrstrennungsgebiet, das die nach Nordwesten laufende Schiffahrt durch die Straße von Dover benutzen mußte. Es begann am Meridian von Greenwich und führte an der französischen Küste entlang bis zu den Sandettié-Sandbänken vor Calais.

Naismith beobachtete, wie sich der Zerstörer näherte. Die *Harwich* konnte ungefähr doppelt so schnell wie die *Active* laufen. Er fühlte sich schlicht hilflos, ein Gefühl von Wankelmut und Torheit beschlich ihn.

Was hatte er getan? Was würden die Konsequenzen für Wendy und die Kinder sein? Was, um Himmels willen, wollte er beweisen?

Aber er wußte es. Er versuchte, zu verhindern, daß Menschen mit barbarischen Methoden massakriert wurden, nur weil sie ihre Menschenrechte wahrnehmen wollten. Die Tatsache, daß er den Behörden seines eigenen Landes die Stirn bieten mußte, zeigte nur die monströse Dimension dieses Problems und die seltsamen Verästelungen der internationalen Machtpolitik. Sollte Peter recht haben, dann war die britische Regierung in einen menschenverachtenden Handel mit ihren amerikanischen Alliierten verwikkelt. Dann konnte man die Sache nicht stillschweigend unter den Teppich der Geheimhaltung kehren. Das war nicht demokratisch. Alle Beweise schienen für die sauberen Recherchen von Susans Freund zu sprechen. Das Dilemma widerstreitender Loyalitätsgefühle schien Naismith nicht mehr so drückend. Er mußte nicht die Wahl zwischen zwei Übeln treffen. Das einzige, was er tun konnte, war, dem Bösen zu widerstehen.

»Der Zerstörer«, bemerkte Sobey mit einem erstaunten Gesichtsausdruck, »scheint auf uns zuzuhalten, Sir.«

Naismith nickte. »Ja, ich behalte ihn im Auge. Sie werden jetzt die Wache an Susan übergeben wollen.«

»Jawohl, Sir.«

»Machen Sie weiter.« Er hob sein Fernglas und sah der sich nähernden *Harwich* zu. Hinter ihm wechselte die Wache im Ruderhaus. Eine Aldislampe begann, sie aus der Steuerbordnock der *Harwich* anzublinken. Er ignorierte es, die Männer der *Active* würden jetzt in der Messe sitzen und ihr Mittagessen verzehren. Also würde es nicht allzu viele Zuschauer bei dem Zusammentreffen geben. Susan kam heraus und stellte sich neben ihn.

»Darauf haben wir gewartet, Sir.«

»Ja.«

»Was, glauben Sie, wird er machen?«

»Ich habe keine Ahnung, aber vielleicht sollten Sie die Lautstärke des UKW-Geräts hochdrehen.«

Es war klar, daß der Mann auf dem Zerstörer sie schon lange Zeit gerufen hatte, seine Stimme klang müde und lustlos.

»*Active, Active, Active*, hier ist das Kriegsschiff *Harwich*, hören Sie mich? Over.«

Naismith zögerte keinen Moment länger. Der lange schlanke Rumpf des Zerstörers schwang auf einen Parallelkurs zur *Active* ein. Sein Bug war auf gleicher Höhe mit der Brücke der *Active*. Die Bugwellen der beiden Schiffe klatschten gegeneinander, als die *Harwich* ihre Fahrt reduzierte, um neben ihrer Beute zu bleiben. Naismith nahm den Hörer ab.

»Kriegsschiff *Harwich*, hier ist die *Active*. Was kann ich für Sie tun?«

»*Active*, hier ist das Kriegsschiff *Harwich*, bleiben Sie auf Stand-by . . .« Der Funker war überrascht, daß er schließlich doch Kontakt bekommen hatte, jetzt mußte er einen Offizier informieren. Naismith ging zum Autopiloten hinüber und veränderte die Gradeinstellung. Langsam änderte die *Active* ihren Kurs nach Backbord, er führte jetzt vor dem Bug der *Harwich* vorbei. Durch sein Fernglas beobachtete Naismith, daß der Wachoffizier genau bemerkte, was geschah. Weiter sah er, daß er die Aufmerksamkeit von Kapitän Troughton darauf lenkte. Der scharf geschnittene Bug der *Harwich* drehte auf das Heck der *Harwich* zu. Naismith justierte den Autopilot wieder auf den ursprünglichen Kurs und brachte so die *Active* genau vor den Bug ihres Verfolgers. Quartermaster Potts blickte Naismith höchst merkwürdig an.

»Ich prüfe nur, ob meine Steuergelder richtig verwendet werden, Mr. Potts, indem ich den Ausbildungsstand der Navy teste.« Potts Stirnrunzeln wurde stärker, er sah Susan an.

»Keine Sorge, Mr. Potts«, sagte sie gleichmütig, »Kapitän Naismith tut nur seine Pflicht.«

Potts zuckte die Achseln, griff sich eine Flasche Sidol und begann, das Messing im Ruderhaus der *Active* zu putzen.

Die *Harwich* drehte aus dem Kielwasser der *Active* heraus, erhöhte die Geschwindigkeit und nahm ihre alte Position wieder ein. Das UKW meldete sich.

»*Active, Active*, hier ist das Kriegsschiff *Harwich*. Stoppen Sie bitte Ihr Schiff. Ich wiederhole, stoppen Sie Ihr Schiff! Over.«

»Gehen Sie an das Gerät, Susan. Ich möchte, daß es ganz cool und weiblich klingt. Fragen Sie . . . nein, bitten Sie ihn, es nochmals zu wiederholen.«

Susan nickte, sie war sehr bleich.

»Bitte wiederholen Sie Ihre Nachricht, *Harwich*. Over.« Es entstand eine Pause.

»Guten Tag, *Active*. Sie müssen Ihr Schiff sofort stoppen . . .«

Das war ganz deutlich beste Dartmouthschule*. Naismith nickte zufrieden. »Sagen Sie ihm, daß Sie erst den Kapitän informieren müssen.«

»*Harwich, Harwich*, hier ist die *Active*. Sie wollen, daß ich mein Schiff aufstoppe, ist das korrekt?« Susan zwinkert Naismith zu.

Ein Seufzer kam über den eingeschalteten Träger des UKW, dann erwiderte eine Stimme mit mühsam erzwungener Geduld: »Das ist korrekt, *Active*, stoppen Sie Ihr Schiff!«

Susan kicherte. »Meinen Sie das ernst? Ich dachte, daß Sie vorhaben, mich für eine Übung zu benut-

* In Dartmouth befindet sich die britische Marineakademie. (Anm. d.Ü.)

zen ...« Sie preßte ihre Lippen zusammen, um ein Lachen zu unterdrücken.

»Das, mein liebes Mädchen, war verdammt eindeutig zweideutig.« Naismith grinste in sich hinein.

Aber die Navy schien überhaupt nicht amüsiert. »Das ist ein Befehl! Sie werden Ihr Schiff sofort stoppen, *Active*!«

»*Harwich*, warten Sie einen Moment, ich informiere den Kapitän.« Sie ließ den Hörer sinken. »Puhh!«

»Gut gemacht.«

»Glauben Sie, daß es eine gute Idee war, sie so zu reizen?«

»Nein, aber das alles ist über den Kanal 16* gelaufen, und die ganze Welt hat zugehört.« Er nahm den Hörer aus ihrer Hand. »Ich werde jetzt scharf und aufgeregt sein.« Er sprach in das Mundstück. »*Harwich, Harwich*, hier ist die *Active*, gehen Sie bitte auf Kanal 6.«

Beide wechselten den Kanal, dann fuhr Naismith fort: »Hier spricht der Kapitän. Wie ich höre, verlangen Sie von mir, daß ich mein Schiff stoppe. Wollen Sie mir die Fotografien zurückbringen? Over.«

»Nein, Kapitän, darum geht es nicht!« Die Stimme klang nach dem Ersten Offizier. Er war offensichtlich genauso stinksauer wie bei ihrem letzten Zusammentreffen. »Wir fordern Sie auf, Ihr Schiff zu stoppen und unsere Entermannschaft zu erwarten! Over.«

»Es tut mir leid, *Harwich*, aber ich kann Ihrem Ersuchen nicht nachkommen und stelle in Frage, daß Sie das Recht haben, mein Schiff zu betreten.«

»Ich kann Ihnen versichern, Kapitän, wir verfügen

* Kanal 16 ist der Not- und Anrufkanal, er wird ständig abgehört. (Anm. d. Ü.)

über umfassende Vollmachten, die uns gestatten, das Schiff zu entern. Stoppen Sie jetzt bitte Ihr Schiff!«

»Kann ich bitte mit Kapitän Troughton sprechen? Over.«

Eine Pause trat ein, dann erklang Troughtons umgängliche Stimme aus dem Äther. Naismith konnte durch das Fernglas sehen, wie er den Hörer in der Hand hielt.

»Guten Tag, Kapitän. Bitte leisten Sie meinen Anordnungen Folge, falls nicht, müssen Sie mit ernsthaften Konsequenzen rechnen.«

»Ich würde gerne wissen, warum sie mein Schiff entern wollen, Kapitän Troughton. Over.«

»Hören Sie auf, Versteck mit mir zu spielen, Naismith, und stoppen Sie Ihre Maschinen!«

»Dieses Schiff hat nichts Illegales getan, Kapitän, und ich spreche Ihnen das Recht ab, mich auf Hoher See zu entern.«

Von der *Harwich* kam keine Antwort, aber Naismith sah, daß sie die Fahrt erhöhte und dann wieder verlangsamte, als sich beide Brücken auf gleicher Höhe befanden. Für einen unbefangenen Beobachter mußte es tatsächlich so aussehen, als ob hier eine Übung stattfinden würde. Die *Harwich* überragte die *Active,* ihre dicken Masten und Radardome dräuten unbarmherzig über ihr. Naismith ging in die Backbordbrückennock hinaus. »Übernehmen Sie das Ruder, Mr. Potts, Kurs null-acht-null und kein Grad nach Backbord abfallen!«

»Null-acht-null und nicht nach Backbord, Sir.« Potts übernahm mit einem Gefühl der Erleichterung das Ruder. In solchen Situationen war es gut, wenn man etwas zu tun hatte.

Naismith griff das Megaphon und wartete auf

Troughton, der plötzlich in der Steuerbordbrückennock der *Harwich* erschien.

»Was für Spielchen treiben Sie, Naismith, zum Teufel nochmal? Sie wissen verdammt genau, daß ich Sie stoppen und entern kann.«

»Vielleicht, Kapitän, aber ich habe ein verbrieftes Recht, zu wissen, warum.«

»Ich bin nicht im Club der Schwätzer. Ich befehle Ihnen, zu stoppen!«

Naismith bemerkte zwei Männer hinter Troughton. Einer, der eine Khakiuniform trug, blickte durch ein Fernglas, der andere trug eine nicht zu identifizierende Uniform, er deutete auf das Vordeck der *Active*.

»Ich weiß, daß Sie das Faß von uns haben wollen, Troughton, aber es ist rechtmäßig geborgenes Gut, und Sie können es nicht beschlagnahmen.«

Troughton antwortete nicht, aber er hatte sich etwas zurückgezogen und schien sich mit jemandem zu beraten. Naismith hoffte, daß Troughton ihm kommerzielle Motive unterstellte.

»Ist es denn rechtmäßig geborgenes Gut, Sir?« erkundigte sich Susan zweifelnd.

»Das weiß ich nicht, ich nehme jede Wette an, daß auch Troughton es nicht weiß.« Er sah, daß Troughton sein Megaphon hob.

»Kapitän«, rief er, auf Einsicht hoffend, »es handelt sich um ein Droit of the Crown* . . .«

»Quatsch!« rief Naismith zurück. »Wie kann ein Faß mit Reinigungsflüssigkeit von einem deutschen Schiff ein Droit of the Crown sein, wenn es aus internationalen Gewässern geborgen wird? Und falls es eine sehr *wertvolle* Reinigungsflüssigkeit ist, Kapitän

* Recht der Krone an **feindlichem** Eigentum. (Anm. d. Ü.)

Troughton, dann steht den Bergern ein gerechter Anteil an seinem Wert zu.«

Es entstand wieder eine Pause, in deren Verlauf Hobden auf der Brücke erschien.

»Was zum Teufel geht hier vor?« grollte er. Susan hörte ihn und drehte sich um.

»Alles in Ordnung, Chas, der Kapitän diskutiert ein wenig mit dem Kommandanten des Zerstörers. Er will das Faß mit der Reinigungsflüssigkeit auf dem Vordeck nicht herausgeben.«

Hobden blickte auf sie herab. Seit er von ihrer Affäre mit Naismith zu wissen glaubte, erfüllte ihr Anblick ihn mit Abscheu.

»Und Sie sind der Meinung, daß das in Ordnung ist?« Er ging an ihr vorbei und näherte sich Naismith gerade in dem Augenblick, als Troughton wieder das Megaphon hob.

»Kapitän, Sie verstehen mich nicht. Es ist absolut unverzichtbar, daß Sie Ihr Schiff stoppen. Sie und Ihre Crew werden durch die Chemikalien, die sich in dem Faß befinden, gefährdet. Es ist eine hochkonzentrierte Industriechemikalie, und wir müssen sie sofort an Bord nehmen!«

Troughtons Bekanntmachung verfehlte ihre Wirkung auf der *Active* nicht. Angezogen durch die ungewöhnlichen Ereignisse, hatten die meisten Crewmitglieder die Messe verlassen und lehnten an der Reling. Auf der Brücke hörte man dumpfes Gemurmel.

Naismith dachte schnell nach. Der ihm eigene Sinn für Vorsicht begann sich zu regen. Vielleicht hatte er die Dinge weit genug getrieben. Jetzt, da die *Harwich* nahezu längsseits war, konnte er nichts mehr verhindern, nur noch verzögern. An Land hatte Peter bereits seinen Preis dafür bezahlen müssen, daß er seine Nase in Regierungsangelegenheiten gesteckt hatte. Sie konnten nur so viel Staub wie möglich aufwirbeln, indem es ihnen gelang, mit den umweltzerstörerischen Eigenschaften des Stoffes die Grünen zu mobilisieren. Er fand, daß es an der Zeit war, seine Versicherungspolice einzulösen.

»Kapitän Troughton«, rief er durch sein Megaphon, »ich bin Seemann und als solcher der Sicherheit der Seefahrt verpflichtet. Der Inhalt dieses Fasses stellt eine nicht zu akzeptierende Gefahr für die Seeleute und die Reinheit des Ozeans dar. Ich beabsichtige, das Faß an Land zu bringen und die Art der enthaltenen Substanzen bekanntzumachen. Das Faß ist an Bord meines Schiffs völlig sicher.« Er ließ das Megaphon sinken, ihm war klar, daß er die Maske des gierigen Bergers abgelegt hatte. Jetzt würde Troughton annehmen, daß er ein komischer Kauz war.

Er stellte fest, daß Troughton verblüfft war, als er erkannte, daß Susan den Kapitän enthusiastisch unterstützte. Aber Troughton hatte ganz offensichtlich entschieden, daß er es mit einem starrköpfigen Idealisten zu tun hatte. Er war außerdem völlig überzeugt, daß er das Faß zurückhaben *mußte*.

»Kapitän Naismith, Sie sind ein Offizier im Dienst der Regierung. Sie sind angewiesen, meine Befehle zu befolgen. *Sie müssen Ihr Schiff stoppen!*«

»Ich bin eine Privatperson, Kapitän Troughton, und Sie können zum Teufel gehen!« Er senkte das Megaphon und wandte sich ab, gerade als Hobden auf die Brückennock hinaustrat.

»Was, zum Teufel, geht hier vor?« erkundigte sich der große Mann.

15

Frank Davis war als einer der ersten an Deck gewesen, nachdem der Koch nach unten gerufen hatte: »Ein verdammt dicker Zerstörer kommt längsseits.« Niemand vermutete, daß etwas schieflaufen könnte, bis sich Naismith und Troughton durch ihre Megaphone zu beschimpfen begannen. Dann fingen wieder wilde Gerüchte an, ins Kraut zu schießen. Die Wasserstoffbombentheorie wurde wiederbelebt, bis Davis erkannte, was auf der Hand lag. Seine Theorie über die »Cleaning-Fluid« wurde fast unmittelbar darauf durch die beiden Kapitäne bestätigt. Während die anderen Matrosen verwirrt waren, packte Davis der spontane Wunsch, an diesem Schlagabtausch zwischen den Mächtigen teilzunehmen. Er setzte sich von seinen diskutierenden Kameraden ab und machte sich auf den Weg zur Brücke.

Naismith wandte sich an Hobden und befahl ihm, sich zu mäßigen, aber Hobdens Konfusion wurde von einer plötzlichen gewalttätigen Abneigung gegen Naismith angefacht. Naismith war der Mann, der sowohl beruflichen als sexuellen Erfolg hatte, der fähige Männer wie ihn um ihren gerechten Anteil am beruflichen Fortkommen und an der Liebe betrog. Zu dieser zweifachen Enttäuschung kam jetzt die deutliche Empfindung, daß an Bord der *Active* etwas äußerst Irreguläres vorging. Anders als der passive und abgeklärte Potts, für den die Geschehnisse nur von objektivem Interesse waren, bemühte sich Hobden, den Dingen auf den Grund zu gehen. Als Erster Offizier war sein Gefühl, daß das Schiff fast Privateigentum war, noch stärker als bei Naismith ausgeprägt. Und jetzt kochten seine Vorurteile gegen Susan zusammen mit seiner angestauten Eifersucht auf den Kapitän über und verdrehten seinen Kopf.

»Was, zum Teufel, geht hier vor?« wiederholte er und schob seine breiten Schultern aggressiv vor.

»Um Himmels willen, Chas, halt' bitte den Mund, ich versuche zu denken . . .«

Susan trat vor. »Es ist wirklich alles in Ordnung, Chas, der Kapitän versucht nur, ein fürchterliches Geschehen zu unterbinden . . .«

Hobden drehte sich um und sah die Frau ungläubig an. Über seiner dichten struppigen Bartmatte zogen sich seine Augenbrauen drohend zusammen.

»Seid ihr denn beide verrückt geworden? Wenn er«, er deutete mit dem Kopf auf die *Harwich*, die etwas von der *Active* abzuscheren und zurückzufallen schien, »wenn er verlangt, daß das Schiff stoppen soll, dann muß es gestoppt werden!«

Er bewegte sich auf die Maschinenkontrollhebel zu, aber Susan stellte sich ihm in den Weg. »Nein!« Er stieß sie zur Seite, und sie stürzte zu Boden. Naismith drehte sich bei ihrem Aufschrei um.

»Verdammt, Chas, ich habe hier das Kommando!«

»Nicht, wenn Sie verrückt sind, Mister.« Hobdens Hand bewegte sich wieder in Richtung der Kontroller, und Naismith sprang ihn an. Hobden packte den Kapitän und drückte ihn zurück, dann hielt er Naismith mit einem starken Arm auf Distanz und schlug ihn genau auf das Kinn. Naismith stürzte rückwärts zu Boden und schlug sich den Kopf am stählernen Schott blutig.

Hobden blickte einen Augenblick lang auf das Werk seiner Hände hinab, dann wurde seine Aufmerksamkeit von einem Dröhnen abgelenkt, das die Luft zu erfüllen schien. Die *Harwich* war herumgeschwungen und von ihrem Achterdeck erhob sich der schwarze Schatten eines Lynx-Hubschraubers.

***

Davis erreichte die Brücke über die Steuerbordbrükkentreppe. Er wollte wissen, was los war, ohne auf der Backbordtreppe einen harsche Abfuhr von dem beschäftigten Kapitän Naismith zu riskieren. Die Steuerbordseite war verlassen, und er betrat vorsichtig das Ruderhaus, fast wäre er dabei über Susan Paulin gestolpert, die sich wieder aufrappelte. Sie erkannte ihn, und Davis half ihr hoch.

»Was ist hier los, Zweiter?«

Susan entschied, daß es Zeit war, mit dem vorsichtigen Taktieren des Kapitäns Schluß zu machen. Sie erklärte dem Matrosen: »Irgendwie geht es um Ihre Frau, Davis. Jemand verschifft verdammtes Nervengas, das dann auf Menschen wie Ihre Frau versprüht wird.. Ein Faß davon steht auf dem Vordeck, und die Marine will es von uns zurück haben, damit die Sache vertuscht werden kann . . .«

Davis' Kiefer fiel nach unten. Dann sah Susan, daß Naismith' Kopf gegen das Schott schlug, und der Kapitän bewußtlos zu Boden fiel. »Verdammte Scheiße!« Sie schob Davis von der Nock durch die offene Brückentür auf der gegenüberliegenden Seite vorwärts. Hobden wandte sich von dem sich nähernden Helikopter ab, kam ins Ruderhaus, um das Schiff zu stoppen und die *Harwich* über UKW anzurufen. Da rief Susan: »Halten Sie den Ersten auf, Davis! Stoppen Sie ihn!«

Angetrieben von seiner aufgestauten Sorge, seinem Haß und seiner Wut, bewegte sich Davis blitzschnell nach vorne. Seine rechte Schulter traf den erstaunten Hobden an der Brust, er taumelte zurück. Bemüht, sein Gleichgewicht wiederzuerlangen, stieß er mit den Hacken gegen die obere Begrenzung der Backbordleiter, unsicher mit den Armen rudernd, verlor er das Gleichgewicht und stürzte die Leiter rückwärts hinab. Wie ein Stier, der mit der Axt einen Schlag vor die Stirn bekommen hat, krachte Hobden bewußtlos auf das Deck unter der Brücke. Davis verschwand hinter ihm. Susan trat aus dem Ruderhaus und bemerkte plötzlich das Röhren des Lynx, der über dem Hubschrauberdeck der *Active* in der Luft auf der Stelle verharrte.

Verschreckt sah sie, wie eine Leine auf das Deck heruntergelassen wurde, dann ließen sich ein, zwei, schließlich drei Männer absolut professionell daran hinunter. Sie trugen Khakiuniformen und die grünen Barette der Royal Marines, und sie trugen automatische Waffen.

Naismith kam mit dem Gefühl wieder zu sich, daß die *Active* gestoppt hatte. Seine Augenlider hoben sich flatternd, schlossen sich und öffneten sich wieder. Schmerzvoll legte er seine Stirn in Falten.

Er versuchte, langsam auf die Füße zu kommen,

seine Gedanken zu sammeln, aber ein Schatten fiel auf ihn, und die schwarze Mündung einer Maschinenpistole wurde gegen seine Zähne gepreßt.

»Stehen Sie langsam auf und legen Sie die Hände auf den Kopf.« Die Stimme war präzise und ließ jedes Gefühl vermissen.

Er tat, wie ihm geheißen. In seinem Kopf drehte sich alles, und er hatte das Gefühl, sich übergeben zu müssen. Langsam wurden seine Augen wieder klarer. Er sah, daß es auf der Brücke von bewaffneten Männern wimmelte. Er schätzte, daß es sechs Männer waren. Sie standen im Ruderhaus und hielten mit ihren Waffen Susan und Potts in Schach.

Er blickte sich um. Die *Active* und die *Harwich* lagen gestoppt nebeneinander, der große Zerstörer war fast längsseits gekommen. Naismith wurde von einem Seesoldaten vorwärts gestoßen, ärgerlich drehte er sich um und knurrte: »Lassen Sie das!«

»Halten Sie den Mund, Kapitän.« Die Stimme war kurz angebunden und gehörte ganz offensichtlich einem Offizier. »Sie haben uns eine Menge Unannehmlichkeiten bereitet.« Er drehte sich zur Seite um. »Corporal, nehmen Sie sich Lay und Crowhurst und bereiten Sie das Faß zur Übergabe vor.«

»Sir!« Drei Männer traten ab.

»Lassen Sie die beiden in Ruhe, Leutnant«, lallte Naismith durch seine angeschwollenen Lippen und deutete mit dem Kopf auf Susan und Potts. »Sie haben nur meine Befehle befolgt.«

Der Offizier der Marines ignorierte ihn. Über ein Walkie-talkie kam ein Anruf, einer der Seesoldaten beugte seinen Kopf, um ihn zu beantworten.

»Roger!«

Der Mann trat vor und flüsterte etwas in das Ohr

des Offiziers. Beide Männer gingen rasch nach vorne an die Brückenfenster. Sich auf der Stelle drehend, konnte Naismith das Faß auf dem Vordeck sehen. Davis beugte sich darüber, er hatte einen schweren Marlspieker und einen Hammer in den Händen. Er rief etwas über die hundert Meter, die die beiden Schiffe von einander trennten.

Naismith hörte plötzlich Troughtons Stimme durch das Megaphon: »Ziehen Sie ihn aus dem Verkehr!«

Der Offizier der Marineinfanteristen befahl einem seiner Männer, in Anschlag zu gehen.

»Sollten Sie die Sache versauen«, mischte sich Naismith ein, »dann hat der Mann Grund genug, uns alle zu töten. Lassen Sie mich den Quartermaster nach unten schicken, damit meine Männer das Oberdeck räumen, dann werde ich an Deck gehen und mit dem Mann reden. Sie können Ihr verdammtes Faß haben.«

Der Offizier der Marines erwog den Vorschlag einen Augenblick lang, dann befahl er seinem Funker: »Übermitteln Sie dem Kapitän, daß ich die Sache unter Kontrolle habe . . .«

»Sir?« Naismith blickte Susan an. Sie sah zerzaust aus, so als ob auch sie niedergeschlagen worden wäre. »Sir, ich denke, daß es besser wäre, wenn ich gehe. Davis wird auf mich hören . . .«

Naismith sprach den Offizier an. »Miss Paulin hat recht, Leutnant, lassen Sie sie gehen und mit dem Mann sprechen. Er mißtraut mir und würde wahrscheinlich der Gewalt nicht weichen . . .«

Der Offizier nickte. »Okay, Kapitän, aber keine komischen Tricks. Sie würden nicht lange genug leben, um sie zu bedauern.«

»Sie aber auch nicht, Leutnant. Sollte der Mann da

unten auch nur ein Loch in das Faß schlagen . . .«
Seine eigene Kaltblütigkeit überraschte ihn, und er lächelte Susan und Potts zu, die die Brücke in Begleitung je eines Seesoldaten verließen.

Jetzt war Naismith mit dem Offizier und dem Funker allein. Das Stechen in seinem Schädel war einem gleichmäßigen Brummen gewichen, und er stellte fest, daß die Lynx hinter ihrer anderen Heckseite auf der Stelle schwebte und die Entermannschaft mit einem Maschinengewehr deckte. Das kam ihm außerordentlich komisch vor, diese ganze geballte Feuerkraft gegen die unbewaffnete *Active* und ihn selbst. Gegen ihn und natürlich gegen eine willensstarke junge Frau. Er beugte sich vor und sah, daß Susan auf das Vordeck hinaustrat.

Das Gefühl, laut lachen zu müssen, verschwand so schnell, wie es gekommen war. Er sah, daß Davis seinen Kopf schüttelte, und hörte ihn etwas rufen. Susan schob sich ein wenig näher heran, und Davis hob den Hammer über den Marlspieker. Susan blieb stehen, und zwischen beiden wurden Worte gewechselt.

Dann ertönte ein scharfer Knall, und Davis' Kopf platzte auseinander.

16

»Guten Morgen, Kapitän.« Der Marinesteward war ganz fröhliche Aufmerksamkeit, als er das Frühstückstablett auf das kleine Tischschränkchen stellte. »Dort drüben befindet sich Rasierzeug, Sir, und . . .«, er zog einen geschmacklosen geblümten Vorhang zur Seite, der ein Bulleye verborgen hatte, ». . . hier ein wunderbarer Ausblick auf Pompeji.«

»Wo liegt mein Schiff?«

»Auf der Reede von Spithead vor Anker, Sir.«

»Befindet sich noch jemand von der Besatzung hier an Bord?«

»Das weiß ich nicht, Sir. Sollten Sie noch etwas benötigen, dann klingeln Sie bitte.« Er verließ Naismith.

Naismith spielte mit einer halben Scheibe Toast herum und trank zwei Tassen Kaffee, dabei versuchte er sich daran zu erinnern, was am gestrigen Nachmittag vorgefallen war. Wegen einiger Dinge war er stark beunruhigt, und er wußte, daß man ihn betäubt hatte, bald nachdem er an Bord der *Harwich* gebracht worden war. Vielleicht wollte man ihn einfach ruhigstellen, aber er fragte sich, ob da nicht vielleicht eine Wahrheitsdroge wie Pentathol im Spiel gewesen war. Bei Kapitän Troughton war ein Zivilist mit einem scharf geschnittenen Gesicht mit einer Hakennase gewesen, als der Leutnant der Marines ihn schließlich an Bord gebracht hatte.

Naismith versuchte zu rekonstruieren, was nach dem Tod von Davis passiert war. Er erinnerte sich, daß er die Marine mit wilden Flüchen beschimpft hatte. Dann war Hobden erschienen, ein Auge dick geschwollen, sein Gesicht war ein einziges Dokument seiner Fassungslosigkeit. Dann erinnerte er sich an die unkontrolliert schluchzende Susan in seinem Arm, als sie zwischen Selbstvorwürfen und giftigen Verwünschungen für die Vertreter der Regierungsgewalt hin und her schwankte.

In Begleitung der *Harwich* hatten sie das Schiff wieder in Fahrt gebracht, die »Gäste« der Marines blieben als Prisenkommando an Bord. Mit der *Harwich* als Eskorte setzten sie den Weg nach Portsmouth fort. Der Offizier der Seesoldaten wurde sein ständiger Schatten, er sagte kaum ein Wort, obwohl es anscheinend keine Zwischenfälle mit dem Rest der Crew gegeben hatte. Bevor er am Abend von Bord geholt wurde, hatte er offiziell das Schiff an Hobden übergeben. Es war eine eisig formelle Affäre gewesen, und Naismith hatte ausschließlich die Instruktionen unterschrieben, die ihnen von der *Harwich* übermittelt worden waren.

Es durfte keinerlei Verbindung zum Land aufgenommen werden, keine Nachrichten an den BNAS, nichts. Die *Active* sollte vor Anker liegen bleiben. Wäre Naismith nicht so mit seiner unmittelbaren Zukunft beschäftigt gewesen, wäre ihm sicher die Veränderung in Hobdens Verhalten aufgefallen. Er hatte noch immer schwer an seiner falschen Auffassung über das Verhalten des Kapitäns zu kauen, das von Susan in einer angemessen zurechtgestutzten Erklärung in der Offiziersmesse erläutert wurde. Dabei wurde ihm auch klar, was während ihrer nächtlichen Besuche bei Naismith geschehen war. Susan hatte sich an die Anweisungen von Naismith gehalten. Die Bergung des Fasses mochte vielleicht überspannt erscheinen, aber so brauchte sie keine weiteren Begründungen vorzulegen; schließlich hatte Grund zu der Annahme bestanden, daß es etwas weitaus Gefährlicheres enthalten könnte als eine giftige und umweltschädliche Industriechemikalie.

Es bereitete ihr keine Gewissensbisse, diese Version zu verbreiten, nachdem Naismith sich jetzt in einer Art Arrest befand und Davis tot war. Sie sprach schnell und fließend, um Naismith zu schützen und um das Schreckensbild zu verdrängen, das sich vor ihren Augen abgespielt und sich ihr ins Bewußtsein eingeprägt hatte. Und obwohl Hobden sie für ihre närrische Besessenheit verdammen wollte, auch dafür, daß sie ihre verrückten Umweltschutzgedanken so weit getrieben hatte, und er ihr außerdem in Erinnerung rufen wollte, daß sie für den BNAS arbeitete und nicht für eine versponnene ökologische Splittergruppe, so begann er doch zu bereuen, daß er Naismith geschlagen hatte. Wieder erwachte seine Sympathie für Susan, vor deren Augen Davis auf so schreckliche Weise ermordet worden war.

Naismith fragte sich, wie die Navy ihre Maßnahmen erklärt hatte. Er erinnerte sich, daß die Lynx, die ihn zur *Harwich* hinübergebracht hatte, einen Mann in Zivil an Bord der *Active* abgesetzt hatte, »um die Männern zu vergattern, old man«, erklärte Troughton ihm mit seiner einschmeichelnden Mörderstimme, als Naismith in seiner Kabine stand. Er spürte Troughtons Verlegenheit, da die

Navy mit ihrer Annahme zu weit gegangen war, daß Naismith leichtfertig mit dem Nervengas herumspielte. Bis jetzt hatten sie keinen Beweis, daß dem so war. Außerdem würde dann alles publik werden.

Man hatte ihn gestern abend nicht sonderlich lange verhört. Nur ein paar allgemeine Fragen, dann hatte man ihm eine Mugg Kakao gegeben, die eine Droge enthalten haben mußte und er war in diese kleine Kabine gesperrt worden.

Er rasierte sich und zog sich an. Schwarze Uniformhosen und Schuhe, ein angeschmutztes Hemd mit schwarzer Krawatte und schließlich den Uniformpullover mit den vier goldenen Streifen eines Kapitäns auf den Schultern.

Sie hatten ihm nicht gestattet, seine Mütze mitzunehmen, und ohne sie fühlte er sich seltsam nackt. Diese Kleinigkeit beunruhigte ihn und ihm wurde klar, daß er nicht an die Sache denken wollte, die ihn am meisten bedrückte: den Tod von Davis.

Ein starker Umschwung der Gefühle beherrschte ihn, Enttäuschung darüber, wie sich die Dinge entwickelt hatten, vermischt mit Bedauern, denn er glaubte nicht, daß seine Karriere nach den gestrigen Ereignissen noch einen rostigen Penny wert war. Aber zuerst war da ein starkes Schuldgefühl. Es war nicht nur das Gefühl, an Davis' Tod mitschuldig zu sein, obwohl das über allem lag wie ein Leichentuch, sondern auch, daß er die Vorsicht außer acht gelassen hatte, die er nie vernachlässigte, ein Schuldgefühl, daß er sich in diese ganze verkorkste Angelegenheit hatte *hineinziehen* lassen und daß er sich von Susan hatte beeinflussen lassen. »Es wird nicht den kleinsten Unterschied machen«, hatte er dem zweifelnden Hobden gesagt, als er damals erfahren hatte, daß sie den ersten weiblichen Offizier des BNAS an Bord der *Active* bekommen würden. Nun, er hatte unrecht gehabt und Hobden recht. Dann war da noch das Schuldgefühl, daß seine eigene Eitelkeit das jetzige Desaster verursacht hatte. Er sah das alles plötzlich alles ganz deutlich. Die schicksalhaften Entdeckungen, die sie Stück für Stück darauf brachten, was die *Wallenstein* an Bord hatte, gingen Hand in Hand mit dem Abbau seiner professionellen Integrität. Er war nicht der dummen, abergläubischen Überzeugung verfallen, daß er vom Licht der Weisheit erleuchtet worden war, wie vielleicht ein Prophet des Alten Testaments, er konnte nicht so verrückt gewesen sein, zu glauben, daß er den Lauf der Welt verändern konnte. Das Schicksal, wenn er denn zu diesem Zeitpunkt daran glaubte, hatte sich von ihm abgewendet und seinen Fall bewirkt.

Und doch, was hatten er und Susan getan? Beide liebten sie die See, sie mit der reinen Liebe der Jugend, er mit der traurigen Gewißheit, daß es zu spät war, die Verschmutzung aufzuhalten. Und wieder fühlte er den Ärger in sich aufsteigen. Warum sahen das Männer wie Troughton nicht? Oder sahen sie es, hatten aber ihre Überzeugungen über Bord geworfen? Was war so anziehend an der Gewalt?

Sein eigener Sohn würde viel lieber einen Tag auf der *Harwich* verbringen als auf der *Active*. Die uralte Lust an der Jagd war tief in ihm verankert, in ihm und Ben, in Troughton und seinen Vorgesetzten, in den alten Männern in London, Washington und Moskau. Deshalb gibt es keine Hoffnung, dachte er bitter. Den monströsen Scherz, den sich das Schicksal mit ihm geleistet hatte, würde es der ganzen Menschheit spielen. Überall sah er die Anzeichen dafür, und es schien ihm, daß die gleichgültige Indifferenz der Menschen es geschehen lassen würde. Wenn es zu keinem nuklearen Schlagabtausch kam, dann würden Intoleranz und die Polarisation der Ideologien noch schrecklichere Kriege provozieren als den in Costa Maya. Und während sie stattfanden, würde Europa, das Europa, das der Welt mit seiner Energie und seinen Philosophien so viele erleuchtende Ideen geschenkt hatte, unter dem sauren Regen unfruchtbar werden, würde an seinem eigenen Abfall ersticken und den chemischen Tod an die Ignoranten verkaufen, die sich auf dem Markt drängten.

Einen Augenblick lang dachte er, verrückt werden zu müssen, und ging an das Bulleye, um etwas frische Luft zu schöpfen. Aber das hier war ein Zerstörer, konstruiert, um durch nuklearen Fallout zu fahren; das Bullauge ließ sich nicht öffnen. Er starrte hinaus. Auf den Wellen schwammen ein halbes Dutzend schwarzköpfige Möwen und pickten in den Küchenabfällen der *Harwich* herum. Er sah schwarze Ölflekken auf dem Gefieder zweier Vögel, und auch auf dem Wasser neben dem summenden Rumpf des Kriegsschiffes schwamm ein dünner Ölfilm. Nein, er war völlig normal und außerdem überzeugt, daß er recht hatte.

Die Kabinentür öffnete sich, und Leutnant Elliot trat ein. »Sind Sie fertig, Sir?«

»Was geschah mit dem Matrosen der *Active*, den Sie erschossen haben, Leutnant?«

»Ich habe keine Erlaubnis, mit Ihnen zu sprechen, Sir . . .«

»Sagen Sie mir nur, wer geschossen hat. Meines Erachtens hat keiner der Leute auf der *Active* das Feuer eröffnet.«

»Er wurde von einem Scharfschützen auf der Brücke der *Harwich* aus dem Verkehr gezogen, Sir.«

»*Aus dem Verkehr gezogen*? Bei Gott, Leutnant, müssen Sie solche Euphemismen auswendig lernen, damit Ihr Job erträglich wird?«

»Bitte hier entlang, Sir.«

Naismith hatte die Genugtuung zu sehen, wie der Nacken des Leutnants rot wurde, als er ihm folgte.

In der Kabine von Troughton warteten drei Männer: der Kapitän natürlich, dann der hakennasige Mann und ein kleiner, asketischer Mann mit rotem Gesicht und einem mit übertriebener Sorgfalt geschlungenen und ungewöhnlich kleinen Krawattenknoten, der ihn als Seemann in Zivil entlarvte. Naismith schätzte ihn als Konteradmiral ein. Ihre Gesichter waren völlig ausdruckslos, und der hakennasige Mann führte ganz offensichtlich das Wort.

»Bitte, setzen Sie sich, Kapitän Naismith.« Er deutete auf einen Stuhl mit hoher, unbequemer Rückenlehne in der Mitte der Kabine. Die anderen drei saßen auf einem Sofa und in einem Sessel.

»Kapitän, das ist hier kein Verhör, oder irgend so etwas, aber wir brauchen ein paar Antworten, um uns Ihr höchst merkwürdiges Verhalten gestern nachmittag erklären zu können.«

»Wissen meine Vorgesetzten, daß Sie mich von meinem Schiff geholt haben, Sir?« erkundigte er sich.

Ein eisiges Leuchten erschien in den Augen des Hakennasigen. »Kapitän Naismith, ich vermute, daß Sie sich nicht im klaren darüber sind, was Sie gestern getan haben, als Sie die Aufforderung von Kapitän Troughton, Ihr Schiff zu stoppen, mißachtet haben . . .«

»Wollen Sie meine Weigerung zu stoppen diskutieren oder meine Ablehnung, das Faß mit hochgiftigen Chemikalien zu übergeben, das meine Taucher erfolgreich vom Wrack abgeborgen haben? Sind Sie sich im klaren darüber, daß mein Dienstherr, der mich beschäftigt, verantwortlich für die Sicherheit der Seefahrt ist? Das schließt den Schutz der Seeleute auf Hoher See ein, die dort ihren Beruf ausüben – Sie hören mir jetzt verdammt noch mal zu! Die Fischer, die in St. Peter Port gestorben sind, wurden durch das Dreckszeug vergiftet, das sich an Bord dieses verfluchten Schiffes befand. Ich habe jedes Recht, offiziell, moralisch und persönlich dieses Faß zu bergen. Ich verabscheue jede Verschmutzung der Ozeane.«

»Da sind wir uns einig«, griff der Konteradmiral scharf ein, »daher auch unsere Bemühungen, es zu bergen. Glauben Sie, wir unterziehen uns nur so zum Spaß der Mühe, einen Typ 42 Zerstörer mit einem kompletten Taucherteam an Bord abzustellen?«

»Wirklich nicht, Sir. Aber das Verhalten von Kapitän Troughton ließ mich vermuten, daß es um die Ladung der *Wallenstein* etwas Geheimnisvolles gibt. In der Tat sind die Anstrengungen, die Sie unternommen haben, außergewöhnlich; sie gipfeln darin, daß Sie einen meiner Männer ermordet haben . . .«

Er wurde von seiner eigenen Beredsamkeit mitgerissen, erstaunt darüber, daß sich der Ärger wieder einstellte, von dem er angenommen hatte, daß er sich in Selbstmitleid verzehrt hätte. Er sah den schnellen Blickwechsel, die Röte, die in Troughtons Wangen schoß, bei der Anschuldigung, daß er die Angelegenheit schlecht gehandhabt hatte. Er fragte sich, ob er zu weit gegangen war. Dann fuhr Hakennase fort:

»Wenn Sie den Inhalt der Fässer kannten«, bohrte Hakennase mit der Pedanterie eines Beamten nach, »und wußten, daß er höchst giftig ist, warum haben Sie sich dagegen gesträubt, das Faß herauszugeben?«

»Weil ich vorhatte, auf die Gefahr des Transports solcher Güter öffentlich hinzuweisen, und«, fügte er als ambivalentes Meisterstück hinzu, »weil ich ihre Herstellung grundsätzlich in Frage stelle.«

»Für einen Zivilangestellten der Regierung ein Kampf gegen Windmühlen, meinen Sie nicht auch?«

»Sogar Zivilangestellte haben ihre privaten Überzeugungen. Wenn ich den Zeitungen Glauben schenken darf, haben einige nichts anderes.«

Ein flüchtiges Lächeln huschte über das Gesicht des Konteradmirals. »Woher wußten Sie, daß der Inhalt hochgiftig ist?« fragte er.

»Ein Kombination der Umstände, Sir. Mein Taucher hat Ihren Mann gefunden, obwohl ich das noch nicht wußte, als ich mit Kapitän Troughton gesprochen habe.« Das sagte er in Richtung des Kapitäns der *Harwich*. »Ihr U-Boot, zumindest nehme ich an, daß es *Ihr* U-Boot war, wurde von unserem Sonar erfaßt, als wir das Wrack sicherten. Mein Wachoffizier hätte es wahrscheinlich ignoriert, aber Sie bilden Ihre Leute gut aus. Mein Quartermaster war vor ein paar Jahren Sonarbediener bei der Marine. Er erkannte die Sonarsignatur sofort. Es gehörte nicht viel dazu, daraus zu schließen, daß Sie an den Fässern interessiert waren. Ihr«, er nickte wieder in Troughtons Richtung, »kamt ziemlich in Rage, als ich die meisten Fässer unter der

Achtern-Persenning fand. Die Aufschrift ›Dry-Cleaning Fluid‹ war ganz offensichtlich falsch. Sehen Sie, Gentlemen, Sie haben das Spiel durch zu viele Bluffs verloren . . .«

»Was meinen Sie mit Spiel, Kapitän?«

Naismith seufzte. Er wußte, daß er geschlagen war, daß sie, wenn sie nur wollten, die Wahrheit aus ihm herausholen würden.

»Gentlemen, können wir nicht diese Spiegelfechtereien lassen? Es ist doch völlig offensichtlich, daß der Stoff in den Fässern tödlicher war als die üblichen Industriechemikalien, von denen ich jemals gehört habe. Er muß Fleisch zerfressen, selbst wenn er millionenfach in Seewasser verdünnt worden ist. Sie töten keine Männer aus nichtigem Anlaß, auch wenn Sie vielleicht meiner Besatzung erzählt haben, daß Sie sie vor den Gefahren der giftigen Substanz retten wollten. Aber ich weiß, daß die *Wallenstein* nach Santa Maria de los Mayas unterwegs war und die Medien berichten, daß das Land rings um Santa Maria mit Nervengas beregnet wird. Sie berichten weiter, daß die USA der Militärjunta Waffen liefern, aber nicht mal die Medien können das Nervengas Onkel Sam in die Schuhe schieben. Also, von wo kommt es, Gentlemen?«

Er lehnte sich zurück und sah wieder den schnellen Austausch von Blicken zwischen den drei Männern. Der Konteradmiral beugte sich vor und fragte: »Wo vermuten *Sie* seinen Ursprung, Kapitän?«

»In einem Waffenlager der Allianz, irgendwo in Westdeutschland, nehme ich an.«

Naismith wurde in seine Kabine zurückbegleitet. Dort wanderte er eine halbe Stunde unruhig auf und ab, bevor er wieder vor das »Tribunal« geführt wurde. Er bemerkte eine Veränderung in der Haltung der Männer, die Gesichtszüge schienen sich verhärtet zu haben, der Ton des Hakennasigen war schärfer, und Troughton sah aus, als ob die beiden mit ihm Schlitten gefahren wären.

»Wie viele andere Personen wissen von Ihrem Verdacht, Kapitän?« fragte Hakennase.

»Darüber, daß es sich um die Grundsubstanz für die Herstellung von Nervengas handelt?«

Hakennase nickte.

»Niemand«, log er.

»Niemand? Was ist mit den Telefonanrufen?«

»Sollten Sie damit auf die Beteiligung meines Zweiten Offiziers abstellen«, meinte er vorsichtig, »werden Sie herausfinden, daß Ihr Engagement gegen Umweltverschmutzung noch viel ausgeprägter als meines ist, obwohl«, er zuckte mit gespielter Gleichgültigkeit die Achseln, »wenn sie wüßte, daß es Nervengas war, wage ich vorauszusagen, werden Sie sie weniger fügsam als mich kennenlernen, da sie ein Frau ist ...«

»Kapitän Naismith, Sie behaupten, daß sie nicht wußte, daß es sich um Nervengas handelte?« Troughton hatte diese Frage abgefeuert und erntete dafür einen vorwurfsvollen Blick des Admirals, der Blick von Hakennase war purer Haß. Es war ein Eingeständnis gewesen, daß er recht gehabt hatte, und obwohl ihn das nicht überraschte, gab es ihm ein Gefühl der Zufriedenheit, so wie ein Schluck Whisky, der unten in einem leeren Magen ankommt.

»Ich sage Ihnen, Gentlemen, hätte sie gewußt, daß es eine giftige Chemikalie, egal welcher Art, war, wäre ihre Reaktion immer diesselbe gewesen.«

Der Admiral und Hakennase steckten die Köpfe zusammen, und Naismith wurde klar, daß sie den Inhalt der Telefongespräche nicht herausbekommen hatten, mit Ausnahme des letzten vielleicht, aber in dem war nichts Bedeutungsvolles gesagt worden. Sie waren jedoch in der Lage gewesen, Peter anhand der aufgezeichneten Telefonnummern in der Telecom Satellite Station Goonhilly aufzuspüren.

»Nun gut, Kapitän«, sagte Hakennase, »wir sind zu dem Schluß gekommen, daß die Angelegenheit zu viel Publizität bekommen hat, als daß sie völlig vertuscht werden könnte. Es ist daher notwendig, Sie daran zu erinnern, daß Sie ein Zivilangestellter der Regierung sind und den Official Secrets Act unterschrieben haben. Ich bin sicher, daß wir die Vollmachten, die man uns übertragen hat, nicht anwenden müssen. Für den Augenblick ist das alles. Ihre Vorgesetzten sind darüber informiert worden, daß *Active* und *Harwich* zusammen vor Spithead angekommen sind und daß Sie in Kürze mit ihnen Kontakt aufnehmen werden. Vorerst werden Sie an Bord der *Harwich* bleiben.«

»Da ist noch eine Frage zu klären, die Sie übersehen haben.«

»Welche?« fragte der Konteradmiral.

»Sie betrifft den Mann, den Sie erschossen haben.«

Hakennase lächelte kalt. »Wie Sie richtig geschlossen haben, Kapitän, haben wir Ihrer Crew die Gefahren erläutert. Dieser Mann Davis schien völlig den Kopf verloren zu haben. Es war im Interesse aller an Bord, daß er daran gehindert wurde, das auszuführen, was er offensichtlich vorhatte.«

Naismith drehte sich zu Troughton um. »Haben Sie den Befehl gegeben?«

»Nein, Kapitän«, fuhr Hakennase fort, »das war ich.«

»Und Sie hatten dafür die Vollmacht?«

»O ja, Kapitän«, Hakennase sagte es sehr ruhig, »falls es die Umstände erfordern sollten.«

»Wer sind Sie?«

»Das spielt für die Abläufe des Geschehens keine Rolle . . .«

»Also, was ist mit meinem Matrosen?«

»Er hat keine Angehörigen, Kapitän.«

»Sie sind falsch informiert. Er hat eine Frau, die in Santa Maria de los Mayas lebt, oder besser gesagt: dort versucht, zu überleben.«

17

»Und was passierte dann?« erkundigte sich Susan.

»Es hat sie wohl ziemlich erschreckt. Wahrscheinlich rechneten sie mit riesigen Summen als Wiedergutmachung . . .« Er brach ab und seufzte.

»Weiter.«

»Nun, es war nicht lustig. Der Konteradmiral erzählte es mir am Schluß. Der Hakennase paßte es zwar nicht, aber der Admiral hatte entschieden, daß ich kein verdammter Bolschewik sei, und war so höflich, mir eine Erklärung zu geben.«

»Weiter«, wiederholte sie.

»Wie es scheint, habe ich mit meinen Vermutungen falsch gelegen. Ich dachte, daß die Substanz aus einem Waffenlager der NATO stammt und daß die britische Regierung deshalb so aufgeregt war und einen Zerstörer zur Bergung losschickte. Einerseits war es nicht so schlimm, wie ich dachte, andererseits war es schlimmer. Ich meine, die britische Regierung ist nicht die Kakerlake im Rosinenbrötchen . . .«

»Wer aber dann?« Ihre Stimme klang ein wenig ungeduldig.

»Ihr Freund Peter kann das über diesen deutschen Filmemacher herausfinden. Wie hieß er doch gleich?«

»Harald, äh, Harald Dietz.«

»Ja. Es gibt eine Firma, irgendwo in Deutschland, die Chemikalien herstellt. Das hier ist ein lukratives Nebengeschäft, ein Abfallprodukt, das seine Abnehmer auf dem internationalen Waffenmarkt findet. Ich meine, warum soll man Geld in die Entwicklung teurer Atombomben stecken, wenn man dieses Teufelszeug für einen Bruchteil des Preises bekommen kann? Die Hälfte aller Diktatoren dieser Welt steht danach Schlange. Der Admiral deutete an, daß die Finanzverbindungen für diesen Dreck international sind. Er erwähnte unsere ›transatlantischen Vettern‹. Die Deutschen haben eine gewisse Reputation, was Giftgas angeht«, fügte er ironisch hinzu.

»Ich verstehe immer noch nicht, warum die Royal Navy so massiv eingegriffen hat.«

»Zahnräder greifen in Zahnräder, Susan, das ist der Preis der Freiheit. Außerdem hatten sie einen Mann am Wrack verloren.«

»Entschuldigung, aber ich verstehe es nicht.«

»Nun, das Zeug wurde im Westen hergestellt, und westliche politische Rechtsaußen haben es an die Junta in Costa Maya verkauft. Obwohl keine westliche Regierung direkt daran beteiligt war, muß jemand davon gewußt haben, und er hat die internationale Alarmglocke läuten lassen, als die *Wallenstein* unterging. Die Tatsache, daß der Mist im Westen hergestellt und durch ihn finanziert worden ist, wäre ein Propagandacoup erster Güte für andere, weniger freundlich gesonnene Mächte gewesen. Wie es der Konteradmiral ausdrückte: Die Bergung der Fässer lag genauso im Interesse der Bündnistreue wie in der Verhinderung einer ökologischen Katastrophe. Es wäre eine Lüge, wenn man der Regierung

Ihrer Majestät unlautere Motive unterstellen würde, würde, so gerne wir das auch möchten.« Naismith lachte in der Dunkelheit. »Ich glaube wirklich nicht, daß er unser Anliegen völlig begriffen hat. Er hat gegrollt: ›Sollte etwas von dieser Angelegenheit an die Öffentlichkeit dringen, wird man uns falsche Motive unterstellen. Man wird uns Vorwürfe machen, und deshalb mußten wir zu extremen Maßnahmen greifen.‹«

»Und Sie haben sich damit zufriedengegeben?«

»Nein, ich war nicht zufrieden, aber ich glaubte dem Admiral. Ich erinnerte mich an das Logo auf dem Faß. Es ähnelte dem Wappen der Isle of Man, und das ist eine Art Hakenkreuz . . .«

»Und ließen sie Sie gehen?«

»Ja, nach einer kleinen Weile. Sie gaben mir die Abendzeitung und schickten mich dann mit der Barkasse des Admirals zurück. Was ist hier an Bord passiert?«

»Oh, nachdem Sie fort waren, kochte alles auf Sparflamme. Das Faß und Davis verschwanden sehr schnell mit dem Helikopter, während dieser Zeit wurde die Besatzung unter Deck festgehalten. Dann wurden die Marines richtig nett, und es wurde klar, daß sie den Befehl hatten, alles als fast normal aussehen zu lassen. Es gab eine Menge Gefasel, daß es eine sehr nützliche Übung für sie gewesen sei, was für ein schneidiger Kerl Sie wären . . .«

»Oh, verdammt! Aber es muß doch Reaktionen auf den Tod von Davis gegeben haben?«

»Ach schon, aber es war keine Trauer. Jemand meinte, er wäre doch ein wenig wirr im Kopf gewesen, seit dem Tod seines Sohnes. Der Maulheld Harris fügte hinzu, er sei schon immer etwas verrückt gewesen. Wie Sie sicherlich wissen, hat Davis ihn vor ein paar Tagen in einem Kampf ausgenockt. Der junge Ellice sah ein wenig bestürzt drein, aber als der Offizier der Marines klarmachte, daß alle an dieser Industriechemikalie gestorben wären, wenn man Davis ›nicht aus dem Verkehr gezogen hätte‹, schienen das alle zu akzeptieren.«

»Es ist unglaublich.«

»Es ist eine typische Erscheinung des gewalttätigen Zeitalters, in dem wir leben, und dafür, wie sehr wir uns an derartige Dinge gewöhnt haben.« Sie seufzte. »Armer Davis. Er hätte das Faß tatsächlich geöffnet, wissen Sie.«

»Ja, das weiß ich. Was hat er zu Ihnen gesagt?«

Er hörte das Gefühl in ihrer Stimme. »Er sagte: ›Ich habe ihn geliebt, Miss, ich liebte ihn und hatte ihn noch nie gesehen. Diese Schweine haben ihn zuvor getötet.‹ Das war alles, Sir. Kurz bevor man ihm den Kopf wegschoß.«

Sie sprach ziemlich unterkühlt, und er konnte nur vermuten, welchen Eindruck Davis' Ende auf sie gemacht hatte. Vielleicht waren ihre Tränen schon versiegt.

Sie starrten beide über die dunkle See, während die *Active* nach Osten stampfte. Beachy Head warf einen schwachen Lichtschimmer in die Nacht, weit entfernt vor dem Backbordbug.

»Werden wir es seiner Frau in einem Brief mitteilen? Ich fand eine Adresse, als ich seine persönlichen Effekten zusammenpackte.«

»Was ist mit den Sachen geschehen?«

»Sie wurden alle an Land gebracht, bevor Sie zurückkamen, aber ich habe mir die Adresse abgeschrieben.«

»Also ist der arme Davis eine Unperson geworden . . .«

»Ich würde ihr gerne schreiben, seiner Frau, meine ich . . .«

»Ja. Machen Sie das. Wie hat Chas auf das reagiert?«

Sie schüttelte im Dunkeln den Kopf. »Er dachte, daß Sie und ich eine Affäre hätten, glaube ich.«

»Gütiger Gott!«

»Anscheinend hat er mich in jener Nacht in Ihrer Kabine verschwinden sehen. Er war darüber ziemlich sauer. Außerdem behauptete er, daß ich Sie über Gebühr mit meiner Kampagne gegen die Umweltverschmutzung beeinflußt und Ihnen wahrscheinlich den Job genommen hätte und den seinen wahrscheinlich dazu.«

»Weil man mich geschlagen hat?«

»Ja.«

»Er sah ziemlich erstaunt drein, als ich ihm sagte, daß er das vergessen solle. Ich glaube, er hat bis heute noch nicht einmal die offizielle Begründung der Ereignisse verstanden.« Naismith rieb sich sein schmerzendes Kinn. »Ich sollte ihm vielleicht doch erklären, was vorgefallen ist.«

Sie schwiegen beide, dann meinte sie: »Die anderen haben gewonnen, nicht wahr?«

Naismith lächelte. »Das war wirklich vorauszusehen, Susan. Gott ist immer auf der Seite der stärkeren Bataillone.«

»Ich dachte, daß ich Sie von Ihrem Zynismus geheilt hätte. Ich würde es lieber als unser kleines Masada* oder unsere Schlacht bei den Thermopylen be-

* Masada fiel als letzte jüdische Festung nach der Zerstörung Jerusalems nach langer Belagerung und erbittertem Widerstand in römische Hände. (Anm. d. Ü.)

zeichnen wollen. Sie wissen doch: ›Wanderer kommst du nach Sparta, so berichte dorten . . .‹«

»Na, jedenfalls war die offizielle Linie ziemlich klar«, meinte er lachend. »Sie hielten mich unter Verschluß, bis der Premierminister die Fragestunde hinter sich hatte. Haben Sie nicht die Londoner Abendzeitung gesehen, bei der sie sich so viel Mühe gegeben haben, daß ich sie auch ja mit an Bord nehme?«

»Nein.«

»Das Exemplar liegt auf meinem Schreibtisch. Gehen Sie runter und werfen Sie einen Blick hinein.«

Sie ging in Naismith' Kabine. Der *Evening Standard* lag offen da, eine Passage war angestrichen. Ihre Augen mußten sich nach der Dunkelheit auf der Brücke erst an das Licht gewöhnen.

Während der Fragestunde heute nachmittag im Unterhaus wurde der Premierminister gefragt, ob die Regierung Kenntnis von irgendwelchen Verschiffungen chemischer Kampfstoffe an Militärdiktaturen in Zentralamerika hätte. Ferner wurde er gefragt, ob die Anschuldigungen der Presse zutreffen, daß zwischen dem Tod zweier Fischer nach dem Kontakt mit vergiftetem Seewasser ein Zusammenhang mit den Substanzen besteht, die ein kürzlich vor den Kanalinseln gesunkenes Schiff an Bord gehabt haben soll. Es ist bekannt, daß dieses Schiff auf dem Weg nach Costa Maya war, wo chemische Kampfstoffe gegen die wehrlose Bevölkerung eingesetzt werden.

Der Premierminister antwortete, daß derartige Sensationsberichte der freien Presse großen Schaden zufügten. Sie wären ein Resultat des Wunschdenkens mancher Journalisten, und ihre leichtfertige Verknüpfung mit in der Tat abscheulichen Fakten steigert viel-

leicht die Auflage. Sie entsprechen aber nicht der Wahrheit.

Die Haltung der britischen Regierung gegenüber Militärdiktaturen, besonders auf dem amerikanischen Kontinent, ist wohl bekannt. Das gesunkene Schiff fuhr nicht unter britischer Flagge, es transportierte allerdings eine giftige Chemikalie und ist in Gewässern gesunken, in denen Britannien moralische Verantwortung trägt.

Alle Fässer mit dieser Substanz sind unter erheblichen Anstrengungen von der Royal Navy und einem Schiff des British Navigational Aids Service geborgen worden, deren Besatzungen höchstes Lob auszusprechen ist. Was die Regierung angeht, so versicherte der Premierminister dem Hohen Haus, wurde dadurch demonstriert, daß sie keine Anstrengung scheut, um die Gewässer vor unseren Küsten vor Umweltgiften zu schützen.

»Ganz hübsch clever, nicht wahr?« sagte Naismith, als Susan auf die Brücke zurückkehrte. »Eine Kombination aus Wahrheit und, äh, korrigierter Wahrheit. Sie sehen, die Spartaner werden nie erfahren, was wirklich geschah.«

Sie schwiegen lange Zeit, schließlich meinte Susan: »Mit Peters Hilfe könnte ich es ihnen sagen.«

»Ihr Peter hat durch diese Sache schon genug Ärger am Hals. Es gibt keinen Weg, wie man so etwas publizieren kann. Sie knallen einfach einen dicken fetten Stempel ›Geheim‹ drauf, oder verpflichten Sie auf den Official Secrets Act oder irgend etwas derartiges.«

»Nein«, fauchte sie mit diesem bestimmten hartnäkkigen Unterton in der Stimme, von dem Naismith wußte, daß es jetzt für ihn keine weiteren Argumente mehr gab. »Nein, so meine ich das nicht. Ich denke, man sollte darüber ein Buch schreiben!«

»Den ersten Band der Apokalypse?« Naismith lachte zynisch. »Das Schlimme ist, Susan, daß es niemand glauben würde.«

Epilog

Susan saß in einem Pub in der Fleet Street und spielte mit ihrem Gintonic-Glas. Draußen peitschte der Regen eines späten Dezembertags gegen die Scheiben, er war schmutzig vom Dreck des Straßenverkehrs, wenn er auf das Pflaster der Gehsteige klatschte und die vorbeilaufenden Zecher erschreckte, die das neue Jahr begrüßen wollten.

Die Bar war voll besetzt, und Susan hatte bereits zwei freundliche Annäherungsversuche abgewehrt, während sie sich bemühte, den neben Platz neben sich für Peter frei zu halten. Schließlich sah sie ihn kommen und lächelte erleichtert.

»Entschuldige, daß es so lange gedauert hat«, sagte er, strich sein Haar glatt und wischte sich den Regen aus den Augen.

»Hast du ein Exemplar bekommen?«

»Ja«, er griff in seinen Regenmantel und reichte ihr eine zusammengerollte Zeitung. »Es ist die erste Ausgabe für morgen, und das Bild von Harald ist auf der Seite mit den Auslandsnachrichten.«

Susan fand, was sie gesucht hatte, und prüfte es sorgfältig. Peter bestellt neue Drinks. »Sie stehen beide drin«, bemerkte er.

»Ja . . . ja, ich habe es gefunden.« Bei den Ordensverleihungen zum neuen Jahr hatte man Kapitän zur See Frederick Troughton, Royal Navy, zum Ritter des Most Honourable Order of the Bath geschlagen und Kapitän James Naismith des British Navigational Aids Service mit dem MBE* ausgezeichnet.

»Ehrungen verfehlen nie ihre Wirkung, wenn Schweigen erkauft werden soll«, zitierte Peter und grinste sardonisch über den Rand seines Whiskyglases.

»Das ist nicht fair! James Naismith hatte Erfolg, wo Troughton versagt hat.«

»Mag sein, aber er war ein unartiger Bube. Außerdem hat der BNAS nicht den richtigen Stallgeruch, den die Jungs von der blauen Trachtengruppe der Queen so lieben . . . Wirf einen Blick auf Haralds Bild. Jedenfalls haben diese Schweine nicht gewonnen.«

Susan schlug die Seite mit den Auslandsberichten auf.

Die Titelstory behandelte den endgültigen Sturz der Militärjunta in Costa Maya nach einer vierzehntägigen Belagerung der Hauptstadt Santa Maria. Der letzte Sturmangriff hatte erbitterte Kämpfe gebracht, aber die Besetzung des Präsidentenpalasts hatte mit der Ausrufung einer Volksrepublik geendet.

»Sie scheinen sich nicht sicher zu sein, ob das große rote Schreckgespenst zugeschlagen hat, oder ob es ein Triumph der Demokratie ist«, witzelte Peter und deutete mit dem Kopf auf die Zeitung.

»Nein«, erwidert sie und richtete ihre Aufmerksamkeit auf das Bild, das neben der Titelstory abgedruckt war. Es war ein dramatisches Foto, auf dem

* MBE Member of the British Empire. (Anm. d. Ü.)

die neue Flagge der Republik während der letzten Stunden der Schlacht über dem Präsidentenpalast gehißt wurde.

Sie wurde von einer jungen Frau emporgezogen, die eine Maschinenpistole an einem Riemen über die Schulter geschlungen hatte. Ihre Gesichtshaut war sehr dunkel, sie hatte die hohen Wangenknochen ihrer indianischen Vorfahren, einen großen Mund und eine gerade spanische Nase.

»Das ist schon eine tolle Motte, was?«

»Ja«, murmelte Susan nachdenklich, »ich frage mich, wer sie wohl ist.«

»Es gibt nur eine Gefahr, und das ist der Mensch selbst . . ., denn wir sind der Ursprung alles kommenden Unheils.«

Carl Gustav Jung

»Dafür, daß das Schlechte triumphiert, ist nur eine Voraussetzung unabdingbar, daß tapfere Männer nichts dagegen unternehmen.«

Edmund Burke

Richard Woodman

Die berühmten Drinkwater-Romane

Ullstein maritim

Die Augen der Flotte *(23528)*

Kutterkorsaren *(22776)*

Kurier zum Kap der Stürme *(23247)*

Die Mörserflottille *(23689)*

Die Korvette *(23694)*

Die Wracks von Trafalgar *(23690)*

Der Mann unterm Floß *(20881)*

In fernen Gewässern *(22124)*

Der falsche Lotse *(22375)*

Unter falscher Flagge *(24060)*

Das fliegende Geschwader *(23230)*

Unter dem Nordlicht *(23785)*

Die Abenteuer des Nat Drinkwater *(23154)*

Richard Woodman

Die Wette
Roman
(22808)

Gezeiten der Nacht
Band 1:
Schlacht ohne Sieger
Roman
(23663)

Gezeiten der Nacht
Band 2:
Ein nasses Grab
Roman
(23664)

Ullstein maritim